흑철의 마법사

2 두 명의 발키리

마요이 도후 지음
뉴무 일러스트
이승원 옮김

데리스 파렌하이트

겉은 바삭하고, 안에는 적당

씹으면 육즙이 터져 나왔다

절묘하게 불 조절을 하며 이

현재 철판 앞에서 식재료를

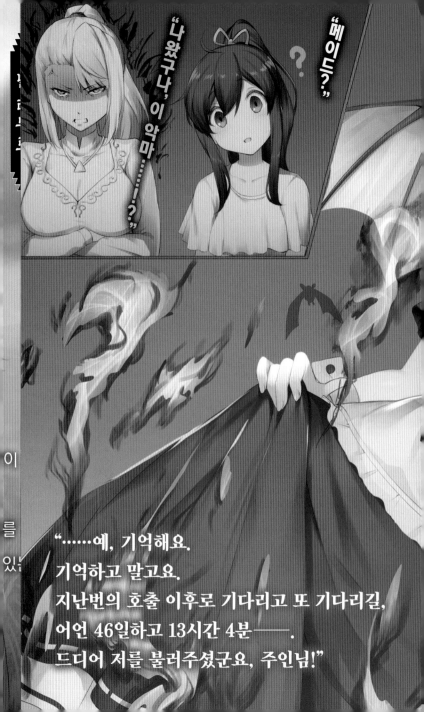

"메이드?"

?

"나왔구나, 이 악마……?"

이

를

있ᄂ

"……예, 기억해요.
기억하고 말고요.
지난번의 호출 이후로 기다리고 또 기다리길,
어언 46일하고 13시간 4분——.
드디어 저를 불러주셨군요, 주인님!"

리리비아 일리걸

순식간에 어둠이 걷히더니,

환한 미소를 머금으며 모습을 드러낸 이는,

메이드복 차림의 악마였다.

흑철의 마법사

2. 두 명의 발키리

마요이 도후 지음
뉴무 일러스트
이승원 옮김

라루나

CONTENTS

KUROGANE NO MAHOUTSUKAI

뉴무/일러스트

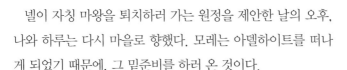

제1장 경국지색의 미녀

넬이 자칭 마왕을 퇴치하러 가는 원정을 제안한 날의 오후, 나와 하루는 다시 마을로 향했다. 모레는 아델하이트를 떠나게 되었기 때문에, 그 밑준비를 하러 온 것이다.

평소의 투어를 돌이켜볼 때, 하루에게 지급되는 식량이 부족할 것이 틀림없었다. 그런 점 등을 고려하면 준비해야 할 것이 의외로 많았다.

내 가방과 하루의 파우치라면 많은 짐을 수납할 수 있으니, 유통기한이 긴 보존식량보다는 영양 밸런스가 좋고 포만감을 느낄 수 있는 먹을 것을 준비하기로 했다. 미리 준비를 해두지 않았다간, 하루가 허기 때문에 쓰러질지도 모르니까. 몸집이 작은데도 불구하고, 연비가 끝내주게 나쁜 애다.

"하아~. 자칭 마왕을 토벌하러 가는 기가? 하루, 괜찮긋나?"

"사부님이 허락을 해주셨으니, 괜찮을 거라고 생각해요. 저는 그 기대에 부응할 뿐이고요."

"그 정도로 신뢰하는 기가……. 뭐, 내는 돈만 벌면 된대이!"

무기점인 호랑이수염에서 하루가 원정 이야기를 하자, 아니타는 밝은 목소리로 그렇게 말했다. 응, 그래. 너는 마왕보다 돈벌이가 더 중요하겠지.

"하지만 마왕에 관한 이야기는 전에도 들은 적이 있어요. 마왕은 가게로 치면 사장 같은 거고, 조직별로 있다면서요? 그리고 이 대륙에서도 커다란 상점을 만들었다죠?"

"뭐꼬. 그럼 내 사업상의 라이벌인 기가?!"

"아냐. 하루, 미묘하게 틀렸어."

그런 이야기는 대체 어디서 들은 걸까. 몬스터에게는 파벌과 조직이 있고, 마왕이란 몬스터들의 계급에서 우두머리를 가리키며, 이 대륙에도 인간을 위협하는 마왕이 존재한다는 것을 가르쳐줬다.

"아, 그럼 괜찮대이. 왠지 돈 냄새가 풀풀 나는 것 같은 디……."

"너는 정말 한결같구나……."

"저기, 사부님. 그럼 조그마한 몬스터 그룹이나 일전에 제가 쓰러뜨렸던 그레이 코볼트의 보스 같은 것도 마왕을 자처한다면 마왕이 될 수 있나요?"

"으음, 굳이 따지자면 마왕이라 부를 수도 있을 거야. 하지만 그 마왕 앞에 자칭이 붙겠지."

아까 하루가 언급한 예시에 비춰 본다면, 조그마한 마을 공장이나 영세기업의 사장 같은 것이다. 대륙 전체를 위협하는 마왕은 대기업의 우두머리에 해당하리라.

"일반적으로 가장 유명한 건 『대팔마(大八魔)』라 불리는 최고위 마왕들이야. 마왕 중의 마왕, 킹 오브 마왕, 굳이 따지

자면 대마왕. 이 마왕이 대단하다 랭킹을 매년 독점하고 있는 실력자들이지."

"이, 이 마왕이 대단하다 랭킹?!"

"하루, 그런 건 없대이~."

아니타, 너무 빨리 폭로하지 말라고.

"그렇게 마왕이 많으면, 이 세계가 위험할 것 같은데⋯⋯."

"아, 괜찮아. 마왕이라고 해도 전부 적은 아니거든. 몬스터라는 구분도 인간이 멋대로 만든 거야. 나쁜 녀석도 있는가 하면, 좋은 녀석도 있어. 인간과 마찬가지지. 마왕들끼리 적대하고 있기도 하고, 대팔마 중에는 나라를 세워서 인간을 상대로 관광업을 하고 있는 녀석도 있다고——."

"역시 내 사업상의 라이벌인 기가!"

"⋯⋯뭐, 네 입장에서 본다면 그럴지도 모르지. 그리고 대팔마 중에는 네가 알아둬야 할 녀석도 있어."

"흐음~. 마왕은 전부 적이라고 생각했는데, 꼭 그런 건 아니네요."

"뭐, 이번 원정의 대상은 자칭 마왕인 것 같으니까 아마 대단한 놈은 아닐 거야."

야생미 넘치는 몬스터 집단, 혹은 몬스터 소굴의 처리 정도의 임무이리라. 마왕을 자처하는 것을 보면, 다소 지성이 있기는 할 것이다. 하루의 단련을 생각하면, 좀 벅찬 정도가 딱 좋다. 그리고 넬의 제자라는 녀석도 이참에 구경해두도록 할까. 후하하.

"데리스와 하루나. 부탁했던 게 완성됐다."

안쪽에 있는 공방에서 간 씨의 허스키한 목소리가 들려왔다. 작업을 벌써 마친 걸까. 여전히 실력이 좋은걸.

"급하게 이런 부탁을 드려서 죄송해요, 간 씨."

"전에 하루나가 가져다준 흑마석이 남아있었거든. 뭐, 심심풀이나 다름없으니 개의치 마."

"그렇대이. 돈도 받았다 아이가. 손님도 없으니 두목의 심심풀이로 딱 적당한 일거리인 기다!"

"아니타, 손님이 없으니 네 수당을 깎을까 한다만……."

"거짓말이재?!"

간 씨와 아니타는 오늘도 죽이 잘 맞는걸. 두 사람의 만담을 흘려들으며 살펴보니, 부탁한 물건은 주문한 대로 만들어진 것 같았다. 크기도 이 정도가 딱 좋을 것이다.

"사부님, 그건 뭔가요?"

"네 투척도구야."

간 씨에게 서둘러 만들어달라고 한 것은 하루가 사용할 공이다. 야구공만 한 크기이며, 하루가 가지고 있는 검은 지팡이의 소재인 흑마석으로 만든 것이다. 즉, 매우 무겁고 튼튼한 것이다. 돌팔매질이 공격수단 중 하나인 하루에게 있어, 웬만한 돌멩이와는 비교도 되지 않을 위력을 발휘할 수 있는 무기다. 으음, 야구공보다는 투포환용 공인걸.

"실수로 놓치지 마. 까딱 잘못하면 바닥에 구멍이 날지도 모르거든."

"조, 조심할게요!"

하루는 조심조심 그 공을 자신의 파우치에 집어넣었다. 옆에 있는 아니타가 얼굴을 새빨갛게 붉히며 필사적으로 그 공을 들려고 했다. 하지만 꼼짝도 하지 않았다.

"흑마석으로 가공한 것은 처음으로 접한 마력만 통하게 되는 특성을 지녀. 집어넣기 전에 네 마력을 흘려 넣어둬."

"그런가요?"

"전에 간 씨에게 받은 지팡이는 내가 말하기도 전에 이미 하루의 마력이 통해 있었거든. 그래서 말하는 걸 깜빡했어."

흑마석은 그저 무겁고 튼튼하기만 한 게 아니다. 뭐, 이 점에 대해서는 나중에 자세하게 설명하겠다.

"그건 그렇고, 마왕을 쓰러뜨리러 간다면서? 또 대담한 짓을 벌이는걸."

"아닙니다. 넬 녀석의 제안으로 자칭 마왕을 잡으러 가는 거죠."

"넬 레뮤르 말이군. 반가운 이름인걸. 옛날에는 그 아가씨들과 함께 무기와 방어구를 고치러 자주 찾아왔었지."

"10년도 더 된 일이지만 말이에요. 그때는 꽤 무모한 모험을 하고 다녔죠."

"뭐, 뭐라꼬…… 데리스 나리는 그렇게 옛날부터 두목의 손님이었던 기가……?"

포환 들기를 깔끔하게 포기한 아니타는 거친 숨을 내쉬면서 그렇게 물었다. 아니타가 호랑이수염에서 일하게 된 것은 겨우 1년 전부터다. 간 씨는 옛날이야기를 하는 타입이 아니니, 그런 이야기는 전혀 들은 적이 없으리라.

"뭐, 그래. 내가 하루와 비슷한 나이였고, 넬도 이만했지."

나는 그렇게 말하며 하루의 키보다 낮은 위치까지 손을 들었다. 열 살 정도였을까. 그즈음부터 그 녀석은 나한테 사사건건 간섭을 했지. 뭐, 지금과는 비교도 안 될 만큼 솔직했고, 나이에 걸맞게 몸매 또한 통나무 같았지만 말이다.

하지만 해가 지날수록 점점 글래머러스해지더니, 지금 같은 육감적인 몸매가 됐다. 역시 성장기란 무시무시하다는 생각이 들었다.

"하아~ 그 기사단장님이 말이가? 그러고 보니 휴일에는 데리스 나리 집에 자주 간다는 이야기는 들었대이. 그렇고 그런 관계인 것 같던데, 옛 모험가 동료였던 기가. 이제 납득이 된대이."

"아니타, 너란 녀석은 정말……. 데리스는 손님이라고."

"맞아요~. 전에 두 분한테 직접적으로 물어본 적이 있는데, 얼굴을 새빨갛게 붉히면서 부정하더라니까요."

"……호오?"

어이, 하루. 해도 될 말이 있고 해선 안 될 말이 있다고. 특히 아니타 앞에서는 말이야.

"아니타, 그 일에 대해서는 앞으로 캐묻지 마. 옛날에 이런 저런 일이 있었거든. 모험가로 살다 보면 누군가와 가까워지거나 동료와 이별하게 될 때도 있지. 긁어 부스럼을 만들지 마. ……도가 지나쳤다간, 그 단장님이 너를 찾아올걸?"

"아, 그건 안 되재. 데리스 나리, 미안하대이. 방금 이야기는 못 들은 걸로 해도."

넬. 너는 대체 얼마나 두려움의 대상이 되고 있는 거냐.

* * *

그다음으로 향한 곳은 하루가 처음 가보는 마도구점이다. 이 나라는 마법왕국을 자처할 정도로 매직아이템이 발전해 있으며, 그런 것을 다루는 가게도 적지 않다.

하지만 매직아이템은 하나같이 비싸다. 그래서 그런 가게는 고급 쇼핑 구역에 있으며, 평소처럼 허름한 차림으로 간다면 꽤 눈에 띌 것이다.

"사부님이 갈아입을 옷을 챙겨오라고 한 이유를 이제 알겠네요."

그런 이유 때문에, 하루는 처음 우리 집에 왔을 때 입고 있던 옷으로 갈아입었다. 나도 꽤 복장에 신경 썼다. 호랑이수염에 이런 옷차림으로 갔다간 아니타가 수상쩍게 여길 것이기 때문에, 가게를 나선 후에 길드에 있는 조지 영감에게 방을 빌려서 옷을 갈아입었다. 댄디&레이디가 된 우리는 우아하게 이 가게를 찾아온 것이다.

"음? 데리스 님 아니십니까. 어서 오십시오."

가게에 들어가자마자, 이곳의 오너가 우리에게 인사를 건넸다. 흰머리가 섞인 머리카락을 올백으로 넘긴 초로의 남성이다. 호화로운 가문에서 일하는 집사 같아 보인다고 해도 과언이 아닌 나이스 미들이다. 호쾌한 간 씨와는 정반대 타입인, 지적인 어른 같은 느낌이다.

"아, 오너. 오래간만이야."

"저희 가게를 또 찾아주셔서 정말 감사합니다. 오늘은 어떤 용건으로 오셨는지요?"

"하하하. 내가 여기에 사러 올 물건이라면 뻔하잖아."

"후훗. 그렇죠. 그럼 이쪽으로 오시죠."

마도구점에는 일상생활에 도움이 되는 매직아이템, 그리고 나와 하루가 지닌 보관 기능이 있는 가방 같은 것을 팔고 있다. 이 나라에서 개발한 매직아이템 이외에는 던전에서 발견된 것이 대부분이며, 하나같이 희소품이다. 일전에 하루가 그레이 코볼트를 처리하고 얻은 돈으로도 이 가게에서 싸게 파는 물건 한두 개를 겨우 살 수 있을 정도다. 나는 직접 찾아낸 매직아이템을 적절히 활용하는 타입이기 때문에 이런 곳과 딱히 인연이 없다.

그런 것 말고도 마법사의 지팡이 같은 장비도 갖춰져 있다. 하지만 나는 간 씨가 만든 것을 사용하기 때문에 이곳에서 지팡이를 사본 적이 없다. 흑마석을 가공할 수 있는 장인은 드문 것이다.

"그런데 데리스 님, 이분은 누구시죠?"

"아, 내 제자인 하루야. 오늘은 이 녀석이 쓸 스크롤을 사러 왔어."

"카츠라기 하루나라고 해요. 잘 부탁드려요."

"아, 인사가 늦었습니다. 저는 『콰이테트 마도구점』 아델하이트 점의 책임자인 오너라고 합니다. 앞으로 잘 부탁드립니다."

참, 그의 이름은 오너다. 헷갈릴 수가 없는 이름이다. 어, 이상한 소리를 하는 게 아니거든?

"이쪽입니다."

"와아……!"

하루가 탄성을 질렀다. 마도구점 안쪽에는 스크롤, 그러니까 특수한 마법을 익히기 위한 두루마리가 즐비하게 놓여 있었다.

새로운 마법은 마법 스킬의 레벨을 올리면 익힐 수 있다. 하지만 이곳에 있는 스크롤을 이용하면, 레벨만 올리면 누구나 익힐 수 있는 마법 이외의 한정된 숫자만 존재하는 강력한 마법을 익힐 수 있다.

스크롤은 던전에서만 손에 넣을 수 있으며, 스크롤 하나를 팔아서 커다란 저택을 손에 넣을 수도 있다. 내가 이 가게에서 구매하는 물품은 거의 이런 스크롤이다. 오너 입장에서는 책임자가 직접 접객을 하고 싶은 우수 고객일 것이다.

"레벨30 이하의 어둠 마법 계통의 스크롤을 보여줘. 가격은 신경 쓰지 마."

"호오, 이 나이에 벌써 레벨30인 겁니까. 역시 데리스 님의 제자군요. 매우 영민한 지성을 지닌 분이신 것 같습니다."

""뭐?""

하루와 내가 동시에 그렇게 외쳤다. 아무래도 우리의 표정에 감정이 어려 있는 건지, 오너 또한 '어라?' 하면서 약간 당혹스러운 표정을 지었다.

미안해, 오너. 바보와 천재는 종이 한 장 차이거든. 이 녀석은 완전 바보일 뿐만 아니라, 말도 안 될 정도로 우직해.

──하지만, 그래서 나는 다행이라고 생각한다.

"……그럼 희망하시는 상품을 가져오겠습니다. 잠시만 기다려주십시오."

"응. 이 근처에서 기다리고 있을게."

"자, 잘 부탁드려요~!"

가게 분위기와는 어울리지 않는 하루의 발언을 들으며, 오너는 가게 안쪽으로 향했다. 그럼 이참에 내가 쓸 스크롤을 챙겨볼까.

"비, 비싸⋯⋯!"

하루는 탄성을 질렀다. 자기가 장을 볼 때 사는 물건과는 자릿수가 다른 가격을 보고 놀란 것 같았다.

"스크롤은 돈이 많은 부자나 왕후장상들이 주로 쓰거든. 희소해서 팔면 돈이 되기 때문에, 모험가들이 던전에서 노리는 아이템 중 하나야. 이 『파이어 스톰』은 화염 마법을 익힐 수 있는 스크롤이지. 적당한 마법 레벨에서 습득이 가능하고, 넓은 공격 범위와 뛰어난 위력 때문에 인기가 좋아. 그래서 가격도 비싸지."

"와아~ 이래서야 평범한 사람은 꿈도 못 꾸겠네요."

"그래. 그래서 강력한 마법사 중에는 부자가 많은 것도 사실이야. 뭐, 던전에서 우연히 스크롤을 발견했는데, 운 좋게 자신이 지닌 속성의 마법일 경우도 있어."

스크롤 자체는 신기한 아이템이지만, 그런 스크롤 중에도 레어도는 존재한다. 방금 설명한 파이어 스톰 같은 것은 범용성이 뛰어나서 인기가 좋지만, 비교적 꽤 유통이 되고 있는 편이라 상당히 흔하다. 이 가게에 놓여 있을 정도니까 말이다.

하지만 진짜로 희귀한 스크롤 중에는 이 세상에 딱 하나뿐인 것도 있으며, 그런 것을 입수한다는 것은 고유 마법을 손에 넣는 것이나 마찬가지다. 국가가 소유하는 경우도 있으며, 그런 경우에는 국보로서 엄중하게 보관된다.

콰이테트 마도구점은 관리가 철저하게 되고 있기 때문에 그런 경우가 없지만, 가치를 모르는 상인이 파격적인 가격으로 레어 스크롤을 파는 경우도 있다. 그런 것은 정말 대박이다. 그래서 나는 취미의 일환 삼아, 그리고 마법사로서, 이런 가게를 정기적으로 돌아보고 있는 것이다.

"오래 기다렸습니다. 그럼 살펴봐 주시죠."

오너가 레벨별로 분류된 카탈로그를 가지고 왔다. 어디어디…….

"……이중에서는 레벨30의『흄 포그』,『다우스』,『하트 해시』가 하루에게 맞겠네."

"그 세 개면 되겠습니까?"

"그래. 그 세 개로 하겠어."

"사부님, 오너 씨가 말로 형용하기 힘든 표정을 짓고 계신데요……."

뭐, 일반적으로 고르지 않는 마법이니까 말이야.

"아, 실례했습니다. 각 스크롤에 대해 설명을 드리자면, 흄 포그는 독안개를 발생시키는 마법입니다. 독성이 약한 편이지만, 효과 범위가 넓기 때문에 다수의 적을 상대할 때 효과를 발휘하죠. 하지만 술사 이외의 전원에게 효과가 있기 때문에, 동료에게도 피해가 갈 가능성이 있습니다."

하루는 단독으로 행동할 때가 많고, 독에 의해 죽을 녀석과 같이 다닐 가능성도 거의 없으니 괜찮을 것이다.

"다음은 다우스에 대해 설명드리겠습니다. 이 마법은 맹독을 지닌 액체를 만들 수 있습니다. 레벨에 비해 독성이 강력하며, 웬만한 몬스터라면 이 독으로 해치울 수 있을 겁니다. 하지만 사용자의 손바닥 위에만 만들어낼 수 있는 점, 그리고 손바닥에 담길 정도의 양만 만들 수 있기 때문에, 운용이 매우 어렵죠."

하루는 독을 바른 물건을 투척하니 문제 될 것은 없다. 접근전에서 독수 대용으로 사용할 수도 있으리라. 애드버의 강화판으로 쓰는 것이다.

"마지막으로 하트 해시에 대해 설명드리겠습니다. 대상자의 정신을 뒤흔들어서 동요하게 만드는 마법입니다. 이 마법에 걸리면 정상적인 판단을 할 수 없게 되는 매우 강력한 마법이죠. 발동 거리가 극도로 짧아서 술사와 대상자의 몸이 닿을 정도로 가까운 거리까지 접근해야 하며, 대상자를 상회하는 마력을 지니지 못했다면 효과가 미미하다──등의 조건이 뒤따르지만 말입니다."

어차피 하루는 접근전을 주로 펼치니 문제 될 것이 없다. 아니, 접근을 하는 편이 여러모로 좋다. 게다가 하루는 마법사인 만큼, 웬만한 경우에는 마력에서 우위를 점할 것이다.

"사부님."

"왜?"

"끝내주네요!"

하루는 엄지를 치켜들며 그렇게 말했다.

"그렇지?"

나도 마찬가지로 엄지를 치켜들었다.

"그럼 이거 세 개 다 사겠어. 얼마나 깎아줄 거야?"

인기 없는 스크롤+하루의 흥정 덕분에, 절반 이하의 가격에 샀습니다.

──수행 6일차, 종료.

＊　＊　＊

──수행 7일차.

어제, 마을에서 볼일을 마치고 돌아온 하루는 새롭게 익힌 마법의 연습에 몰두했다. 우리 집 주위에는 사람들도 웬만해서는 오지 않으니, 독안개도 얼마든지 만들어도 된다. 운 나쁘게 캐논이 오더라도, 죽기 전에 회복시켜줄 수 있을 것이고.

각종 마법을 어느 정도 터득했을 즈음에는 밤이 되었고, 그대로 어제 훈련은 종료했다. 평소와 마찬가지로 저녁을 먹은 후, 하루와 함께 잠을 잤다. 규칙적인 생활 덕분에 나까지 아침 일찍 일어나게 됐다.

원정은 내일 떠나기로 했으니, 아직 시간이 있다. 그러니 오늘도 열심히 훈련──을 하고 싶었지만, 넬이 우리를 왕성에 있는 마법기사단 본부로 불렀다. 너무 갑작스러웠다. 미리 연락을 하라고.

"무슨 일일까……."

나는 왕성으로 이어지는 다리 앞에서 성을 올려다보며 그렇게 중얼거렸다. 뭐, 우리가 향할 곳은 왕성이 아니라 기사단 병영이지만.

"내일 원정에 관해 회의라도 하려는 걸까요? 사부님, 이쪽이에요."

아, 그리고 보니 하루는 왕성에서 지냈으니까 길을 아는 것 같았다. 보초를 서고 있는 병사에게 허락을 받은 후, 성벽 문을 통과한 우리는 기사단의 병영으로 향했다.

그러다 보니 기사단원으로 보이는 남자들이 훈련을 하고 있는 풍경이 눈에 들어왔다. 여전히 레벨이 낮네. 아, 하루에게 너무 익숙해진 걸까. 이 녀석과 비교당한 기사들이 불쌍하다는 생각이 들었다.

"어머, 왔구나. 어서 와."

"안녕. 갑자기 무슨 일로 부른 거야?"

나는 머리를 긁적이면서 푸념을 늘어놓았다. 넬은 휴일이라 그런지 옷차림이 가벼웠으며, 그녀 뒤편에는 부하인 기사들이 줄지어 서 있었다.

역전의 용사 같은 분위기를 지닌 나이 지긋한 병사, 예리한 외모를 지닌 젊은 남자, 그리고 주눅이 들어있는 듯한 캐논,

이렇게 세 사람이다. 넬과는 정반대로, 그 세 사람은 철저하게 무장하고 있었다.

"내일 원정을 떠나기 전에 미리 인사라도 나눠둘까 해서 말이야."

"그런 건 내일 해도 되지 않아?"

"이래 봬도 나는 인솔하는 입장이거든. 졸개 상대로 사상자라도 발생하면 곤란하니까, 이번에 같이 가는 부하들의 역량을 미리 파악해두는 편이 서로에게 좋을 것 같아서."

"네, 넬 단장님. 단장님은 졸개라고 하시지만, 이번 토벌 대상은 마왕이라고 들었는데요⋯⋯."

우울해 보이는 캐논이 불안 섞인 목소리로 넬에게 질문을 던졌다.

"자칭 마왕이니까 안심해."

넬은 미소를 지으며 그렇게 대답했다. 환한 미소였다. 마치 불안에 떠는 캐논을 보며 기뻐하고 있는 것만 같았다.

"뭐, 좋아. 그런데 이게 전원이야? 기사의 원정치고는 숫자가 적네."

"소수정예로 갈 생각이거든. 인원이 많으면 이동에 시간이 걸리고, 어차피 나 혼자 쓰러뜨릴 거잖아. 참, 내 제자를 소개할게. 치나츠. 치나츠~!"

넬이 병영을 향해 고함을 질렀다. 그녀의 표정은 새롭게 발견한 장난감을 자랑하고 싶어하는 어린애처럼 환했다. 아무래도 인사를 빌미 삼아서 자기 제자를 자랑하고 싶을 뿐인 것 같았다.

"……치나츠?"

하루가 문득 그렇게 중얼거렸다. 이거, 혹시——. 병영 쪽에서 계단을 단숨에 뛰어 올라오는 발소리가 들렸다. 문이 열리더니, 모습을 드러낸 이는 긴 흑발을 지닌 교복 차림의 소녀였다. 일본인이 틀림없어 보였다.

"아, 예 사부님. 무슨 일이신…… 어, 하루나?!"

"와아! 역시 치나츠구나!"

두 사람은 서로를 향해 뛰어갔다. 아무래도 넬의 제자는 하루와 함께 이 세계로 전이된 클래스메이트 같았다. 게다가 꽤나 사이가 좋아 보였다. 넬은 혹시 알고 있었던 걸까?

"어머, 하루나와 치나츠는 아는 사이었어? 이런 우연도 다 있네."

아, 우연이었나요. 하긴, 그럴 줄 알았어요.

"하루나, 잘 지냈어? 이상한 일을 당한 건 아니지?"

"에헤헤, 물론이지. 치나츠야말로 성에서 잘 지냈어?"

"하루나를 걱정하느라 잘 지내지 못했거든?!"

"미, 미안해……."

그러고 보니 하루는 전이 직후에 클래스메이트들과 따로 지내게 됐다. 사이가 좋은 친구라면 걱정을 하는 게 당연했다. 겉보기에는 우등생 타입의 예쁜 애지만, 하루의 친구인 걸 보면 상당한 괴짜일지도 모른다. 게다가 넬의 제자라고……

"그럼 제대로 소개할게. 내 제자인 치나츠야. 자아, 인사하렴."

"아, 예! 로쿠사이 치나츠라고 해요. 으음, 이분은……?"

"내 사부님이야."

"하루의? 으음……."

치나츠는 나를 가늠해 보려는 듯한 눈길로 쳐다보았다. 뭐, 저런 반응을 보이는 게 당연했다. 느닷없이 나타난 단짝친구의 사부가 나 같은 서른 줄 남자라면, 누구라도 걱정할 것이다. 부모님이라면 다짜고짜 주먹을 날릴지도 모른다.

"치나츠, 데리스는 내가 모험가였던 시절의 동료야. 실력은 보장할게. 인격 쪽은 보장할 수 없지만 말이야."

"어……."

"인마, 오해 살 만한 소리 좀 하지 마."

적어도 넬에게는 그런 소리를 듣고 싶지 않다. 그 어떤 악인도 너한테는 그런 소리 듣고 싶지 않을 거라고.

"아하하, 괜찮아. 사부님은 정말 **성실하고 좋은 사람**이거든!"

"그, 그래? 뭐, 하루나가 그렇게 말하는 걸 보면 괜찮겠지……."

음, 역시 내 제자다. 「우와, 쟤 지금 무슨 소리를 하는 거야」

하고 말하는 듯한 표정을 짓고 있는 넬과는 천지 차이다. 나도 사람에 따라서는 성실하고 좋은 사람이 된다고.

"으음, 잘 부탁해. 그럼 이제 다 모인 거야?"

"그래. 아, 내 부하도 소개할까? 왼쪽에 있는 사람은 기사대장인 다가노프, 레벨4 마법사야. 한가운데 있는 사람은 신입인 무노, 레벨3 마법사지. 오른쪽에 있는 녀석은 너도 잘 아는 캐논이야. 이 애도 레벨3 마법사야."

나이가 상당한데도 기사대장을 맡고 있는 다가노프 이외에는 전부 하루와 마찬가지로 레벨3인가. 젊은 나이에 비해 우수한 수준이지만, 좀 걱정이 됐다.

무노는 딱 봐도 귀족 출신 같았으며, 정체를 모르는 나와 하루를, 어? 치나츠까지 노려보고 있네. 아무래도 우리 셋 모두 마음에 들지 않는 모양이었다.

캐논 또한 넬 앞이라 그런지 공황 상태였으며, 전투에서 도움이 될 것 같지는 않았다. 이 멤버로 진짜 괜찮은 거야?

"넬, 멤버를 이렇게 구성한 속셈이 뭐야?"

"무노와 캐논의 근성을 뜯어 고쳐줄 거야. 나는 최전선에 나설 거니까, 다가노프가 저 두 사람을 돌보게 되겠지."

아, 평소와 마찬가지구나. 내가 그런 생각을 하고 있을 때, 무노가 더는 못 참겠다는 듯 입을 열었다.

"넬 단장님! 저는 납득할 수 없습니다! 왜 이런 여자애들이 기사단의 숭고한 원정에 참가하는 겁니까?! 방해만 될 게 뻔합니다!"

"치나츠는 내 제자이고, 하루나는 데리스의 제자야. 그걸로 충분하지 않아?"

"전혀 충분치 않습니다! 애초에, 저 남자의 실력도 미심쩍지 않습니까!"

"……흐음."

오오, 넬에게 반발하잖아. 무노라는 녀석, 대단한걸. 너에 대한 내 호감도가 급상승했어. 눈치가 없다는 건 일단 제쳐두더라도, 저 배짱과 근성은 인정해주고 싶은걸. 양옆에 있는 두 사람은 시퍼런 힘줄이 돋은 얼굴로 미소를 짓고 있는 넬을 보고 금방이라도 거품을 물 것처럼 공포에 사로잡혔는데 말이야.

"……단장님, 죄송합니다. 무노는 이번 달에 입단한지라, 데리스 님에 대해 아는 바가 없습니다. 부디 관대한 마음으로 용서해 주십시오."

다가노프 옹이 한 걸음 앞으로 나서며 그렇게 말했다. 수많은 싸움을 거치며 생겼을 흉터를 타고 식은땀이 흘러내리는 가운데, 필사적으로 호소하고 있었다. 한편, 캐논은 딱딱하게 굳어버렸다.

"후훗. 용서는 무슨. 무노 말이 맞잖아. 그리고 내가 아까 말했지? 역량을 파악해두자고."

넬의 얼굴에 순수하고 아름다운 미소가 어렸다. 하지만 그녀에게서 뿜어져 나오는 아우라는 사악 그 자체였다. 다가노프 옹은 더는 아무 말도 못하더니, 체념하며 물러섰다.

뭐, 그게 정답이다. 역시 오랫동안 이 직장에서 일하며 살아남은 사람다웠다. 자신이 넘어선 안 되는 죽음의 선이 보이는 것이다. 참고로 캐논은 실제로 입에 거품을 물고 있었다.

"그럼 모의전을 좀 해보자. 나는 하루나의 실력을 파악할 테니까, 무노는 데리스를 상대해. 아까 그런 소리를 한 걸 보면, 무노도 직접 실력을 확인해보고 싶은 거잖아?"

"……어이."

넬이 무노를 박살내 버리라는 의미가 담긴 눈길로 나를 쳐다보고 있었다. 교육적 지도를 하라는 것 같았다. 최악의 경우, 확 죽여 버려도 오케이……. 어이, 그건 문제가 될 거라고.

"알았습니다! 이 무노, 넬 단장님의 기대에 부응하겠습니다!"

무노 군, 그 기대에 부응하려면 네가 죽어야 한다고.

"와아, 넬 씨와 싸울 수 있는 건가요? 정말 영광이에요!"

한편, 하루는 순수하게 이 모의전을 고대하고 있었다. 앞날이 불안해…….

＊ ＊ ＊

내 이름은 무노 슬메니. 전통과 격식 있는 아델하이트 왕국의 귀족인 슬메니 가문의 차남이다. 작년에 마법학원을 우수한 성적으로 졸업했고, 이 나라의 자랑인 마법기사단에 입단할 예정이었으나 사무 수속에 문제가 생겨 입단이 늦어졌다.

나의 영광스러운 입단에 이런 식으로 초를 치다니, 정말 모욕적이다. 요즘 들어 심각하게 나태해졌다는 이야기는 들었지만, 이 정도일 줄은 몰랐다!

하지만, 이것도 슬메니 가문에 주어진 시련이라 여기면 참을 수 있다. 이 정도는 참을 수 있다. 하지만, 하지만 말이다! 아델하이트 최강이라 여겨지는 넬 레뮤르 단장을 희롱하는 이 남자만큼은 용서 못 한다! 그 제자라는 저 계집도, 그리고 느닷없이 나타난 저 소녀도!

작년 졸업제에서 들은 넬 단장님의 훈사에 감동해서 마법기사단에 들어가기로 결심한 나이기에, 더욱 참을 수가 없었다. 황금색 머리카락을 휘날리며, 학생인 우리 한 명 한 명을 따뜻한 눈길로 살펴보시던 넬 단장님은 그야말로 고결하고, 아름다웠다. 마법학원 학생 전원에게 있어 동경의 대상이었다. 그야말로 기사의 귀감이자, 이 나라를 지키는 숭고한 꽃이다. 추악한 사상으로 점철된 귀족사회에서 자라온 나는 알 수 있다. 단언할 수 있다.

입단 수속을 마친 나는 기쁜 마음으로 넬 단장님에게 인사를 드리러 갔다. 그곳은 바로 기사단 본부의 단장실이다.

입단이 결정된 신입인 내가 기사단의 단장에게 인사를 드리러 가는 것은 매우 자연스러운 일이다. 운 좋게 마법이나 검술의 가르침을 받으면 좋겠다 같은 마음도 없지는 않았지만, 아무튼 나는 기쁜 마음으로 넬 단장님을 찾아갔다.

하지만 넬 단장님은 단장실에 계시지 않았다. 그 대신 그곳에 있던 이는 지금 내 옆에 있는 캐논이다. 이 녀석은 어찌 된 영문인지 단장실을 청소하고 있었다.

"넬 단장님? 아, 지금은 기사 몇 명을 데리고 원정을 가셨어. 그건 그렇고, 작년에 나와 같이 졸업한 무노 군 맞지? 같은 직장에서 일하게 됐네. 나, 기억해? 나는 캐논이라고 해."

기억하지 못할 리가 없다. 나보다 나이가 한 살 적지만, 졸업제에서 나를 쓰러뜨린 남자다. 평민 출신인데도 불구하고 뛰어난 재능을 지녔다는 점은 높이 평가하지만, 내가 졸업제에 참가한 것만으로도 기사단에 들어가려 한다는 점은 짐작할 수 있었을 텐데 말이다. 여전히 얼빠진 구석이 있는 남자다.

하지만 나는 마음 한편으로 그를 라이벌로 인정하고 있다. 흠, 여기서 이렇게 만난 것도 운명일까. 그렇게 생각하자, 마음이 달아오르는 것을 느꼈다.

듣자 하니, 그는 지금 넬 단장의 직속으로서 각종 잡일을 맡고 있다 한다. 정말 부러운 녀석이다! 하지만, 그렇기 때문에 내 라이벌에 걸맞다. 머지않아 내가 그 자리를 차지해주지! 비품뿐만 아니라 책상까지 반짝반짝하게 닦아주겠어! 그날부터 나는 가문의 하인들에게 청소법을 배우기 시작했다.

넬 단장님이 부재중이라면, 귀환하셨을 즈음에 다시 인사를 드리러 갈 수밖에 없다. 단장님은 그로부터 사흘 후에 돌아오셨다. 넬 단장님은 이번 원정에서 국경 인근에 있는 레벨 5 수준의 몬스터를 처리하셨다. 그것도 희생자를 내지 않으며 거의 단독으로.

레벨5의 몬스터라면, 일국의 기사단이 전멸을 각오하며 싸워야 하는 강적이다. 정말 어마어마한 위업이다. 이 성과를 들은 이웃 나라에서 감사장과 훈장을 수여하고 싶다는 타진을 해왔다지만, 넬 단장님은 사양했다고 한다.

역시 넬 단장님이다. 자신이 지켜야 할 나라는 아델하이트만이라는 것을 밝힌 것이다. 뜨거운 애국심을 지닌 분이다.

나도 직접 찾아뵙고 축하 인사를 드리고 싶다. 그렇게 생각한 내 발은 이미 단장실로 향하고 있었다.

"넬 단장님? 원정이 끝났으니 한동안 쉬실 거래. 휴가 신청서를 국왕 폐하에게 낸 후, 그대로 돌아가신 것 같아."

휴, 가……?! 이, 이럴 수가. 혹시 넬 단장님께서는 부상을 당하신 게 아닐까? 갑작스러운 휴가다. 그렇다면 국왕 폐하에게 직접 휴가 허락을 받았다는 것도 납득이 된다. 병문안을 가야겠다! 하지만 넬 단장님의 댁이 어디인지 모른다. 그래서 어쩔 수 없이 캐논에게 물어보았다.

"넬 단장님 댁? 으음, 휴일에는 집보다 데리스 씨의 집에 있을 가능성이 클걸?"

……잠깐만. 잠깐만 있어 봐. 그게 누구지? 단장님의 친구분이신가?

"그건 내 입으로 말 못 해. 뭐, 그렇고 그런 관계 같아 보이긴 해. 옛날부터 알고 지낸 사이인 것 같기도 하거든."

그렇고, 그런 관계……? 옛날부터, 알고 지낸 사이……? 뭐어?!

넬 단장님이 그려진 순백의 초상화에, 그림에 소양이 없는 이가 물감으로 떡칠을 하기라도 한 듯한 불쾌감이 느껴졌다. 무수히 많은 창날에 심장이 꿰뚫린 듯한 고통이 엄습했다.

어이, 캐논! 그렇고 그런 관계라는 게 무슨 소리야?! 응?! 나는 캐논의 어깨를 잡고 격렬하게 흔들면서 물었다. 수치심을 내던져버리면서, 전력을 다해 진실을 알아내려 했다.

"아, 안 돼! 그 이야기를 했다간, 넬 단장님이 나를 죽일 거야!"

넬 단장님의 손에 죽는다……? 즉, 그 정도로 은밀한 문제인 건가? 그 고결한 넬 단장님이 비밀로 하는 것을 보면, 범상치 않은 일이다. 설마, 그 데리스라는 자에게 약점을 잡힌 걸까?!

참다못한 나는 몰래 이 건에 대해 독자적으로 조사했다. 몰래, 몰래, 넬 단장님의 귀에 들어가지 않도록——.

결과적으로 기사단의 선배들, 그뿐만 아니라 동년배들(나보다 먼저 입단하기는 했지만)도 알고는 있지만 입에 담을 수조차 없는 일 같았다. 맙소사. 마법기사단 전체가 데리스의 손에 놀아나고 있는 것이다! 그 정도로 엄청난 약점을 데리스가 쥐고 있을 줄이야!

호, 혹시, 넬 단장님은 우리를 감싸기 위해, 스스로 데리스에게 농락당하고 있는 건가? 오오, 가여워라! 정말 상냥한 분이시다. 그녀는 여신, 그렇다! 여신이 틀림없다!

"무노는 때때로 엄청난 바보가 되는 것 같아."

그런 나의 움직임을 눈치챈 듯 캐논이 충고를 했다. 역시 내 라이벌답게, 방심할 수 없는 상대다. 나는 넬 단장님도 어쩌지 못한 상대에게 맞서려 하는 것이다. 바보라는 소리를 듣는 게 당연했다.

하지만 나는 넬 단장님을 구해드리고 싶다. 설령 내가 목숨을 잃는 한이 있더라도!

"그래도 넬 단장님의 반응을 보면 금방 눈치챌 수 있을걸? 눈치를 못 채는 게 이상── 아, 그래. 무노는 아직 단장님을 만나지 못했구나. 다음 원정에 나와 네가 동행하기로 된 것 같으니까, 그때 확인해. 하아. 싫다, 싫어……."

……그렇다. 원정을 빌미 삼아, 넬 단장님과의 회담을 비밀리에 성사시켜주겠다는 건가! 캐논, 너는 라이벌이 아니라 내 절친이다! 방금 그 한숨은 「하아, 이번만 도와주는 거야」 같은

의미일 것이다. 나는 눈치챘다고!

캐논의 협력에 감동하고 얼마 지나지 않아, 문제가 발생했다. 넬 단장님에게 제자가 생긴 것이다. 요셉 마도재상께서 데려온 수상한 소녀를 제자로 받지 않겠다던, 그 넬 단장님이 말이다.

이 건에도 데리스, 그 망할 자식이 얽혀 있는 게 틀림없다. 넬 단장님이 수상쩍은 짓을 꾸미지 않는지 감시하기 위해, 억지로 제자를 들게 한 것이다. 정말 비열하고 극악무도한 자식이다! 그 녀석은 마을에서의 평판도 엉망일 게 틀림없다.

데리스의 수하인 정체불명의 제자, 악의 화신 데리스…….
캐논이 마련해준 이 기회를 절대로 헛되이 하지 않겠다!

──원정 전날. 오늘은 원정에 참가하는 멤버들이 만나는 자리 같았다. 병영 입구에서 대기하고 있는 건 나와 캐논, 그리고 다가노프 기사대장님이다.

다가노프 기사대장님이 왜 이 자리에? 나는 그렇게 생각했지만, 젊은 우리만으로는 힘이 부족할지도 모른다고 판단한 캐논이 믿을 수 있는 이에게 도움을 청했다는 것을 나는 바로 눈치챘다. 다가노프 기사대장님은 정이 두텁고, 고결하며, 애국심을 지닌 존경스러운 기사다. 나는 납득했다. 그리고 고맙다, 절친!

"안녕. 다들 일찍 모였네."

설마 사복 차림의 넬 단장님을 보게 될 줄이야! 아, 실례를 범할 뻔했다. 드디어 나는 단장님과 재회한 것이다.

진정해라. 진정해야 한다. 우선 인사부터 하자. 내가 그렇게 생각하며 입을 연 순간, 넬 단장님의 아름다운 목소리가 주위에 울려 퍼졌다.

"참, 데리스와 하루나도 원정에 참가하게 됐어. 캐논, 인원 수에 맞춰 준비를 해줘."

"예? 아, 예!"

우리는 그 뜻밖의 말을 듣고 경악했다. 데리스가 우리의 움직임을 눈치챘을 줄이야…….

* * *

아연실색한 나는 그대로 딱딱하게 굳어버렸다. 데리스가 온다. 그것은 내 은밀한 움직임을 그 녀석이 눈치챘다는 것을 의미했다. 내 영혼의 친구인 캐논도 넬 단장님에게 그 말을 듣자마자 긴장한 것 같았다. 이거 진짜로 큰일이 난 것인지도 모른다. 그리고, 데리스가 이곳에 왔다.

"어머, 왔구나. 어서 와."

"안녕. 갑자기 무슨 일로 부른 거야?"

갑자기 불려왔다고? 뻔뻔한 녀석이다. 이런 사태를 예측하고 이런 일을 꾸몄으면서.

하지만 이대로는 안 된다. 최악의 경우, 나는 이 사리에서 제거 당할지도 모른다. 아니, 나만 제거된다면 괜찮다. 내가 가장 우려하는 것은 나에게 협력해준 캐논, 그리고 넬 단장님에게 불똥이 튀는 것이다. 그것만은 반드시 피해야만 한다.

역시 데리스라는 저 망할 자식은 만만치 않았다. 넬 단장님이 졸업제 때와는 전혀 다른 느낌으로 이야기를 하고 있었다. 날카로운 구석이 없다고나 할까, 적의가 느껴지지 않는다고나 할까…….

지금 생각해보면, 아무리 휴일이라고 해도 넬 단장님이 사복 차림으로 병영까지 온다는 것 자체가 이상했다. 단장된 자는 언제 어느 때라도 부하에게 모범을 보여야 하니까.

……윽! 그렇다. 저 매혹적인 옷차림과 태도로, 자신에게 반항심이 없다는 것을 데리스에게 보여주려는 건가!

"이래 봬도 나는 인솔하는 입장이거든. 졸개 상대로 사상자라도 발생하면 곤란하니까, 이번에 같이 가는 부하들의 역량을 미리 파악해두는 편이 서로에게 좋을 것 같아서."

넬 단장님은 이럴 때까지 우리를 걱정하시는 건가! 넬 단장님이 취임한 후, 기사단의 사상자가 급감했다는 일화는 사실 같았다. 이 정도로 부하의 생명을 소중히 여기는 상사가 또 있을까? 아니, 없다. 나는 단언할 수 있다!

"네, 넬 단장님. 단장님은 졸개라고 하시지만, 이번 토벌 대상은 마왕이라고 들었는데요……."

"자칭 마왕이니까 안심해."

긴장한 탓에 딱딱하게 굳은 캐논에게, 저렇게 센스 있는 농담을 건네실 줄이야. 넬 단장님이 이런 일면도 지니신 줄은 꿈에도 몰랐다. 그야말로 완전무결, 내면까지 끝내주게 아름다우신 분이다.

"뭐, 좋아. 그런데 이게 전원이야? 기사의 원정치고는 숫자가 적네."

"소수정예로 갈 생각이거든. 인원이 많으면 이동에 시간이 걸리고, 결국 나 혼자 쓰러뜨리게 되잖아. 참, 내 제자를 소개할게. 치나츠, 치나츠~!"

오, 오호라. 호랑이를 잡으려면 호랑이 굴에 들어가야 하듯, 데리스가 보낸 가짜 제자까지 이곳에 부를 줄이야! 나는 상상조차 못한 기묘한 한 수다. 지금, 넬 단장님은 머릿속으로 더 대담한 수를 모색하고 있을 것이다. 젠장! 내가 단장님을 도와드릴 방법은 없을까?!

"아, 예 사부님. 무슨 일이신…… 어, 하루나?!"

"와아! 역시 치나츠구나!"

예상한 대로라고나 할까……. 이 정도로 노골적으로 우연을 가장하니, 거꾸로 어떤 반응을 보이면 좋을지 감이 오지 않았다. 데리스의 제자와 단장님의 가짜 제자가 이어져 있다는 것은 누구나 알고 있는 사실이다. 이제 와서 속을 내가 아니지만, 저 연기력에는 압도당하고 말았다. 마치 뜻밖의 재회에 기뻐하는 소녀들을 본 것만 같았기에, 무심코 눈물을——.

이, 이러면 안 된다! 하마터면 속을 뻔했다. 역시 데리스의 첩보원답게, 기량이 뛰어나다. 하지만 나는 속지 않는다! 마음을 독하게 먹으며 미간을 찌푸린 후, 노려보듯 쳐다보았다. 좋다. 이것으로 몸과 마음 전부 완벽했다.

"치나츠, 데리스는 내가 모험가였던 시절의 동료야. 실력은 보장할게. 인격 쪽은 보장할 수 없지만 말이야."

견제, 넬 단장님이 견제를 하셨다! 지금이 바로 공격을 할 때, 아니, 그렇지 않더라도 데리스의 주의가 나에게 쏠려서, 그가 다른 사람들을 의식하지 못하도록 하면……. 적어도 나혼자만 죽으면 될 것이다. 그렇다. 내가 할 수 있는 일이라고는 이런 것뿐이다. 넬 단장님, 언젠가 당신이 데리스의 주박에서 풀려나기를 빕니다.

"넬 단장님! 저는 납득할 수 없습니다! 왜 이런 여자애들이 기사단의 숭고한 원정에 참가하는 겁니까?! 방해만 될 게 뻔합니다!"

가능한 한 나에게 적대심을 느끼도록, 저 애에게는 미안하지만 독설을 입에 담기로 했다.

데리스는 내 발언을 듣고 놀란 것인지 얼이 나간 표정으로 나를 쳐다보았다. 그 시선을 통해 상대의 마음을 읽을 수는 없었지만, 진심으로 뜻밖이라 생각하는 것 같았다.

하지만 그 다음에 이어질 것은 명백한 분노다. 좋다. 그 분노를 나에게 쏟아내라!

"치나츠는 내 제자이고, 하루나는 데리스의 제자야. 그걸로 충분하지 않아?"

"전혀 충분치 않습니다! 애초에, 저 남자의 실력도 미심쩍지 않습니까!"

"……흐음."

넬 단장님이 나를 말리려는 듯 엄청난 위압감을 뿜었다. 큭, 엄청난 압력이다. 단장님 앞에 서있는 것도 힘들 지경이라, 금방이라도 쓰러질 것만 같았다.

하지만 살기 덩어리 같은 그 중압감은 단원에 대한 배려에서 우러난 것이다. 단장님, 죄송합니다. 입단한 지 얼마 안 된 신출내기지만, 당신의 뜻을 거스르겠습니다.

"무, 무노? 뭐 하는 거야……? 자, 자아, 빨리 단장님께 사과해……! 데리스 씨한테는 겸사겸사 사과하면 되니까, 우선 단장님에게 사과하란 말이야! 눈치가 없는 것도 정도라는 게 있거든?!"

"……단장님, 죄송합니다. 무노는 이번 달에 입단한지라, 데리스 님에 대해 아는 바가 없습니다. 부디 관대한 마음으로 용서해 주십시오."

캐논도 귓속말로 나를 걱정했다. 다가노프 대장님이 그런 나를 감싸줬다. 아아, 역시 마법기사단은 고결하고 따뜻한 곳이다. 먼저 이 세상을 떠나는 나를 용서해다오.

"후훗. 용서는 무슨. 무노 말이 맞잖아. 그리고 내가 아까 말했지? 역량을 파악해두자고. 그럼 모의전을 좀 해보자. 나는 하루나의 실력을 파악할 테니까, 무노는 데리스를 상대해. 아까 그런 소리를 한 걸 보면, 무노도 직접 실력을 확인해보고 싶은 거잖아?"

이, 이건—— 넬 단장님과 나의 공동 임무인가?! 뜻밖에도 넬 단장님께서 나를 엄호해주시기로 했다. 저 하루나라는 소녀는 자신이 맡을 테니, 데리스 자식을 막아라. 그런 의미군요! 예, 알았습니다. 이해했고말고요!

"알았습니다! 이 무노, 넬 단장님의 기대에 부응하겠습니다!"

왠지 데리스가 나를 쳐다보며 어이 없어 하는 듯한 느낌이 들었다.

그렇다. 결의를 다진 남자는 강한 법이다. 데리스도 그것을 눈치챈 게 틀림없다. 지금 이 순간, 조금이지만 승기가 생겨난 것이다.

"내가 아니라 하루면 충분하지 않아? 제자의 실력을 통해 스승의 실력도 증명될 테니까 말이지."

"예?! 너무해요! 사부님, 제 상대는 넬 씨——."

데리스가 나의 의도를 눈치챈 것 같았다. 상처 입은 짐승인 나를 두려워하는 것인지, 데리스는 저렇게 어린 소녀와 나를 싸우게 하려고 했다. 저 소녀 또한 동요했다. 상냥한 넬 단장님이라면 손속에 사정을 두겠지만, 나는 마음을 독하게 먹었다. 상대가 어린 소녀라도 봐줄 수는 없는 상황인 것이다. 정말 비겁한 녀석이다!

"……뭐, 그것도 괜찮겠지. 하루나, 무노. 그냥 여기서 싸워봐. 진지하게 말이야."

네, 넬 단장님이 이 정도로 나를 믿어주시다니! 큭, 알았습니다. 이 무노 슬메니, 저 소녀에게 상처를 입히지 않으며, 멋지게 승리를 거두겠습니다!

나와 저 소녀는 마주 선 후, 전투태세를 취했다. 소녀는 맨손으로 싸우려는 것 같았다. 그렇다면 나도 마법학원에서 갈고닦은 마법을 쓰기로 했다.

"좋아. 그럼 시작!"

"안심해라. 고통 없이 끝내──."

"──죄송해요!"

대련 시작을 알리는 넬 단장님의 목소리가 들린 직후, 나는 기억이 끊겼다.

* * *

"무노, 정신 차려! 상처는 얕아!"

"들것! 누가 들것을 가져와~!"

하루에게 일격을 맞고 정신줄을 놓으며 그대로 지면에 쓰러지고 만 무노 군을 캐논을 비롯한 다른 이들이 옮겼다. 뭐,

상처가 난 것 같지는 않고, 그냥 기절만 한 것 같으니 별 문제는 없으리라. 하지만 마지막까지 흔들림이 없던걸. 꽤 괜찮은 녀석 같았다.

"하, 하루나, 어느새 이렇게 강해진 거야?! 일주일 전과는 딴판이잖아!"

"아하하~. 평소처럼 노력과 근성으로 어찌어찌 이 수준까지 올라왔어."

치나츠가 하루의 어깨를 잡고 흔들어댔다. 절친인 그녀도 신입이라고는 해도 현역 기사를 압도할 만큼 하루가 강해졌다는 사실을 알고 놀란 것 같았다. 하긴, 스승인 나조차도 하루의 성장 속도를 보고 경악했지.

"그리고 사부님의 가르침 덕분이야. 사부님이 내 사부님이 아니었다면, 아마 이렇게 강해지지는 못했을걸?"

"데리스 씨 덕분인 거야? ……대단하네."

의혹으로 가득 차 있던 치나츠의 시선에, 약간의 존경심이 어렸다. 하루여, 바로 그거야. 내 평판을 좋게 만들어 달라고. 훗훗훗.

"음흉한 생각을 하고 있는 거 아니지?"

"그렇지 않아. 그것보다 넬, 네 휘하의 기사를 순식간에 박살 냈으니 하루의 역량이 충분하다는 게 증명됐지? 실력 테스트는 이 정도로 끝내도 되지 않을까?"

"그래……. 합격점이야."

하루가 합격점이라면, 무노 군은 낙제인데 말입쇼.

"그런 표정 짓지 마. 내 말은 전력감으로 합격점이라는 말이야. 무노와 캐논은 애초부터 전력감으로 치지 않았거든. 그 두 사람을 데려가는 건 어디까지나 근성을 뜯어고치기 위해서지. 진짜 공포라는 걸 맛봐야, 여차할 때 도움이 되지 않겠어?"

"하아~ 여전히 스파르타하네……."

"데리스한테는 그런 소리 듣고 싶지 않거든?"

그럼 볼일이 끝났으니 돌아가도록 할까. 나는 그렇게 생각하며 치나츠와 이야기를 나누고 있는 하루에게 말을 걸려 했다. 하지만 하루는 어느새 넬의 눈앞에 서 있었다.

"넬 씨, 제 실력을 직접 시험해볼 생각은 없으세요?"

"내가 말이야? 그래도 되겠니?"

"예!"

"예는 무슨. 하루, 좋은 말로 할 때 관둬. 넬은 손속에 사정을 둘 줄 모르는 녀석이야. 농담이 아니라 진짜로 죽을 수도 있다고."

"데리스, 따끔한 맛을 보고 싶지 않으면 입 다물어."

넬이 환한 미소를 지으며 살기 어린 위압감을 나에게 뿜었지만, 그래도 나는 전력을 다해 하루를 말렸다. 아무리 하루가 괴물 멘탈의 소유자이며 짧은 시간 동안 급성장을 했더라도, 지금 단계에서 괴물과 싸우게 하는 건 시기상조다. 자만이나 다름없다.

넬의 공격은 출력이 어마어마한 만큼, 상대에 맞춰 힘을 조절하는 게 정말 어렵다. 나 또한 죽은 사람을 되살릴 수는 없다. 매사에는 한계라는 것이 존재하는 것이다.

"사부님, 진짜로 안 되나요?"

"진짜로 안 되옵니다. 절친 앞에서 하루가 목숨을 잃게 할 정도로, 나는 잔인한 녀석이 아니라고."

"저기, 방금 그 말은 대체 어떤 의미야?"

"말 그대로 의미거든?"

──쩌적.

공간이 갈라지는 듯한, 그런 환청이 들렸다. 아아~ 환청이면 좋겠는데. 나도 약간 잘못 대처한 것 같다.

"······좋아. 그럼 이렇게 하자. 나는 공격도, 이동도 하지 않겠어. 그러니 하루나는 전력을 다해 공격을 해보렴. 그걸로 너의 진짜 기량을 가늠해볼게."

"사부님, 넬 씨도 저렇게 양보를 해주시잖아요! 이렇게 되면 해볼 수밖에 없다고요!"

큰일 났다. 점점 하루와 넬이 싸우는 쪽으로 분위기가 흐르고 있다. 아니, 넬이 고집을 피우고 있다. 하루 또한 의욕을 억누를 생각이 없어 보였다.

다양한 경기, 다양한 무술을 익혀온 하루는 강자와의 실전을 통한 학습이야말로 가장 빠르게 강해질 수 있는 방법이라는 생각을 가지고 있다. 지금은 하루의 강점이 나쁜 쪽으로 작용하고 있었다.

"……넬, 절대 반격하지 않겠다고 약속할 수 있어? 응?"

나는 농담이 아니라 진담으로 그렇게 말했다.

"좋아. 기사단의 명예를 걸고 약속하겠어. 진심으로 싸워줄 테니 장소를 바꾸자. 나는 무노처럼 쉽게 당하지 않아."

"예! 잘 부탁드려요!"

눈이 반짝이고 있는 하루, 그리고 의욕으로 가득 찬 넬이 기사단의 수련장을 향해 걸어갔다.

나는 치나츠와 함께 두 사람의 뒷모습을 지켜볼 수밖에 없었다. 최악의 상황에 대비해, 바로 회복마법을 쓸 수 있도록 준비해둬야겠다…….

* * *

우리가 수련장으로 이동하자, 단련과 모의전을 하고 있던 기사단이 일심불란하게 자리를 비켜줬다. 그야말로 썰물을 연상케 하는 완벽한 연계였다. 숙련도가 어마어마했다.

"어이, 들었어? 넬 단장님과 모의전을 하는 목숨 아까운 줄 모르는 녀석이 있대."

"에이~ 그딴 말에 속을 것 같아? 그런 녀석이 이 나라에 있을 리가 없잖아. 이 나라를 탐내는 대국조차도 넬 단장님이 무서워서 쳐들어오지 못한다는 소리가 있어. 장렬한 최후를 맞이하고 싶은 자살희망자 혹은 세상 물정 모르는 자만심 덩어리 말고는 도전하지 않을 거라고."

"뭐, 그래서 국왕 폐하도 단장님의 뜻은 거스르지 못한다는 소문도 있지. 단장님에게 쓴소리를 할 수 있는 건 아마 요셉 님뿐일걸?"

"나는 단장님이 마왕에 버금가는 실력을 지녔다는 소문을 들었어. 그것도 대팔마와 말이야."

"오오~ 그 말에 바로 납득하는 나 자신이 무서워. 혹시 넬 단장님이 전력을 다하는 모습을 본 적 있는 사람은 있어?"

"있을 리가 없잖아. 그런 낌새만 보여도 줄행랑을 치느라 바쁠 테니까 말이지."

"""맞아."""

수련장 밖에 있던 이들도 이런 대화를 나누면서 이곳으로 모여들었다. 이 성에서 일하는 이들과 병사들까지 몰려들었고, 하루와 넬의 준비가 끝날 즈음에는 상당한 인파가 몰렸다.

"진짜로 괜찮을까……."

"저기, 넬 사부님은 그렇게 강한 분인가요?"

내가 구경꾼들 사이에서 몇 번째인지 모를 한숨을 내쉬고 있을 때, 치나츠가 걱정 섞인 목소리로 질문했다.

"응? 넬의 제자인데 모르는 거야?"

"으음, 실은 사부님과 사제지간이 된 건 최근의 일이라서요. 넬 사부님이 싸우는 모습을 본 적이 없어요. 성에서 이 기사단 본부로 옮겨 온 지도 얼마 안 되었고요."

"아~ 그렇구나."

그렇다면 치나츠는 이제부터 지옥을 보게 되는 건가. 이참에 애도를 표해두는 편이 좋을까.

하지만 넬도 평상시에는 자기 제자를 죽이지 않을 것이다. 그럴 거라고 믿고 싶다. 그래, 나만이라도 상냥하게 대해주자. 그래야겠다.

"넬이 아델하이트 최강자라는 건 알고 있지?"

"예. 주위의 기사 분들이 그 말과 함께 절대 사부님의 뜻을 거스르지 말라고 저에게 말씀하셨어요."

"아, 그러는 편이 좋을 거야. 기본적으로 저 녀석은 틀린 소리를 하지 않으니까, 무조건 그렇게 해."

"아, 예……."

"넬도 지금은 귀족들의 예의범절을 익혀서 꽤 고상한 분위기를 지니게 됐어. 기사단장답게 행동하기도 하고, 나름 존경도 받아. 하지만 나와 같이 모험을 하던 시절에는 정말 말괄량이에, 감정적인 면도 있어서 툭하면 문제를 일으켰어. 자세한 이야기는 피하겠지만, 나라 하나를 작살 낼 레벨이었지."

"나라를요?!"

그렇다. 당시의 넬은 아직 10대 초반이었으며, 지금은 성격이 꽤 원만해졌다. 하지만 자기 자신에게 솔직하지 못하게 된만큼, 그 스트레스를 나한테 풀고 있다.

"솔직히 말해, 나도 넬과는 싸우고 싶지 않아. 화력과 전투 센스가 상상을 초월하거든. 차라리 마왕군을 혼자서 상대하는 게 마음 편할 거야."

확실히 지금은 예전과 다를 것이다. 옛날보다 힘을 조절할 수 있게 됐다. 감정 또한 노력을 통해 억누를 수 있게 됐다.

……그렇다. 옛날보다는 말이다. 하지만 '봐주면서 싸울 테니까 덤벼봐.' 하고 말하는 핵탄두가 그런 대사를 뱉었다고 치자. 넙죽 믿을 수 있을 리가 없잖아. 지금의 내 심정이 딱 그런 상태다.

"저, 저기, 하루나는 괜찮을까요? 다치지는 않겠죠? 반격은 안 한다고 하셨잖아요!"

"……신에게 기도하자. 다치는 정도로만 끝나게 해달라고 말이야."

하루, 살아서 돌아와라. 그게 오늘 과제다.

* * *

시끌벅적하던 구경꾼들이 입을 다물었다. 아무래도 두 사람의 모의전이 곧 시작될 거라는 것을 피부로 느낀 것 같았다. 안전을 고려한 건지 나와 치나츠보다 훨씬 멀찍이 물러나 있지만, 그들의 표정에는 긴장감이 흐르고 있었다. 마른 침을 삼키며 지켜보고 있는 느낌이었다.

"캐논, 내 검을 들고 있어."

"아, 예! 제가 맡아두겠습니다."

캐논도 무노 군을 옮겨두고 이곳으로 온 모양이다. 사복 차림으로 허리에 검을 차고 있던 넬이 자신의 검을 캐논에게 넘겨줬다. 캐논은 아까 거품을 물며 기절하기도 했지만, 의외로 금방 부활한 것 같았다.

"넬 씨, 검은 안 쓰실 거예요?"

"반격은 안 한다고 내가 아까 말했잖아? 그러니까 검은 필요 없어."

"아, 사부님한테서 넬 씨가 검사라는 말을 들었거든요. 그래서 검으로 공격을 막을 거라고 생각했어요."

"검이 없어도 문제없어. 하루나, 남 걱정만 하지 말고 전력을 다할 생각이나 해. 기대 이하의 실력이면 원정에 데려가지 않을 거야."

"그, 그건 곤란해요! 최, 최선을 다할게요!"

"좋아. 그럼 마지막으로 룰을 설명할게. 하루나는 마음껏 움직이면서 무기와 마법으로 공격을 하면 되지만, 나는 반격을 안 할 뿐만 아니라 이 자리에서 꼼짝도 하지 않을 거야. 그래…… 하루나가 나에게 공격을 성공시키거나, 내가 납득할 정도의 역량이라고 여겨지면 합격한 걸로 하겠어. 제한시간은 딱히 없고, 하루나가 항복을 하면 끝낼게. 혹시 요구사항이 있으면 들어줄 테니 말해봐."

"아, 그 정도면 충분해요. 차고 넘치는 배려, 정말 감사드려요."

룰이 꽤나 복잡한걸. 아무리 저항을 하지 않는다고 해도, 넬에게 공격을 한 번 성공시키는 것은 그레이 코볼트나 사토를 상대하는 것과는 비교도 안 될 만큼 어렵다. 게다가 하루가 스스로 항복을 하는 것도 상상이 안 됐다. 어쩌면 이 싸움은 꽤 길어질지도 모른다.

"그럼 덤벼봐. 네 실력이 어느 정도인지 가늠해보겠어."

꼿꼿이 선 넬이 팔짱을 끼며 그렇게 말했다. 이제 넬은 지면에서 발을 뗄 수도 없다.

"잘 부탁드립니다!"

하지만 하루는 모의전 개시를 알리듯 힘차게 인사를 한 후, 마법을 영창하기 시작했다. 영창을 들어보니 '디제'를 쓰려는 것 같았다.

원래라면 술사의 주위에 검은 연기를 피워서 자신의 모습을 감추는 용도로 활용하는 마법이다. 하지만 하루는 그 연기를 자기가 아니라 넬 주위에 발생시켰다.

"하루나가 마법을 썼어……!"

"저래 봬도 직업이 마법사거든. 기본적으로 투척이 메인이지만 말이야."

"투척이라고요?"

"뭐, 곧 이해가 될 거야. 그것보다 저 녀석이 머리 좀 썼는

걸. 디제가 만들어낸 검은 연기는 발생 범위가 좁고, 인체에
도 무해해. 하지만 저 연기는 어둠 그 자체라서 빛도 투과되
지 않지. 저렇게 상대의 주위를 감싸면, 시각을 봉쇄되고 말
아. 한 걸음만 움직이면 벗어날 수 있지만, 넬은 이동도 금지
했으니 그럴 수 없어. 대미지는 없더라도, 저 상태에서 공격
을 계속 막아내거나 피하는 건 어려울 거야. 게다가……."

"게다가?"

하루는 다른 마법을 조합하기 시작했다. 어제 익힌 뉴 매
직, 독안개를 만들어내는 흄 포그다.

"지금 하루가 영창한 마법은 독안개를 넓은 범위에 발생시
켜. 보라색을 띠고 있어서 한눈에 독이라는 걸 알 수 있지만,
주위가 보이지 않는 상태인 넬은 알 리가 없지. 지구전 때 쓰
기 좋은 마법이야. 주위가 보이지 않는 상태에서 호흡도 힘들
게 만드는 건가. 꽤 악랄한 전법인걸."

"저기, 데리스 씨. 보라색 안개가 이쪽으로 밀려오는데
요……."

"……네가 대처해볼래?"

"아, 예! 해볼게요!"

치나츠는 당황한 어조로 그렇게 말하더니, 빛 마법의 장벽
을 펼쳤다. 구경꾼들이 있는 곳까지는 독안개가 퍼져나가지
않겠지. 난 긴급의료반으로서 이 자리에 계속 있고 싶거든.

그건 그렇고 허리에 찬 칼처럼 생긴 검을 보고 치나츠의 직

업이 검사일 거라고 생각했지만, 하루와 마찬가지로 마법사 아니면 승려일지도 모른다. 넬처럼 검사인데 마법을 익히기 시작하는 반대 패턴일 가능성도 있지만.

"데리스 씨, 장벽을 완성했어요."

"좋아, 이제 괜찮겠지. 아, 하루도 공격을 시작하려나 보네."

"드디어 시작되는군요."

하루는 아직 거리를 유지하고 있었다. 지금까지 쌓은 경험과 날카로운 감각 덕분에 함부로 공격해선 안 된다는 것을 눈치챈 건지, 움직임이 평소와 다르게 신중했다.

하지만 하루의 눈동자를 보아하니 예의 그 모드에 들어간 것 같았다. 그런 하루가 파우치에서 꺼낸 것은 어제 간 씨가 만들어준 흑마석제 철구였다.

"처음에는 장거리 공격을 시도하려나 보네."

"어, 새까맣기는 하지만 저건 공이죠? 저게 마법인가요?"

"……응. 일단은 마법으로 분류할 수 있을지도 몰라."

"어느 쪽이죠……?"

그건 나도 알고 싶다. 하루는 철구에 그래비로 무게를 더하고, 애드버의 독진흙보다 더 강력한 다우스로 맹독을 발랐다. 구경꾼들이 보면 시꺼먼 공을 손으로 닦고 있는 것처럼 보일 것이다.

그러나 이제 저것은 물리적으로도, 그리고 마법적으로도

흉기가 되었다. 게다가 바닥에 떨어져 있던 돌멩이가 아니라 주문제작한 무기인 것이다. 어둠 마법의 레벨과 스테이터스의 마력도 스텝업했으니, 엄청난 중량과 맹독이 저 공에 담겨 있을 것이다. 사용자인 하루 이외의 다른 사람이 저 공을 만진다면 엄청난 일이 벌어지고 말리라.

광기에 찬 흉기가 완성되었으니 드디어 투척, 아니, 투구를 할 때가 되었다. 제한시간은 없기에, 하루는 매우 느릿느릿하게 철구를 쥔 손을 치켜들었다. 그리고 몸을 더욱 비틀며 힘을 싣더니, 상대방에게 등이 보일 정도로 몸을 꺾었다.

——꿀꺽.

긴장감이 상승하는 가운데, 구경꾼 중 누군가가 마른 침을 삼키는 소리가 들렸다. 격투술 스킬에 의한 육체 제어, 투척 스킬에 의한 보정 효과, 그 모든 것을 전부 담은 하루의 마구는 그 침 삼키는 소리가 들린 순간, 발사됐다.

독안개를 가르며 날아간 것은 수많은 강자를 해치웠던 마법(물리)이다. 그것은 빨려 들어가듯, 어둠에 뒤덮인 넬을 향해 뻗어갔다.

극도로 힘을 모아서 던진 강속구, 아니, 마법에 구경꾼들의 시선이 쏠린 가운데, 하루는 다음 포격 위치로 이동했다.

쉴 새 없이 공격을 하기 위해서는 이동에 걸리는 시간은 최대한 줄일 수밖에 없다. 철구를 파우치에서 꺼낸 하루는 다음 마운드로 달려가면서 치켜들었다. 제1구만큼 시간을 들이지 않고, 최단시간에 사이드스로로 던졌다.

이번 공은 구속 자체는 빠르지 않았다. 하지만 검은 연기에 들어가기 직전에 기묘한 변화를 보이더니, 급격하게 휘어지면서 어둠 속으로 사라졌다.

하루의 공격은 아직 끝나지 않았다. 파우치에 수납된 철구와 하루의 MP가 허락하는 한, 어둠을 중심으로 원을 그리듯 이동하며 마법을 계속 던져댔다. 잿빛끈의 저택에서 사토 일행을 상대할 때와는 다르게, 지금의 하루는 다소 무리한 자세에서도 백발백중이 가능한 제구력을 지녔다. 종횡무진으로 달리며 때로는 직선으로, 때로는 변화를 주면서 펼치는 공격은 압권 그 자체였다.

"이렇게까지 하는데도 넬에게 한 방 먹이지는 못하는 건가."

"예?"

쉴 새 없이 질주하던 하루가 멈춰 섰다. 스테이터스의 MP를 보아하니, 아직 여유가 있었다. 그렇다면, 아무래도 철구가 바닥난 것 같았다. 아무리 하루라도 방금 격렬하게 움직인 탓에 어깨를 들썩이고 있었다. 철구를 든 상태에서의 전력질주&투척을 했으니 지치는 게 당연했다.

"하루나는 꽤 재미있는 마법을 쓰네. 녹여버리는 건 미안할 것 같아서 맨손으로 잡았는데, 꽤 충격이 느껴졌어."

넬의 목소리가 어둠 속에서 들려온 직후, 폭음이 발생했다.

검은 연기와 독안개가 사방으로 흩어지며 소멸했다.

흩어진 어둠 속에서 나타난 이는 팔짱을 낀 채 아무 일도 없었다는 듯 서있는 넬이었다. 아니, 심정적인 면에는 꽤 변화가 있었던 건지, 기분이 좋을 때 짓는 미소를 머금고 있었다.

"음, 이 정도라면 레벨5의 몬스터한테도 통하겠지. 잘했어. 합격이야!"

만족한 어조로 그렇게 말한 넬의 발치에는 하루가 던진 철구가 쌓여 있었다.

"어, 아, 예……."

하루는 완전히 납득한 것 같지는 않지만, 그래도 예상보다 빨리 끝나서 다행이다.

* * *

하루와 넬의 모의전이 끝나자, 마른 침을 삼키며 지켜보던 기사와 하인들이 서서히 흩어졌다. 나는 가방에서 수건과 물통을 꺼내서 하루에게 건네줬다.

"수고했어. 죽지 않아서 다행이야."

"으으, 저는 불완전 연소 상태예요……. 하지만 제 실력을 파악할 좋은 기회라고 생각해요. 넬 씨, 상대해 주셔서 감사해요!"

"괜찮아. 나도 반쯤 재미 삼아 벌인 일이거든."

아까 같은 싸움을 벌인 직후인데도 불구하고, 두 사람은 평온한 어조로 대화를 나누고 있었다. 그리고 어느 가게의 케이크가 맛있다 같은 이야기를 나누기 시작했다.

매순간 목숨을 불태우며 사는 만큼, 전투를 마치고 긴장을 푸는 것도 매우 빨랐다. 나도 하루가 목숨을 부지해서 다행이라고 신에게 감사했다.

"……하루나, 정말 강해졌네요."

치나츠는 기어 들어가는 목소리로 모의전의 감상을 중얼거렸다. 안심한 듯한, 그리고 약간 쓸쓸한 듯한 그런 목소리였다.

"일주일 만에 이렇게 강해졌지. 이 사부도 경악하고 있어."

"후훗. 역시 하루나는 하루나네요. 이번만은 제가 도와줘야겠다는 생각을 하고 있었지만, 아무래도 기우였던 것 같아요."

"그래도 아직 치나츠 쪽이 강하지 않아? 아, 나는 기사단장이라 너희의 상황을 알고 있거든. 너희 동료 중에는 직업 레벨이 5인 녀석도 있다며?"

"유감이지만, 저는 레벨4 승려예요. 아마 하루나에게 이미 따라잡혔을 것 같네요……."

아니, 저 녀석은 아직 레벨3이다. 뭐, 무관의 사제지간의 혜택을 받고 있는데다, 히루 자신의 노력에 의해 크게 성장한 것도 사실이지만. 자신이 도와주려던 절친한 친구가 예상보다 훨씬 강해진 바람에, 지금까지 품고 있던 걱정이 동요로 바뀐 것일지도 모른다.

그러고 보니, 아직 치나츠의 힘을 확인하지 않았다. 승려라는 것은 알았지만, 이래서는 그녀가 강한지 약한지 알 수 없다. 넬이 추천한 것을 보면 약하지는 않을 텐데——.

"치나츠의 노력 여하에 따라서는 아직 만회가 가능해. 하루녀석은 운동을 끝내주게 잘하지만 공부를 못하거든. 그래서 마법 단련은 실전 형식으로 이뤄지고 있어. 그런 건 절친인 치나츠가 나보다 잘 알고 있지 않아?"

"아, 예. 하루나는 공부에도 노력을 아끼지 않지만, 옛날부터 잘하지 못했어요."

"그럼 공부를 통한 마법은 치나츠가 한발 앞서고 있을지도 몰라."

"사부님, 용케 아셨네요. 치나츠는 우리 학년에서 손꼽힐 정도로 공부를 잘해요!"

"하, 하루나?!"

몸집이 작아서 눈치를 못 챘는데, 어느새 다가온 하루가 고개를 불쑥 내밀었다. 그녀는 왠지 자랑을 하는 듯한 어조로 말했다.

"어머, 그거 참 기대되네. 철저하게 이것저것 가르쳐야겠는걸."

"넬 사부님?!"

그 말이 넬의 가슴에 불을 지핀 것 같았다. 저 녀석도 우리 대화에 귀를 기울이고 있었던 것 같았다.

"뭐, 아무튼 그런 건 신경 쓰지 않아도 될 거야. 하루에게는 하루의 특기분야가 있고, 치나츠에게는 치나츠의 특기분야가 있지. 넬의 제자로 지내다 보면 좋든 싫든 강해질 거야. ──뭐, 죽지 않는다면 말이지."

"저기, 마지막 한 마디를 듣고 일말의 불안을 느꼈는데요……."

치나츠는 다른 의미의 불안을 느꼈다. 하루처럼 죽기 살기로 매사에 임하는 행위는 남이 함부로 흉내 낼 수 있는 게 아니다. 하지만, 죽을힘을 다하지 않으면 죽는 상황이 만들어질 수 있다. 아니, 넬이 그런 상황을 만들 것이다. 그러니, 죽지 마라. 살아남기만 하면, 너는 강해질 수 있다.

"그런데 넬, 용케 합격시켰네. 나는 좀 더 시간이 걸릴 줄 알았거든."

"아~ 그래? 으음, 계속했다간 나 자신을 억누를 자신이 없었거든. 근거리전을 펼치기라도 했다간 무심코 손을 쓸지도 모르잖아."

"오오, 거기까지 고려한 거구나. 넬, 너도 성장했네."

"너는 대체 언제까지 나를 어린애 취급할 건데……."

연령적으로 어린애가 아니라는 것은 알고 있다. 신체적으로도 매력적인 어른이 됐다는 것도 알고 있다. 하지만 옛날 버릇 때문인지 선입관이 사라지지 않았다. 이 녀석이 난동을 부리던 시절의 기억이 머릿속에 선명하게 남아 있었다.

"하지만 생각했던 것보다 하루나의 실력이 좋아서 의욕이 나네. 나, 치나츠를 무지막지하게 단련시킬 거니까, 데리스도 열심히 가르쳐."

"네가 그런 소리 안 해도 그럴 거야."

나는 무지막지하게 단련을 받은 치나츠가 무지막지해지지 않기를 빌기로 했다.

"……윽?!"

"치나츠, 몸이 떨리는 것 같은데 감기라도 걸린 거야?"

"아, 아냐. 갑자기 등골이 오싹해졌어. 감기는 아닌 것 같은 데……."

응. 위험을 감지하는 능력은 꽤 괜찮은 것 같다.

"좋아. 인사도 나눴고 실력도 파악했으니까, 우리는 이만 돌아——."

"——그래. 오늘은 하루나와 치나츠가 재회한 기념비적인 날이니까, 우리 집에서 자고 가. 환영할게!"

넬이 뭔가 이상한 소리를 했다.

* * *

그 후, 우리는 넬의 집에 끌려가서(강제적으로 연행되었다), 오늘은 그대로 그곳에서 묵게 되었다. 하루와 치나츠는 넬의 집에 가는 게 처음이어서 그런지, 우선 그 광대한 집을 보고 깜짝 놀랐다.

이곳은 집이라기보다 저택에 가까웠다. 장소는 왕성 인근의 마을인 디아나에서 가장 비싼 땅이자, 귀족들이 사는 고급 주택가다. 그곳에 있는 집 중에서도 한층 더 큰 건조물이 넬의 집이다.

평민 출신이면서도 마법기사단의 단장까지 올라갔고, 콧노래를 흥얼거리며 수많은 공적을 쌓아온 넬은 이 나라에서도 손꼽히는 거물이다. 그러니 이런 대우를 받는 게 당연했다.

"""당주님, 어서 오십시오."""

"다녀왔어. 오늘은 지인들이 묵을 거니까, 세 사람이 묵을 방과 식사를 준비해줘."

"데리스 님, 잘 오셨습니다."

"응, 오래간만이야. 느닷없이 찾아와서 미안하지만, 오늘 잘 부탁해."

""…….""

이렇게 큰 저택인 만큼 하인의 숫자 또한 상당했다. 그런 하인들이 당연한 듯 줄지어 서서 우리를 맞이했다. 일본인이라 이런 일에 익숙하지 않은 하루와 치나츠가 긴장하는 것도 무리는 아니다.

"치, 치나츠는 테이블 매너 같은 걸, 알아……?"

"나, 남들, 만큼……?"

아, 그런 걱정을 하고 있는 겁니까.

"참, 치나츠는 이제부터 이 집에서 살 거니까 그렇게 알아둬."

"예? 아, 저기, 기사단 본부로 이미 이사했는데요……."

"짐이 얼마 안 되잖니. 그럼 괜찮겠네. 처음에는 그편이 괜찮을 것 같지만, 하루나를 보고 생각이 바뀌었어. 하루나를 따라잡고 싶다면, 본부에서 받는 기사들의 훈련으로는 부족할 거야. 그리고 제자라면 사부님과 함께 생활해야 하지 않겠어? 이곳에는 내 전용 훈련시설도 있으니까, 다소 무리한 짓도 마음껏 할 수 있어. 아마 그편이 너한테도 도움이 될 테고, 강해질 수도 있겠지. 어때?"

"……감사합니다. 앞으로 잘 부탁드려요."

넬의 공간에서 살게 됐기 때문인지, 치나츠는 약간 불안해 보였다. 하지만 하루를 보고 강해지자는 각오를 다진 것인지, 치나츠는 결연한 목소리로 넬에게 인사를 했다.

"응, 잘 부탁해. 나도 치나츠가 망가지지 않도록 노력할 테니까, 서로 힘내자."

"……."

그래도 치나츠는 희미하게 불안을 느낀 건지, 울상을 지었다.

* * *

넬의 저택에서 나온 디너는 호화로웠다. 미리 준비를 해뒀을 거라는 수준의 희귀한 음식까지 나온 것을 보면, 애초부터 오늘 우리를 초대할 생각이었던 것 같았다.

하루와 치나츠가 걱정했던 테이블 매너는 넬이 개의치 않아도 된다고 말했다. 그래서 하인 두 명에게 테이블 매너를 배우면서 식사를 하게 됐다. 맛있기는 하지만, 여러모로 불편했다. 두 사람의 얼굴에서 그런 속내가 드러나고 있었기에, 나름 재미있기도 했지만.

"사부님, 저와 치나츠는 이 방에서 묵게 됐어요."

"응. 그래도 일찍 자."

"그건 제가 사부님에게 할 말이에요!"

하루와 치나츠는 오래간만에 재회를 했으니, 한방에서 묵게 했다. 오래만에 친교를 나눌 거라면 그편이 좋을 거라고 내가 제안한 것이다.

뭐? 상냥해? 그런 게 아니다. 하루가 내 침대에 들어오지 못하도록 하기 위해서다. 동침을 허락하기는 했지만, 넬의 저택에서 그런 짓을 했다간 큰 문제가 될 것이 뻔했다. 하루에게 은근슬쩍 주의를 주기는 했지만, 혹시 모르니 조심하는 편이 좋다. 치나츠라는 족쇄를 달아서, 만에 하나라도 문제를 일으키지 못하게 한 것이다. 책사는 언제 어느 때라도 한두 수 앞을 내다봐야만 하는 것이다.

"데리스, 나와 한잔 하자. 좋은 와인이 있어."

"하루가 일찍 자라고 했거든. 오늘은 얌전히 잠이나——."

"다행이야. 시간이 있는 거네? 그럼 얌전히 따라와."

그렇다. 그래서 넬이 이런 제안을 할 것이라는 것도 예상했다. 하지만 대항책을 찾지 못했다. 내일 원정에 대비해 일찌감치 자려던 나는 저항도 못한 채 넬에게 목덜미를 잡힌 채, 그녀의 방으로 질질 끌려갔다.

"하루나에게 들었어. 술은 입에도 안 댄다며?"

넬은 창가에 있는 조그마한 테이블에 와인 잔을 두더니, 포도빛 액체를 거기에 따르면서 나에게 질문을 던졌다. 그 동작은 디너 때처럼 세련되지 않고 약간 거칠었다. 단둘만 있기 때문이리라. 모험가 시절에는 항상 이런 느낌이었다.

"뭐, 술은 자제하고 있어. 너도 그런 일이 있었는데, 용케 나한테 술 한잔 하자는 소리를 하네……."

"딱히 개의치 않거든."

"어이, 여자면 좀 신경 쓰라고."

나는 옛날에 과음을 하고 사고를 친 적이 있다. 자세한 이야기는 하지 않겠지만, 제대로 사고를 쳤던 것이다. 유감스럽게도 나는 당시의 기억이 없고, 그 결과만이 다음 날 아침에 일어났을 때 발각됐다.

그런 일이 있었던 탓에, 일전에 내 침대 안에 있는 하루를 봤을 때는 진심으로 동요했다.

"그럼 책임을 져줄 거야?"

"몇 번이나 지려고 했잖아. 집이 다 불타버릴 정도로 싸우고 헤어진 적이 세 번이나 있을 정도로 말이지."

"……그건 정말 싫은 사건이었어."

"네 마법이 원인이지만 말이야."

넬이 말한 싫은 사건이 다시 일어나지 않도록, 나는 가능한 한 술을 마시지 않았다. 다행인지 불행인지, 나와 넬은 서로에게 호의를 가지고 있었다. 그래서 동거를 하다 헤어졌다, 또 다시 동거를 하다 헤어지는—— 그런 일을 반복하다 보니, 지금 같은 관계가 정착됐다.

때로는 심하게 싸우기도 한 탓에, 넬의 휘하에 있는 기사들은 우리의 관계를 알고 있다. 암묵적으로 모르는 척하고 있는 건, 넬의 인내심이 바닥나는 것을 막는 체제가 구축되어 있기 때문이리라. 무노 군은 예외지만.

"술에 약한 건 아니잖아? 그럼 같이 한잔 하자."

"……조금만 마실 거야."

나는 의자에 앉으며 잔을 건네받았다. 그때 마셨던 술처럼 값싼 술이 아니라, 엄청 비싼 술 같았다. 그러니 숙취로 고생할 일도 없을 것이다.

"뭘 위해 건배할까?"

"으음, 귀여운 제자들을 위해?"

"그건 또 무슨 소리야? 뭐, 좋아."

잔을 가볍게 맞대면서 건배를 했다. 원래라면 와인 잔으로 건배를 하면 안 되지만, 모험가 출신인 우리는 나무 술잔으로 건배를 하던 버릇이 있었다. 그때에 비하면 여러모로 고상해 지기는 했지만, 그래도 이 정도는 괜찮으리라.

"그런데 너의 귀여운 제자인 치나츠는 좀 어때? 수많은 전 이자 중에서 왜 그 애를 고른 거야?"

"글쎄. 뭐랄까, 성에서 살기와 야심을 마구 뿜고 있지 뭐야. 한눈에 반했다고나 할까? 이 애라면 탈바꿈할지도 모른다는 생각이 들었어. 지금은 분위기가 확 달라져서 그렇게 보이지 않지만 말이야……."

"그렇구나……."

치나츠의 걱정거리였던 하루가 마음껏 이 세계를 즐기고 있다는 것을 안 탓일지도 모른다. 거꾸로 말하면, 치나츠는 하루가 위기에 처하지 않도록 앞으로 노력을 아끼지 않을 가 능성도 있다.

"맞다. 이건 치나츠의 스테이터스인데, 볼래?"

넬이 메모를 흔들어 보였다.

"내가 봐도 되겠어?"

"오늘 하루와 싸우면서 그 애의 스테이터스를 파악했거든. 이대로는 공평하지 않을 거야."

"딱히 승부를 하고 있는 건 아니잖아."

"승부 맞거든? 치나츠를 졸업제에 내보낼 예정이야."

"뭐……?"

치나츠를 졸업제에 내보낸다? 처음 듣는 말이다. 단장 권한으로 출전시키려는 건가? 횡포다! 권력 남용이다!

"후훗, 너의 그런 표정을 본 것만으로도 치나츠를 제자로 삼은 보람이 있네. 자아, 빨리 확인해줘."

넬은 아연실색한 나에게 메모를 억지로 떠넘겼다. 뭐, 그렇다면 봐두도록 할까.

```
==================================
```

로쿠사이 치나츠 16세 여자 인간

직업 : 승려 LV4

HP : 65/65

MP : 470/470

근력 : 44 내구 : 20 민첩 : 254 마력 : 278(+60)

지력 : 510(+60) 손재주 : 74 행운 : 185

스킬 슬롯

◆빛 마법 LV84

◆연산 LV79

◇회피 LV54

◇위험감지 LV55

◇검술 LV7

===================================

"······기초 수치가 상당한걸."

"아, 눈치챘어?"

"그래. 내구력을 상승시키는 스킬은 익히지 않은 것 같으니까, 20이 초기 수치인 거잖아. 하루 녀석은 전부 1이었는데······."

보아하니 클래스메이트들 사이에서는 스킬 습득 전의 스테이터스도 차이가 존재하는 걸까. 같은 레벨4였던 사토 군도 이렇게 강했던 걸까? 거기까지 파악하기도 전에 망가져 버렸는데 말이다.

"유일하게 레벨이 낮은 검술 스킬은 직접 습득한 건가. 승려가 검술을 익히다니, 꽤 특이하네."

"응. 일주일 동안 열심히 혼자서 검술 연습을 했나 봐. 뭐, 딱 그 정도 노력에 걸맞은 레벨이긴 해."

넬은 빈 잔에 술을 따랐다. 하루의 성장을 지켜봤기 때문인지, 엄청난 위화감을 느꼈다. 그래, 이게 정상이지.

"전체적으로 본다면 나쁘지는 않아 보이는걸? 비교적 말이야. 승려 레벨4, 그리고 스킬의 랭크업도 멀지 않았네."

"긴 안목으로 살펴보며 차근차근 가르칠 생각이야. 졸업제까지 3주나 남았잖아."

"아~ 그러고 보니 아직 그렇게 시간이 남아있구나……."

"의외로 의욕이 없어 보이네."

"아, 그게 말이야. 오늘 하루한테 박살이 난 무노 군은 작년에 졸업제에 나갔지? 캐논 녀석도 상위였잖아. 그래서야 하루가 나가더라도 새로운 자극은 못 받을 것 같거든."

당초에는 넬처럼 긴 안목으로 살펴보며 차근차근 가르칠 생각이었다. 뭐, 반가운 오산이라고 할 수 있을 것이다.

"내 제자인 치나츠가 있잖아. 그리고 올해는 엄청난 천재도 있다고 들었어. 학교 개교 이래 최고의 걸물이라던걸?"

"흐음, 그러고 보니 간 씨도 그런 소리를 했었지. 뭐, 우승자에게 주어지는 혜택도 짭짤하니까, 너무 기대는 하지 않고 출전시켜야겠어."

"자신감이 넘치네. 천재는 몰라도, 치나츠도 나갈 거니까 나중에 후회하지는 마."

그렇게 되면 더욱 기쁠 테지만 말이다. 나는 넬이 따라준 와인을 기분 좋게 들이켰다.

──수행 7일차, 종료.

* * *

──수행 8일차.

창문을 열어보니, 맑은 아침 바람이 방안으로 스며들어왔다. 구름 한 점 없는 푸른 하늘에서 쏟아지는 햇살은 따뜻하게 우리를 맞아줬다.

기분 좋게 아침에 눈을 떠보니, 마음속에 쌓여 있던 울분이 전부 가셨다. 이렇게 상쾌한 아침에, 감사 인사를 드리고 싶을 정도다.

"……."

"……."

그런 빌어먹게 화창한 아침에, 나와 넬은 어제 와인을 마시던 테이블 앞에 앉아서 머리를 감싸 쥐고 있었다. 바닥에는 누가 마신 건지 모르는 빈 와인 병이 무수히 굴러다니고 있었다.

하아, 누가 고귀한 넬 님의 방에 이딴 걸 버린 거냐고. 지금 이실직고를 하면 상냥하기 그지없는 넬 님께서 용서해 주실 거야. 자아, 빨리 솔직히 털어놔.

"저기, 뭐냐……. 미안한데, 전혀 기억이 없어."

"……응. 나도 그래."

그렇습니다. 범인은 바로 저희입니다. 어젯밤에 대체 몇 시까지 술을 마신 건지, 언제 잠든 건지, 저희 둘 다 기억을 못합니다. 역시 비싼 술이 문제야. 마시기 쉬운 만큼, 자신의 한계 이상으로 마시고 만다. 게다가 숙취도 없어서, 아침에 일어나보니 뇌가 매우 상쾌했다. 그렇게 상쾌한 상태인 내가 아침에 일어나서 본 광경을 기억에서 지울 수 있을 리가 없다.

어제 내가 두려워했던 하루와의 동침은 발생하지 않았다. 다행인지 불행인지, 이 방의 문이 잠겨 있었던 것이다. 하루도 2층에 있는 이 방에 창문을 통해 침입하지는 않은 것 같았다. 아니, 의외로 상식적인 제자이니 그런 짓은 절대 하지 않는다.

이야~ 다행이야. 최악은 하루와 치나츠가 이 상황을 보는 것이었지만, 아무래도 그런 사태는 피한 것 같았다. 그 점은 나이스다. 어제의 나, 잘했어.

하지만 어제의 나, 그래도 이러면 안 되지. 과거의 실수 때문에 술을 끊고, 같은 실수를 반복하지 않기로 확연한 의지로 맹세했잖아. 그런데 이게 뭐야? 기억이 사라질 정도로 술을 퍼마시면 어떻게 하냐고. 나이를 좀 생각해. 이제 그런 실수를 벌일 나이가 아니잖아?

"미, 미안해. 실은 나도 그 일 후로 술을 끊었거든. 오래간만이라서 내 주량을……."

"아, 나야말로 정말 미안해. 그렇게 즐거웠던 건 정말 오래간만이었거든. 저기, 뭐냐…… 미안해."

그래요. 전면적으로 제가 잘못했어요. 아무리 변명을 해봤자, 최종적으로는 내가 잘못한 것이다.

응, 맞아. 정신이 들어보니 나는 넬의 침대에서 알몸으로 자고 있었어. 그리고 넬도 그랬다고! 무슨 일이 있었는지는 대충 감이 올 거야. 더는 나에게 죄를 뒤집어씌우지 마. 반성

하고 있단 말이다……!

──똑똑!

""으……!""

움찔. 나는 왕국 최강의 기사와 함께, 노크 소리를 듣고 그 자리에서 펄쩍 뛰었다. 이런 모습을 하루와 치나츠에게는 절대 보여줄 수 없다. 스승의 체면이 손상되는 일이다.

"당주님, 아침 준비가 되었습니다만, 드시겠습니까?"

노크를 한 사람은 이 저택의 하인 같았다. 지금은 우리 둘 다 옷을 입고 있다고는 해도, 이런 이른 아침에 내가 여기 있다는 게 알려지면 여러모로 곤란하잖아.

그렇게 생각한 나는 넬과 눈빛을 교환했다. 그러자 넬은 나도 아니까 입 다물고 있어! 같은 의미가 담긴 시선을 나에게 보냈다.

"알았어. 옷을 갈아입고 식당으로 갈 테니까, 먼저 모인 사람들에게 그렇게 전해줘."

"예. 그리고 데리스 님이 방에 계시지 않습니다만, 당주님께서는 아는 바가 없으십니까?"

""…….""

이 하인, 방안을 투시하고 있는 건 아니겠지? 들킨 건 아니겠지? 나는 또 넬과 시선을 교환했다. 그녀는 잠시 고민한 후, 창밖을 힐끔 쳐다보았다.

"……나도 모르겠어. 아침 산책이라도 간 것 아닐까? 아마 곧 돌아올 테니까, 아침 준비만 해둬."

하인은 넬의 말에 납득을 한 건지, 가볍게 인사를 건넨 후 돌아갔다.

"나이스 변명."

"하아, 아침부터 간 떨어질 뻔했네……."

"아무튼 아침을 먹으러 가자. 너무 늦게 가면 의심받을 거야. 나는 적당히 밖을 돌아다닌 후에 돌아갈게."

나는 자신에게 카무플라주 마법을 걸어서 몸을 감췄다. 이제 시각으로는 나를 발견하기 어려울 것이다. 이제 2층에서 뛰어내린 후, 닌자처럼 탈출하기만 하면 된다. 그리고 적당히 때를 봐서 아침 식사를 먹으러 가기로 했다.

"아, 그리고 넬."

"왜?"

"나와 다시 시작해보지 않겠어?"

"……새, 생각해볼게."

얼굴을 붉히며 고개를 돌리는 넬의 모습을 마음속 필터에 담아둔 후, 나는 창밖으로 몸을 날렸다.

＊　＊　＊

아침 식사 자리에서 산책이라는 완벽한 알리바이와 위장을 선보인 나는 어찌어찌 위기를 모면했다. 하루가 「사부님이 아침에, 산책을⋯⋯?」 하고 외치며 깜짝 놀란 듯한 표정을 지었을 때는 심장이 멎을 뻔했지만, 오늘 원정에 관해 이야기로 돌려서 어찌어찌 얼버무렸다. 넬의 말수도 적어졌기 때문에, 그만큼 내가 말을 많이 해야 했다. 아침부터 피곤해 죽겠네⋯⋯.

아침 식사를 마친 후, 원정 준비를 마친 우리는 집합장소로 향했다. 디아나의 성벽밖에 마차가 준비되어 있다고 한다.

"아, 단장님! 여러분! 이쪽이에요!"

목적지에 가보니, 캐논이 손을 흔들며 일행을 맞이했다. 캐논의 새된 목소리를 듣고 무노 군이 뛰어왔고, 다가노프 옹도 뒤따라 이곳으로 왔다.

"넬 단장님, 어제는 정말 죄송했습니다! 그렇게 한심한 꼴을 보이다니, 저는 정말──."

"뭐? 아, 응⋯⋯. 괜찮아. 그 후에 나도 하루나와 모의전을 해봤는데, 내가 상상한 것보다 훨씬 뛰어난 실력을 지니고 있었어. 아마 다가노프라도 하루나에게 이기지 못할 거야."

"그, 그 정도인가요⋯⋯. 하루나 님, 어제 제가 범한 무례를 사과드립니다! 그리고 하루나 님의 스승이신 데리스 님께도 폐를 끼쳐 죄송합니다!"

"아, 아뇨! 저야말로 순식간에 쓰러뜨려서 죄송해요!"

하루, 사과해야 할 포인트는 거기가 아니라고.

"무노 군도 충분히 대단했어. 자신의 의지를 관철하며, 넬에게 떳떳이 자기 의견을 말했잖아. 캐논 녀석이 본받았으면 좋겠더라니깐."

"데리스 씨, 말도 안 되는 소리 하지 마세요……."

"캐논의 말이 맞습니다. 저는 인정받을 만한 인간이 아니에요. 어제, 이야기를 들었습니다. 데리스 님은 넬 단장님과 함께 모험가로서 실력을 갈고닦은 사이시라는 걸요. 부끄럽지만, 저는 데리스 님이 음흉한 생각을 품고 넬 단장님에게 접근한 거라는 바보 같은 착각에 빠져 있었습니다! 아아, 어제의 저를 죽여 버리고 싶군요! 크으, 너무 부끄러워요!"

미안해. 나도 어제의 나를 죽여 버리고 싶어. 진짜 쓰레기였어요. 죄송해요. 넬도 갑자기 입을 다물지 말아줬으면 좋겠다. 평소처럼 무자비한 태도를 취해야 주위 사람들이 눈치채지 못할 거라고!

"어이, 무노. 데리스 님이 난처해 하고 있으니 그쯤 해둬. 단장님, 저희는 준비를 마쳤습니다. 이제 출발해도 되겠습니까?"

"그, 그래. 부탁해."

"……어?"

"사부님, 정말 재미있을 것 같아요!"

도움의 손길을 내밀어준 다가노프 옹이 정말 고마웠다. 사랑에 빠진 소녀 모드에 빠져들어가고 있는 넬, 그리고 그런 그녀를 미심쩍게 생각하기 시작한 치나츠, 평소와 다름없는

하루를 태우고, 기사단의 마차는 길을 따라 달려나가기 시작
했다.

이 시점에서 나에게는 불안이 엄습하고 있었다.

제 2 장   자칭 마왕

마차를 타고 이동하기 시작한 후로 약 한 시간이 흘렀다. 마차 안은 의외로 쾌적했으며, 계속 앉아 있었는데도 엉덩이가 아프지는 않았다.

하루와 치나츠는 마차의 조그마한 창문을 통해 밖을 쳐다보며 이게 뭐지, 저게 뭐지, 아, 누가 손을 흔들고 있어 등 전철을 처음 탄 어린애처럼 즐거워하고 있었다.

뭐, 이 세계에 와서 마을 밖으로 나온 것도, 마차에 타본 것도 처음일 테니, 어쩌면 당연한 반응일지도 모른다.

캐논과 무노 군은 마부석에 앉아서 말을 몰고 있었다. 단장인 넬이 탄 마차를 몰고 있어서 그런지 캐논은 꽤 긴장한 것 같았으며, 무노 군은 어찌 된 건지 표정이 환했다. 눈동자와 몸에 두른 아우라 같은 게 반짝이고 있다.

왜 저러는 걸까. 기사로서 이 임무를 자랑스럽게 여기고 있는 걸까. 역시 무노 군은 대단한걸.

그리고 넬은…… 아까까지만 해도 나와 시선을 맞추려고도 하지 않았다. 평소 말수가 적은 타입 같아 보이는 다가노프 옹이 범상치 않은 분위기를 감지한 건지, 분위기 전환을 위해 이런저런 화제를 입에 담았다. 내가 이 도움의 손길에 응하면서 때때로 넬에게도 말을 돌리자, 그녀도 조금씩 평소 같은 느낌으로 되돌아갔다.

"저기, 넬 씨. 아직 행선지와 이번 원정의 내용을 못 들었는데요. 꽤 먼 곳에 가나요?"

"아, 그러고 보니 저도 아직 못 들었어요."

문득, 하루와 치나츠가 그런 말을 했다.

"어라? 아직 말 안 한 거야?"

"나는 말 안 했어. 다가노프, 부탁해."

넬은 설명하는 게 귀찮은지 부하에게 떠넘겼다.

"그럼 외람되지만 제가 설명을 드리겠습니다. 이제부터 향하는 곳은 마법왕국 아델하이트와 서쪽의 인접국가인 타잘니아의 국경 인근입니다. 그곳 근처의 요새에서 얼마 전에 연락이 왔습니다. 각각 마왕을 자칭하는 몬스터 집단 두 개가 나타났다는 연락이었죠."

"자칭 마왕이 둘이나 되나요? 저는 하나일 줄 알았어요."

"하나든 둘이든 크게 다를 게 없으니까 걱정 안 해도 돼."

넬은 웃으면서 그렇게 말했지만, 일반적으로 보자면 꽤 큰 일이다. 이 대륙에 진짜 마왕이 나타난 영향 때문이기도 하겠지만, 마왕을 자처한다는 것은 어느 정도의 지능을 지녔다는 증거다. 같은 종족을 이끌고 인근의 마을을 습격하면, 상주하는 병사만으로는 대처할 수 없으리라.

게다가 이번에는 인근에 요새가 있는데도 지원 요청이 온 것이다. 그만큼 상황이 좋지 않은 거라고 나는 예상했다.

"연락에 따르면, 마왕을 자칭하는 몬스터의 종족은 오크와 고블린입니다. 아마 상위종인 오크 킹, 고블린 킹이 군단을 이끌고 있을 것으로 추정되며…… 몬스터 집단 안에는 아종족이나 오거 같은 다른 종족도 섞여 있으니 방심은 금물입니다. 현재는 양쪽 다 각자의 군단을 이끌며 이동 중인 것으로 알고 있습니다."

"다른 종족의 자칭 마왕 두 마리…… 다투지 않을 리가 없지."

"예. 냄새로 안 것인지, 양쪽 다 서로에 대해 눈치챈 듯합니다. 하지만 두 집단이 충돌하는 건 며칠 후일 걸로 추정됩니다. 아마 그 전에 저희가 도착할 수 있을 겁니다."

넬이라면 각개 격파보다는 양측이 격돌한 후에 한꺼번에 해치우는 쪽을 선택할 것이다.

"이번 원정에는 데리스도 동행하니까, 전장의 한가운데에 자리를 깔고 기다리도록 하자. 그럼 먹잇감이 알아서 몰려올 거잖아."

""예?""

"그거, 정말 좋은 생각 같아요! 오크와 고블린, 양쪽 다와 싸워볼 수 있겠네요!"

""예?""

넬과 하루가 그렇게 말하자, 치나츠와 다가노프 옹은 당황했다. 두 집단이 격돌한 후가 아니라, 그들이 격돌하는 중심지에 미리 가서 기다리자는 거구나. 나도 아직 공부가 부족하구나. 음, 재미있네.

"그런데, 몬스터의 상위종이나 아종이라는 건 뭔가요?"

"아…… 우선 상위종이라는 건 어느 정도까지 성장한 몬스터가 진화한 개체야. 보통 몬스터의 스테이터스는 볼 기회가 없지만, 조교사나 소환사 같은 직업을 가진 자는 몬스터를 사역할 수가 있지. 그러면 몬스터가 상위 종족으로 진화한 것을 확인할 수 있어. 인간에게는 일어나지 않는 현상이지."

"흐음~ 재미있네요. 그럼 몬스터한테는 직업 같은 게 없나요?"

"아냐, 있어. 어떻게 입수하는 건지는 모르지만, 늑대 타입의 몬스터는 사냥꾼 같은 직업이지. 방금 이야기한 고블린에게는 상당히 폭넓은 타입이 있어."

"모, 몬스터한테도 직업이 있는 건가요……."

응? 그러고 보니 치나츠는 아직 몬스터와 싸워본 적이 없는 걸까. 하지만 하루는 일전에 그레이 코볼트 집단과 전투를 해본 적이 있다. 무기를 쓰는 그 녀석들의 모습을 직접 본 적이 있는 만큼, 상상이 잘될 것이다.

"그래. 알고 지내는 조교사의 이야기에 따르면, 직업 레벨이 오르는 단계에서 진화한다더라고. 뭐, 그러니 이번에 싸울 자칭 마왕은 직업 레벨이 높을지도 몰라. 킹이라면 왕이니까 말이야."

"뭐, 왕이라면 그럴지도, 모르겠네요……."

응, 그럴지도 몰라. 그런데 아직 머리에서 검은 연기가 나지 않는 걸 보니, 치나츠 너는 참 우수한 녀석 같네.

"일전에 하루가 쓰러뜨린 그레이 코볼트는 털이 갈색인 코볼트의 아종이야. 상위종은 아니지만, 개체수가 적은 만큼 능력이 뛰어나지. 그 지역의 기후에 적응한 종족이라는 설도 있어. 그레이 코볼트는 보통 동굴에서 살지."

"사부님, 저 슬슬 두통이⋯⋯!"

어이, 내 제자여. 심각한 표정을 지으며 항복하기에는 아직 이르다고. 메모를 하고 있는 손이 떨리고 있잖아.

"뭐, 뭐어. 조교사 관련 스킬이 없는 우리와는 상관없는 일이야. 싸우는 도중에 몬스터가 진화하는 광경을 보기라도 한다면 모르지만, 그런 일은 흔치 않거든. 하루와 치나츠가 이번에 할일은 적을 쓰러뜨리는 거야! 그 점에만 집중하도록 해."

"예!"

"아 예!"

하루는 실전과 관련된 이야기를 듣고 기운이 난 것 같지만, 치나츠는 약간 긴장한 것처럼 보였다.

하지만 어제 넬이 치나츠의 스테이터스를 보여준 덕분에 그렇게 걱정이 되지는 않았다. 야심가 같은 면도 있는 것 같으니, 익숙해지기만 하면 큰 문제는 없으리라.

"저기, 왜 데리스가 치나츠한테도 지시를 내리는 거야. 이 애는 내 제자거든?"

넬이 약간 삐친 듯한 표정을 지으며 위압감을 뿜었다. 그 순간, 다가노프 옹과 치나츠가 식은땀을 폭포수처럼 흘렸고, 마차를 끄는 말들도 비명을 지르며 날뛰기 시작했다.

"우와앗?! 너희들, 왜 그러는 거야?! 반항이냐?!"

"무, 무노는 느끼지 못한 거야?! 진짜 대단하네!"

캐논과 무노의 목소리도 들렸다. 그건 그렇고, 넬도 원래 컨디션으로 되돌아온 것 같았다. 역시 이 녀석은 위압적이고 제멋대로인데다 횡포를 부리는 게 매력이다.

"그럼 넬 단장. 스승으로서 치나츠에게 지시를 내려주라 고."

"······아, 예, 사부님! 말씀하세요!"

정신이 퍼뜩 든 치나츠가 넬을 똑바로 쳐다보았다.

"어험······ 다 죽여버려. 시야에 들어온 적을 전부 섬멸하는 거야!"

"어, 어어······."

"인마, 내 지시를 좀 거칠게 표현했을 뿐이······."

"전혀 다르거든? 이렇게 말해 두는 편이 기합이 들어가니 까 말이야."

그러지 못했다간 등 뒤에서 칼 맞고 죽을 뿐이라고 생각하 는데 말이죠. 뭐, 그런 부분은 내가 도와주면 될 것이다. 넬은 전투 중에 바쁠 테니, 좀 도와주는 것 정도는 괜찮으리라.

"다, 단장님. 혹시 전장 한가운데에 자리한다는 작전에는 저와 캐논, 무노도⋯⋯."

"당연하지. 안심해. 그러면 저 애들도 배짱이 생길 거야."

"⋯⋯알았습니다."

아무래도 내가 기사들도 챙겨야 할 것 같았다. 어라. 나, 이 번에 꽤 바쁘겠는걸?

"이, 이상하네. 아까부터 계속 몸이 떨리네⋯⋯?"

"오오, 전의가 불타오르고 있는 것 같구나! 절친^{캐논}!"

* * *

아델하이트 서쪽에 있는 국가인 타잘니아는 예로부터 아델 하이트와 친분이 깊었다. 중소국가지만 마법과 매직아이템 산업으로 부를 축적한 아델하이트를 차지하기 위해 노리는 대국은 많다. 하지만 넬이라는 압도적 무력에 의한 위광이 없 던 시기부터 우호적인 관계를 쌓아온 타잘니아 같은 케이스 는 매우 드물다.

광대한 곡창지대 덕분에 국력도 뛰어난 타잘니아는 먼 옛 날부터 아델하이트와 무력이 아니라 교역을 통해 국교적인 접촉을 시도해왔다. 과거의 아델하이트에는 지금처럼 생활에 편리한 마법용품이 없었지만, 그래도 다른 나라보다 뛰어난 기술을 갖추고 있었다.

하지만 방위비용의 부담이 너무 커져서 나라가 일시적으로 빈곤해진 적이 있었다. 그럴 때 들어온 타국의 식량 공급 타진을 국왕이 반기지 않을 리가 없다. 그리하여 아델하이트는 매직아이템을, 타잘니아는 식량을 지원했고, 두 나라는 지금까지 우호 관계를 이어왔다고 한다. 기사와 병사가 합동훈련을 하기도 하고, 두 국가에서 함께 축제를 개최하기도 한다는 모양이다.

그런 타잘니아와의 국경 부근에 자칭 마왕이 둘이나 등장했다. 긴급 상황에서는 두 국가의 병사가 마왕 토벌에 투입된다.

하지만 국경 부근이라고는 해도 정확한 위치는 아델하이트 쪽에 치우쳐 있다. 만약 적국 인근이라면 그쪽으로 자칭 마왕을 몰아넣는 기개를 보여줬으면 하지만, 이번에는 그럴 수도 없다. 국왕도 우호국인 타잘니아에게 폐를 끼치고 싶지는 않은 것이다. 가능하면 자국의 힘으로 이 상황을 수습하고 싶다. 그런 성가신 일이 발생했을 때, 나서는 이가 바로 넬 님이시다.

"뭐, 슬슬 용사 군에게도 일을 시키면 될 텐데 말이야."

"방금 뭐라고 했어?"

"아, 혼잣말 좀 했을 뿐이야."

"뭐?"

푸념을 해봤자 소용없다. 용사가 어느 정도의 실력자인지 모르는데다, 일을 확실하게 처리하고 싶다면 넬에게 맡기는 게 나을 테니까.

신뢰와 실적이 끝내주는 넬 님은 때때로 포악해지기도 하지만, 때로는 사랑에 빠진 처녀가 된다. 아아, 이렇게 사실만을 언급해보니, 이 녀석을 다루는 건 여간내기가 아니네. 장래의 남편이 엄청 고생할 거야.

자아, 이렇게 이웃 나라와의 관계에 대해 생각할 정도로 이 마차 여행은 오랜 시간이 걸렸다. 가는 데 사흘, 돌아오는 데 사흘은 걸릴 것이다.

물론 이 기간을 그냥 허비하는 건 아까우니, 하루 일행에게도 마차에서 할 수 있는 수련을 시키고 있다. 하루가 질색하는 수련을 말이다.

"사부님~ 이제 책을 읽지 않아도 된다면서요~. 아, 요리책은 좋지만요!"

"마차 안에서는 실전도 못 하고, 운동도 못 하거든. 무엇보다, 고행을 통해서만 얻을 수 있는 이득도 있어. 정신적인 측면에서의 이런저런 거 말이야."

"생각했던 것보다 훨씬 애매한 설득이네요!"

"나도 같이 할 테니까 함께 힘내자, 하루나!"

하루는 저항을 도모했지만, 치나츠의 설득 덕분에 머리에서 검은 연기가 피어나면서도 열심히 했다.

후후, 이럴 줄 알고 내 가방 안에 며칠 동안 쓸 교재들을 넣

어쨌지. 교본이라면 얼마든지 있다. 자아, 마법 스킬을 올려 볼까요!

──펑!

아…….

다소의 사고가 발생하기는 했지만, 여행은 대체적으로 순조로웠다. 하루의 머리는 한계에 도달하더라도, 숙면 스킬의 혜택으로 잠시만 눈을 붙이면 회복됐다. 그래서 간접적으로 숙면 스킬의 레벨업에도 도움이 됐다.

치나츠는 예상대로 교본을 술술 읽어나갔다.『연산』스킬로 머리 회전이 빨라진 덕분이기도 하겠지만, 하루가 말한 것처럼 원래 머리가 좋은 것 같았다. 하루도 생사를 오가며 최선을 다하고 있지만, 치나츠를 따라잡는 건 어려워 보였다.

"단장님, 잠시 쉬죠."

하루는 마차를 세우고 휴식을 취하는 시간을 진심으로 고대했다. 이때는 마음껏 움직이며 수련을 할 수 있기 때문이다. 마차 안에서 산송장이 되어 있던 하루는 현재 물 만난 고기처럼 날아다니고 있었다. 넬과 치나츠라는 모의전 상대도 있고.

하지만 하루가 할일은 수련만이 아니다. 그것은, 점심 휴식 시간에 일어난 일이다.

"저기, 이게 뭐야?"

"수프입니다!"

무노 군이 만든 것은 물에 소금과 식재료를 넣고 대충 끓인 것이다. 사람이 먹을 만한 게 아니었다. 무노 군이 자진해서 요리를 하겠다고 나서자, 나는 그가 요리에 자신이 있을 거라고 생각했다. 아니, 자신은 있었다. 결과가 동반되지 않았을 뿐.

사람이 먹을 수 있는지 체크하기 위해 가장 먼저 이 소금물 수프를 마신 후, 거친 기침을 토하고 있는 다가노프 옹이 가여웠다. 캐논이 다가노프 옹의 등을 문질러주는 광경을 본 넬은 낮은 목소리로 말했다.

"⋯⋯하루, 치나츠. 너희가 요리 당번을 맡아. 사람이 먹을 수 있는 음식을 서둘러 준비해."

조리를 시작한 하루는 순식간에 식사 준비를 마쳤다. 마차에 실린 재료로 남은 일수를 계산하고(이런 계산은 정말 빠르다), 손님을 기다리게 할 수 없다는 듯 금방 조리를 마쳤다. 치나츠도 하루와 요리를 할 기회가 많았던 건지, 물 흐르듯 자연스럽게 그녀를 보조했다.

"어머, 맛있네."

"이, 이걸, 아까 그 재료로 만든 겁니까? 저는 이렇게 맛있는 건 처음 먹어요."

"오오, 이 늙은 몸 속 깊은 곳까지 스며들어⋯⋯."

"하루나 님, 죄송합니다! 제가 못난 바람에⋯⋯! 하지만 정말 맛있습니다!"

요리의 평판은 끝내줬고, 하루와 치나츠는 이 여행 동안 요리 당번을 맡게 됐다. 조리를 하게 된 바람에 수련을 할 시간이 줄어들었지만, 하루와 치나츠는 즐거워 보이니 괜찮은 것으로 치기로 했다. 목적지에서 더욱 활약하면 될 테니까.

나에게 있어서의 난점은 취침 시간이다. 주위를 비추는 빛이 달빛과 모닥불뿐인 밤에는 2인1조로 교대를 하며 보초를 섰다.

넬의 원정 때는 계급이 높다고 해서 보초가 면제되지 않는다. 단장인 넬도 보초를 서며, 동행 중인 우리도 마찬가지다. 첫 보초는 기사단 사람들이 서기로 했으며, 다가노프 옹과 무노 군이 맡았다. 다른 이들은 눈을 붙이기로 했지만――.

"저, 저기……? 데리스, 뭐 하는 거야?"

무노 군의 소금물 수프를 봤을 때보다 더 떨리는 목소리로, 넬이 나에게 물었다. 그녀의 시선은 나, 그리고 내 목덜미를 끌어안고 있는 하루(이미 숙면 중)를 향했다.

후후, 아침에 받은 쇼크 때문에 허그베개를 깜빡했다. 어떻게 하지. 일단 엄청 웃고 싶다. 이럴 줄 알았다는 듯한 캐논의 시선이 너무 아팠다. 치나츠는 입가를 손으로 가린 채 당황한 표정을 짓고 있었다. 이 상황을 타개할 돌파구를 생각해라!

"실은 말이지…… 하루는 허그베개가 없으면 잠을 못 자!"

나는 뭔가를 예견한 듯한 포즈를 취하며, 그렇게 우겼다. 그리고 마음속으로는 이미 각오를 다졌다.

"데, 데리스 씨. 솔직히 그건 좀 무리——."

"쿠울……."

"——아, 그러고 보니……."

"치나츠?"

"어제 한방에서 같이 잘 때, 하루나는 저를 꼭 끌어안았어요. 어릴 적부터 애완동물인 페로와 같이 자면서 생긴 버릇이 낫지 않았나 보네요. 아마 하루나가 데리스 씨에게 같이 자고 싶다는 부탁을 했을 거예요."

"그, 그렇구나. 그럼 어쩔 수 없지. 데리스, 괜한 착각을 해서 실수를 범하지 마. 알았지?!"

오, 오오. 치나츠 덕분에 살아남았다! 이 상황이 넬의 엄중 주의만으로 정리된 것은 기적에 가깝다. 치나츠, 이 은혜는 가까운 시일 내에 꼭 갚으마…….

며칠에 걸쳐 마차 안에서 그런 아수라장이 벌어진 후, 우리는 목적지인 국경의 요새를 눈앞에 두게 되었다.

——수행 8일차, 종료.

* * *

——수행 10일차.

"도~착~!"

기나긴 고행 끝에, 하루는 마차에서 내렸다. 마을을 출발하고 사흘이 지난 이 날 오전, 우리는 드디어 국경의 요새에 도착한 것이다.

나무들과 초원으로 우거진 이 근처는 겉보기에는 평화롭기 그지없었다. 하지만 길을 가로막듯 존재하는 요새는 거대했으며, 우호국과의 국경이라 할지라도 꽤 엄중한 검문소가 설치되어 있었다.

두 나라에 얼굴이 잘 알려진 넬이 우리와 함께하고 있기 때문에 검문 걱정을 할 필요는 없을 것이다. 국경을 통과할 것도 아니고.

"소동이 일어나지 않은 것을 보면, 아직 늦지 않은 것 같네."

"그래. 하지만 시간적으로 여유는 없을 거야. 빨리 경비대와 합류하자."

캐논과 무노 군에게 마차를 맡긴 후, 우리는 서둘러 요새로 향했다. 그 도중에 기사단의 마차를 발견한 아델하이트의 병사가 우리 쪽으로 다가왔다.

"넬 님, 기다리고 있었습니다! 자아, 지휘관님께서 안에서 기다리고 계십니다."

"응. 안내 부탁해."

우리는 안내를 맡은 병사의 뒤를 따르며, 요새 안을 걸었다. 길을 가는 병사들이 우리를, 아니 넬을 보더니 절도 있게 경례를 했다. 그들의 눈동자에는 경외심과 공포가 반반씩 섞여 있었다.

이 요새에서의 평판도 왕성에서와 별반 다르지 않은 것 같았다. 이윽고 우리는 어느 방으로 안내됐다.

"아델하이트 마법기사단 단장, 넬 레뮤르 님을 모셔왔습니다!"

"오오, 와주셨습니까!"

회의실로 보이는 그 방에는 다른 병사들보다 지위가 높아 보이는 남자가 몇 명 있었다. 아마 이 요새의 우두머리들일 것이다. 그 외에도 다른 종류의 갑옷을 입은 녀석도 있었다. 저건 타잘니아 측의 갑옷이다.

"이 요새의 지휘를 맡고 있는 자넷이라고 합니다. 이쪽은 타잘니아 측에서 긴급 지원을 위해 와주신 라이즈 님입니다. 국경 너머에 있는 타잘니아 측의 요새를 맡고 계신 분입니다."

뭐야, 벌써 지원군이 온 거냐. 빠르네. 하지만······.

"라이즈입니다. 저희 쪽에서도 몬스터의 기묘한 행동을 파악했으며, 이 기회에 공동전선을 펴고 싶어서 이렇게 참전했습니다. 그 소문 자자한 넬 님을 만나서, 그리고 함께 싸우게 되어 정말 기쁩니다. 부디 저희를──."

"──아, 도움을 필요 없어. 우리 쪽의 문제는 우리가 해결할게."

넬은 거절하거든. 상대방의 입장 같은 건 개의치 않으면서

말이야. 설령 상대가 다른 나라의 국왕이더라도 같은 대답을
했을 것이다.

"예?! 하, 하지만 넬 님의 일행은 얼마 안 되는 것으로 알
고 있습니다! 저기 계신 저분은 상당한 실력자 같습니다만,
이 인원만으로는 마왕 둘, 그리고 몬스터 군단을 상대하는
건…… 아! 혹시 요새 밖에 다른 기사단 분들이 대기하고 계
신 겁니까?"

"응. 밖에 있어."

"그, 그렇군요. 흐트러진 모습을 보여 죄송합니다. 그렇죠.
아무리 넬 님이라도――."

"――최근 1년 사이에 기사단에 입단한 신입 두 명이야."

"……."

아델하이트의 병사들과 다르게, 넬에게 익숙하지 않은 라
이즈 씨는 입을 꾹 다물었다. 자넷 지휘관은 이렇게 될 것은
알고 있었는지, 고개를 저으며 입을 열었다.

"라이즈 님, 이럴 줄 알고 제가 말씀드린 겁니다. 평범한 병
사나 기사에게는 벅찬 상대일지도 모르지만, 넬 단장님이 오
셨으니 더는 걱정할 필요가 없습니다. 설령 상대가 마왕을 자
처하는 놈들이라도 말이죠."

"아, 아니, 하지만…… 으음."

그도 조국의 국왕으로부터 아델하이트 측을 도우라는 명령
을 받은 건지, 좀처럼 물러서지 않았다. 자넷 지휘관은 빨리

화제를 돌리는 편이 좋겠다고 판단한 건지, 바로 이야기를 바꿨다.

"그런데 넬 단장님, 다가노프 님은 기사단에서도 최고참인 숙련된 기사이신지라 저도 알고 있습니다만…… 다른 분들은 누구시죠? 옷차림을 보아하니 기사는 아니신 것 같습니다만……."

"저기 있는 검을 허리에 찬 흑발 여자애는 내 제자야. 그리고 저쪽에 있는 패기가 없는 남자가 데리스, 그리고 조그마하고 귀여운 애가 데리스의 제자지. 이제 만족했어?"

어이, 패기가 없다는 건 너무하잖아. 나도 열심히 살고 있단 말이야…….

"……넬 단장님의, 제자?! 저, 저기, 그런 이야기를 처음 듣습니다만, 그게 사실인가요?!"

자넷 지휘관은 오늘 들어 가장 놀랐다. 넬과 치나츠를 몇 번이나 번갈아 쳐다보고 있었다. 뭐, 넬이 제자를 받을 거라고는 누구도 생각하지 못했을 것이며, 제자가 되려고 하는 녀석이 있을 거라고도 생각조차 못했을 것이다.

"같은 편에게 거짓말을 할 이유가 없잖아? 그렇게 안 믿기면 본부에 문의해봐."

"아, 아뇨. 저기…… 미, 믿습니다! 믿고말고요!"

"잠깐 실례하겠습니다. 저기 남성분의 성함이 데리스라고 하셨습니까? 혹시 은퇴하신, 그『흑철(黑鐵)』이신가요?"

"아, 예. 용케 아시네요."

그건 내가 모험가였던 시절의 별명이다. 이 사람, 용케도 그걸 알고 있네. 아델하이트에도 그걸 아는 사람은 없는데 말이다. 게다가 나는 외부로 알려져선 안 되는 은밀한 일을 전문적으로 처리했기 때문에 지명도가 낮다.

"저, 정말입니까?! 저, 저는 사실 모험가 출신입니다! 저기, 악수를 부탁드려도 될까요?!"

"아, 예."

내가 손을 내밀자, 라이즈는 양손으로 내 손을 잡고 위아래로 흔들었다. 그렇게 투박한 손으로 내 손을 으스러져라 움켜쥐지 말라고요.

"이제 납득했습니다……! 『섬희(殲姬)』와 『흑철』, 그리고 두 분의 제자 분들이 함께 한다면 충분히 납득이 되죠. 괜히 나서서 죄송합니다. 아무래도 진짜로 타잘니아가 끼어들 필요는 없을 것 같군요."

"그거 참 다행이네. 그럼 주변 지도를 준비해줄래?"

라이즈의 의문이 해소되자, 본격적인 작전회의에 들어가게 되었다. 작전회의라고 해도, 넬이 나서는 이상 그 내용은 매우 심플할 것이다.

병사들이 지도를 준비하자, 하루는 내 소매를 잡아당겼다. 고개를 돌려보니, 치나츠도 하루 옆에 나란히 서있었다.

"저기, 혹시 사부님들은 옛날부터 유명인인가요? 섬희나

흑철 같은 별명도 있을 정도로요."

"유명인이 아니라, 모험가로서 이름이 좀 알려졌을 뿐이야. 흑철 같은 건 모험가들 사이에서 흔한 별명이지. 10년도 더 된 일이니까, 그걸 아직도 기억하는 사람이 있어서 내가 다 놀랐다고."

"모험가였던 시절의 일인가요. 게다가 별명…… 멋지네요! 저도 빨리 별명을 가지고 싶어요~."

하루가 눈을 반짝이며 나를 쳐다보았다. 이 눈빛은 무노 군의 눈빛과 비슷했다.

이 나이에 그런 별명을 다시 들으니, 나는 꽤나 부끄러운데 말이야. 사춘기 애들은 이런 걸 동경하는 걸까?

"칼을 쓰니까, 검희(劍姬)라거나…… 아니면, 빛 마법을 쓰니까 검성(劍聖)……?"

치나츠도 그런 걸 꽤 좋아하는 것 같았다. 치나츠한테는 빚도 졌으니까, 못 들은 걸로 해줘야겠다. 기억에서 완전히 지워버리는 거다. 아, 지도가 준비된 것 같다.

"두 세력은 이동 중에 접촉한 고블린과 오크를 흡수해 서서히 수를 불리면서 남쪽과 북쪽에서 이곳을 향해 몰려오고 있습니다. 확인된 정보에 따르면, 부하 몬스터들은 우두머리인 고블린 킹, 오크 킹을 『마왕님』이라고 부르는 것 같군요."

"어머, 다른 몬스터도 말을 할 줄 아는 거야?"

"서투르기는 하지만, 양쪽 다 말을 할 줄 아는 것 같습니다.

하지만 지능 레벨은 여전히 낮은 건지, 자기들의 목적에 대해서도 다 떠벌리고 있는 것 같습니다. 어딘가에 소굴을 만든 후, 다음 번식 장소를 찾고 있다는 정보를 입수했습니다. 몬스터의 이상 발생을 경비대가 빠르게 눈치챘고, 행진속도 또한 느리기 때문에 주변 마을의 사람들은 미연에 피난할 수 있었죠."

"흐음, 그럼 다소 난폭하게 싸워도 괜찮겠네."

넬은 만족스러운 표정을 지으며 고개를 끄덕였다. 단장님, 우선 국민들이 안전하다는 사실을 기뻐해 주시옵소서.

"아, 저기…… 가능하다면, 가옥의 안전을 확보해주셨으면 합니다만……."

"뭐, 선처해볼게."

"가, 감사합니다. 그럼 저희가 예상한 충돌장소는 바로 여기입니다."

자넷 지휘관이 지도 위의 어느 장소를 손가락으로 가리켰다. 그곳은 이곳에서 남동쪽에 있는 평원지대다. 이 요새의 옥상에서 언뜻 보이는 거리에 위치해 있다.

"좋아. 그럼 지금 바로 이곳에 진을 치자! 아, 햇빛을 막을 간이 텐트와 철판 있어? 배가 고프면 싸움을 못 하니까, 적들이 올 때까지 바비큐나 하면서 기다릴게!"

"""……."""

고귀한 넬 님은 의외로 아웃도어 파였다.

* * *

푸른 하늘, 새하얀 구름, 며칠 전에 봤던 희망찬 아침을 떠올리게 하는, 소풍을 즐기기 딱 좋은 날씨다. 새하얀 토끼가 느긋하게 누워 있을 듯한 이 초원은 오늘도 평화로웠다.

하지만 이곳에는 머지않아 몬스터 대군이 몰려올 것이다. 그 몬스터들을 요격하기 위해, 우리는 땀을 뻘뻘 흘리면서 준비를 하고 있었다.

"넬 씨, 채소 다 썰었어요!"

"이쪽도 준비를 마쳤어요."

"수고했어. 철판 위에 올려놔."

""예!""

"넬 단장님! 이 무노, 불이 잘 붙을 것 같은 나뭇가지를 모아왔습니다!"

"왜 이렇게 늦은 거야!? 다가노프가 이미 모닥불을 피웠어! 빨리 가서 도와!"

"죄, 죄송합니다!"

"어이, 캐논. 너도 좀 더 잡아당겨. 텐트가 제대로 세워지지 않는다고."

"……."

그렇다. 넬이 제안한 바비큐 준비가 착착 진행되고 있었다.

하루와 치나츠는 고기 이외의 재료를 썰고 있고, 다가노프 옹은 철판을 얹어놓을 모닥불을 피웠으며, 무노 군이 모닥불에 넣을 나뭇가지를 주워왔다. 나와 캐논은 휴식을 취할 때 이용할 텐트를 조립했다. 또한 총사령관인 넬은 진두지휘를 하며 각 멤버를 지원하고 있었다.

"저기, 데리스 씨. 우리는 몬스터를 토벌하러 여기에 온 거죠?"

"응? 캐논, 이제 와서 무슨 소리를 하는 거야? 당연하잖아."

"아, 왠지 좀 불안해서요……."

"캐논! 농땡이 피우지 말고 빨리 맡은 일이나 해!"

"……뭐, 혼란스러운 심정도 이해는 하지만, 지금은 텐트 설치에 집중하는 편이 좋을 거야."

이 바비큐는 아무 생각 없이 하는 게 아니다. 확실히 몬스터가 몰려올 때까지 기다리기만 하면 심심할 테고, 배는 고플 것이며…… 같은 이유도 있기는 했다.

하지만 그 진의는 바로 몬스터 집단을 이곳으로 몰려오게 하는 것이다! 연기가 나면 먼 곳에서도 사람이 있다는 것을 알 수 있다. 고기를 굽는 냄새가 감돌면, 굶주린 짐승들이 몰려들 것이다. 그래서 이곳이 전장이 되면, 요새와 주변 마을에 피해가 가지 않으리라.

즉, 우리의 배를 채울 수 있는데다, 적들도 멋대로 몰려드는 것이다. 정말 끝내주는 작전이다!

그 짧은 시간에 이렇게 교묘한 책략을 짠 넬에게 정말 감탄했다. 모험가 시절에는 그저 돌격해서 어마어마한 화력으로 쓸어버리기만 하는 소녀였기에, 더욱 다시 보게 되었다. 과거의 지식을 활용하며, 피해를 최소한으로 줄인다. 정말 멋진 일이다.

"이제 고기만 확보하면 되겠네⋯⋯. 빨리 오면 좋겠어~."

넬은 토끼를 사냥하는 사자 같은 눈동자로 먼 곳을 응시하고 있었다. 어이, 잠깐만 있어 봐.

"넬, 혹시나 해서 그러는데 이제부터 몰려오는 몬스터한테서 식재료를 조달할 생각이야?"

"그래."

"예?!"

치나츠와 캐논이 한목소리로 그렇게 외쳤다. 저런 반응을 보이는 것도 무리는 아니다. 그건 너무 고난이도다.

"어이, 고블린과 오크는 잡내가 너무 심해서 사람이 먹을 게 아니라고. 전에 그런 걸 먹었다가 우리 둘 다 배탈이 났었잖아. 재료의 엄선을 요구하겠어."

"그건 던전 안에서 굶주린 바람에 어쩔 수 없이 먹었을 때 일이잖아⋯⋯. 걱정하지 마. 오크 킹의 집단 안에서 보어 계열의 몬스터가 확인됐대. 그건 멧돼지나 별 차이가 없고, 기름이 올라서 맛있어."

"아니, 사부님…… 이건 그런 이야기가…….."

"아, 그래? 그럼 빨리 이야기하라고. 괜히 걱정했네."

"'데리스 씨?!'"

또 두 사람이 한목소리로 그렇게 외쳤다.

걱정하지 마. 보어는 평범한 멧돼지 고기와 별반 다르지 않아. 옛날에 나와 넬이 직접 먹어보고 내린 평가니까 믿어도 돼.

"보어, 멧돼지…… 반갑네. 옛날에 산에서 수행하던 시절에 자주 먹었어요."

"어머, 하루나는 먹어본 적 있구나. 자아, 캐논도 하루나를 본받아."

"으, 으음…….."

"저, 저기, 하루나. 멧돼지는 자격이 없는 사람이 사냥하면 안 되거든?"

"부모님과 같이 있었으니까, 괜찮아~."

"넬 단장님! 이 무노, 일생일대의 불을 피웠습니다!"

이렇게 시끌벅적하게 떠드는 사이, 다가노프 옹이 토끼를 잡아 왔다. 질색을 하는 캐논에게 손질을 맡긴 후, 슬슬 적당한 때가 된 것 같아서 역할 분담 밑 마지막 작전 회의를 시작했다. 식사용 간이 테이블에 지도를 펼친 후, 넬이 떠넘긴 탓에 회의 진행 역할을 맡게 된 내가 멤버들을 둘러보았다.

"각자의 역할은 요새에서 이야기했던 대로야. 우선 남쪽에서 이쪽으로 몰려오는 오크 킹의 군단은 넬이 맡을 거야. 무노는 이 캠프에서 불이 꺼지지 않도록 지키고, 캐논은 밑준비를 해. 다가노프 대장님은 임기응변으로 두 사람을 지원해주세요. 질문 있어?"

"저기, 밑준비라는 게……."

캐논이 자신 없는 목소리로 그렇게 말하며 손을 들었다.

"내가 남쪽에 있는 몬스터를 상대하면서 사냥감을 가지고 올 테니까, 그걸 손질하는 거야. 피는 내가 뺄 테니까, 껍질을 벗기는 법은 다가노프에게 배워. 앞으로 원정을 갈 때마다 해야 할 테니까, 이참에 제대로 배워두는 편이 좋을 거야. 우선 그 토끼부터 손질해."

"최, 최선을 다하겠습니다……."

캐논과 무노 군은 다가노프 옹이 곁에 있으니 큰 문제는 없을 것이다. 그리고 손질에 실패하더라도 식재료는 넘칠 정도로 있다.

"남쪽은 넬이 담당하니 안심해도 되겠지. 문제인 북쪽을 담당하는 여러분."

"예!"

"아, 예!"

하루와 치나츠는 전투복으로 갈아입었다. 하루는 평소와 마찬가지로 오렌지색 로브에 검은색 지팡이를 들고 있었으며, 치나츠는 교복 위에 활동성이 좋은 경갑옷을 걸치고, 허리에 검을 차고 있었다. 치나츠의 경갑옷도 넬이 예전에 쓰던 것이다. 옛날에 본 적이 있다.

"나도 일단 같이 갈 거지만, 전투에는 나서지 않을 거야. 나는 없다고 생각하며 너희 둘이서 싸워. 몬스터를 쓰러뜨리는 것도 너희 둘의 임무야. 그걸 머릿속에 새겨둬. 만에 하나라도 너희가 몬스터를 하나라도 통과시키면 이 캠프는 끝장이 나겠지. 캠프에 남아 있는 세 사람의 목숨을 짊어지고 있다는 것을 마음에 새기며, 겁먹지 말고, 인정사정없이 적을 해치워. 알았지?"

""예!""

뭐, 저 두 사람이 눈치채지 못하도록 도울 생각이긴 하지만 말이다.

"하, 하루나 씨, 치나츠 씨, 조심하세요……! (저희의)목숨이 걸려 있다고요!"

"오오, 역시 내 절친, ^{캐논} 전우의 목숨을 가장 걱정하는 건가. 하루나 님, 안심하십시오. 이 무노, 목숨을 걸고 모닥불을 지키겠습니다!"

"캐논, 무노. 괜히 두 사람을 자극하지 마라. 두 사람 다 너무 긴장하지는 마십시오. 두 사람이 놓친 몬스터는 제가 최대한 처리하겠습니다."

경비대의 연락에 따르면, 고블린 킹의 군단은 1000마리가 넘는 몬스터로 구성된 혼성 부대라고 한다. 보어 계열이 포함

되어 있는 오크와 달리, 이쪽은 완전인 아인종 중심으로 구성되어 있다. 고블린 치고는 꽤 괜찮은 장비를 갖추고 있으며, 활과 화살을 다루는 녀석도 있다고 한다. 상대는 몬스터지만, 군대를 상대하는 훈련이 될지도 모른다.

그런 모의 전쟁을 마친 후에 상대해야 할 자는 바로 마왕을 자칭하는 고블린 킹이다. 평범한 고블린 킹이라면 레벨4 정도의 몬스터이니, 하루 혼자서도 충분히 상대할 수 있겠지만──.

"사부님, 저도 고블린을 식재료 삼아서 잡을까요?!"

"하, 하루나?!"

"너는 정말 듬직한 녀석이구나⋯⋯."

하지만 그건 진짜 맛없으니 하지 마세요. 뭐, 넬처럼 식재료를 조달하면서 몬스터를 격퇴하는 것도 아니니, 웬만해서는 큰 문제가 없을 것이다. 이거, 혹시 플래그 아냐? 뭐, 플래그가 서는 편이 여기까지 온 보람이 있을 것이다.

* * *

어린애로 착각할 만큼 키가 작은 녹색 아인종 몬스터가 바로 고블린이다. 일반적으로 인간보다 힘이 약하고, 머리가 나쁘며, 수명 또한 짧다. 할 줄 아는 게 거의 없는 신입 모험가도 해치울 수 있는 몬스터지만, 위협적인 요소도 가지고 있다. 바로 번식력이다.

모험가와 병사, 기사가 아무리 사냥을 해도 절대 멸종되지 않으며, 모험가 길드의 게시판에는 항상 포상금이 푼돈 수준인 수배서가 붙어 있다.

고블린이 왜 사라지지 않는 것인가? 그것은 다른 종족과도 생식행위가 가능하기 때문이라는 학설을 주장하는 학자도 있다지만, 어느 조교사가 수하인 몬스터로 실제로 그게 가능한지 의사소통을 통해 물어본 결과, 「너 지금 무슨 소리를 하는 거냐」 같은 어이없어하는 반응을 보였다고 한다. 실제로 그런 사례는 지금까지 보고된 적이 없기에, 이 학설은 곧 부정됐다.

단순히 한꺼번에 많은 자식을 낳고, 출산 주기 또한 짧기 때문이라는 무난한 학설이 현재 가장 유력하다. 일부 학자는 그것을 부정하려고 하지만 주위의, 특히 여성과 고블린의 시선은 매우 차가웠다.

자아, 그런 국지적이고 한정적인 학자들의 주목을 받고 있는 고블린들은 모험가에게 있어 그저 귀찮기만 한 몬스터다. 간단히 사냥할 수 있다고는 하지만, 해치운 후에도 유효 활용할 수 있는 부위가 없다. 토벌을 증명하기 위해 귀를 수집하기만 하는 것이다.

게다가 토벌 보수 또한 매우 싸기 때문에 일부러 짐을 늘리면서까지 귀를 가져갈 필요가 있는 건지 미묘할 정도다. 신입 모험가라면 푼돈 벌이 삼아 딱 좋을지도 모르지만, 어느 정도 수입을 벌 수 있게 되면 귀를 모아서 가져가지 않게 된다. 신입 때 신세를 지고, 귀를 챙기지 않게 되면 풋내기 모험가를 졸업한 것이 된다. 모험가 사이에서는 그런 말이 돌 정도다.

신입 모험가가 선배 모험가에게 배우는 내용 중에는 고블린 중에는 드물게 강한 개체가 존재한다는 것이 있다. 무기를 가지고 있거나, 다른 고블린에게 지시를 내리는 개체다.

미리 경계를 하면서 싸운다면 신입 모험가라도 충분히 대처할 수 있겠지만, 기습을 당한다면 목숨을 잃을 수도 있다. 하지만, 그런 개체를 쓰러뜨리더라도 보수는 얼마 되지 않는다는 점이 고블린 사냥이 인기가 없는 원인 중 하나다.

겉모습은 같지만 약간 더 강한 고블린은 바로 고블린의 진화 형태인 고블린 리더다. 직업 레벨에 따라 몬스터가 진화하는 현상은 알려져 있지 않지만, 레벨1이 고블린, 레벨2가 고블린 리더, 레벨3이 고블린 커맨더인 것이다.

평범한 고블린은 손톱으로 긁거나 깨무는 공격만 할 줄 알며, 단독행동을 주로 하는 졸개 몬스터다. 고블린 리더가 되면 지능이 좋아지는 건지 검과 활을 쓰기 시작한다. 레벨3인 고블린 커맨더가 되면 서투르기는 해도 단어를 입에 담을 수 있게 되며, 자기보다 하위인 고블린에게 명령을 내려 집단행동을 취하게 된다.

하지만 진화를 하더라도 겉모습이 달라지지 않기 때문에

이 셋은 전부 고블린으로만 보이며, 모험가는 고블린의 행동을 통해 강한지 약한지 판별할 수밖에 없다.

겉모습이 명확하게 달라지는 개체가 바로 레벨4인 고블린 킹이다. 이 녀석의 신체적 특징은 다른 고블린과 동일하다. 하지만 너덜너덜해진 빨간색 망토를 걸치며, 머리에는 어디에서 난 것인지는 몰라도 왕관을 쓰게 된다. 즉, 겉모습으로 레벨을 판별할 수 있게 되는 것이다. 서툴게나마 대화도 가능해지기에 분간하는 것은 어렵지 않다.

고블린은 수명이 짧고, 킹이 되는 개체는 매우 드물다. 하지만 킹이 되면 수명이 늘어나는 건지, 오랜 기간 동안 고블린의 왕으로 군림한다. 고블린의 왕답게 소굴에는 부하인 고블린 커맨더가 몇 마리나 있으며, 조그마한 군대를 형성하는 성가신 몬스터다. 킹 정도 되면 숙련된 모험가 파티 혹은 한 나라의 기사단이 출동해야 처리할 수 있으며, 제거 위험도 또한 급상승한다.

하지만, 그것보다 더 강한 존재가 있다. 실제로 발견된 사례는 역사상으로도 몇 번 안 되지만, 레벨5에 해당하는 고블린 카이저라는 존재가──.

"──있다고 해. 하루나, 듣고 있어?"

"······."

하루나와 치나츠는 데리스에게 빌린 몬스터 도감을 보고 있었다. 싸우기 전에 적의 특징을 예습해두자는 치나츠의 의견에 따라 시작된 공부지만, 하루나는 아까부터 꼼짝도 하지 않았다. 하지만 머리를 혹사시켜서 연기가 나고 있는 것 같지는 않았다.

"드디어 나의 마법이 고브오 군을 넘어설 수 있는지, 확인할 날이 왔구나……!"

하루나는 평소와 다르게 낮은 목소리로 혼잣말을 중얼거리고 있었다. 하지만 치나츠는 이런 하루나를 본 적이 있었다. 그것은 그녀가 처음으로 검도 전국대회에 출전했을 때의 일이다.

상대는 하루나보다 많은 경험을 쌓아온 압도적인 실력자. 그런 상대와 시합을 하기 직전, 도전자의 입장인 하루나는 이런 상태였다. 조용히, 하지만 명백하게 투지를 불태우면서 신경을 최대한 날카롭게 만들었다.

하루나는 그렇게 해서 시합 중에 자신의 힘을 전부 발휘했고, 결국 전국제패를 해냈다. 마치 그런 시합에 임한 듯한 눈빛을 띤 하루나를 보고 치나츠는 꽤나 놀랐다.

(하지만 시합 전에 하루나가 이런 상태가 된 건 그때뿐인데……. 대체 뭐가 하루나를 이렇게 만든 거지? 그렇게 강력한 몬스터의 기운이 느껴지는 걸까?)

그 답은 유아용 마법 입문서 『고블린도 이해할 수 있는 마법의 기초』시리즈에 등장하는 캐릭터인 고브오 군의 영향이지만, 치나츠가 그것을 아는 날은 아마 찾아오지 않으리라.

"어이, 토끼 고기가 다 구워졌어."

치나츠가 고민에 잠겨 있을 때, 등 뒤에서 데리스가 말을 걸었다. 그는 양손으로 구운 고기가 놓인 접시를 하나씩 들고 있었다. 두 사람의 몫을 가지고 온 것 같았다.

"아, 데리스 씨. 감사해요. 하루나는—— 좀 집중하고 있는 것 같으니까, 제가 나중에 건네줄게요."

"응? 뭐야, 하루 녀석, 눈이 배틀 모드잖아……. 뭐, 좋아. 이걸 구운 넬에게 나중에 감상을 말해줘. 성격은 저 모양이지만, 고맙다는 말을 듣거나 칭찬을 받으면 기뻐하거든."

그건 상대가 데리스 씨이기 때문이 아닐까? 치나츠는 그렇게 생각하면서도 말하지는 않았다. 치나츠는 데리스를 만난 지 얼마 되지 않았지만, 넬이 그에게 호의를 가지고 있다는 것을 거의 확신하고 있었다.

(저렇게 티가 난다면 다른 사람들도 알 것 같은데…… 뭐, 본인들 사이의 문제니까 남이 끼어들면 안 될 거야. 저 두 사람은 나보다 훨씬 어른이잖아.)

그런 두 사람은 술기운에 선을 넘고 시작되는 타입의 연애를 하고 있지만, 치나츠가 그 사실을 아는 날은 아마 찾아오지 않으리라.

"마, 맛있어……! 넬 사부님도 요리를 잘하시는군요. 상류층 아가씨 출신이라 요리 같은 건 전혀 못 하실 줄 알았어요."

겉은 바삭하고, 안에는 적당히 열이 전달됐으며, 씹으면 육즙이 터져 나왔다. 절묘하게 불 조절을 하며 이 고기를 구운 이는 현재 철판 앞에서 식재료를 조리하고 있는 넬이다.

치나츠는 그런 넬에게 들리지 않도록 데리스에게 귓속말로 그렇게 말했다. 그러자 데리스가 웃음을 터뜨렸다.

"사, 상류층 아가씨, 크, 크큭……! 뭐, 우리가 모험가였던 시절에는 항상 넬이 요리를 했거든. 주방에서 하는 요리라면 몰라도, 이렇게 야외에서 하는 요리라면 특기야. 덕분에 나는 요리 실력이 전무하지."

"요리 실력에도 전무하다는 표현이 쓰이는군요."

"……헉! 고기 냄새가 나!"

두 사람이 그런 이야기를 나누고 있을 때, 하루나가 고기 냄새를 맡고 정신이 퍼뜩 들었다. 데리스는 이 먹보에게 접시를 건네준 후, 북쪽을 힐끔 쳐다보았다. 머지않아 고블린 대군이 몰려올 것이다.

＊　＊　＊

그들은 어디에서나 나타난다. 처음에는 고블린 커맨더가 이끄는 별것 아닌 몬스터 집단이었다. 모든 고블린이 손때가 탄 낡은 검과 창을 장비하고 있었기에, 다소 전투 경험이 있다는 것은 알 수 있었다.

하지만 그 정도는 일반적인 모험가도 충분히 대처가 가능하며, 그렇게 특이할 것도 없다. 보통은 주변 마을을 습격하기 전에 누군가에게 토벌되고 마는 것이다.

하지만 그로부터 얼마 지나지 않아 변화가 발생했다. 빨간색 피부를 지닌 고블린 한 마리가 그 집단에 더해진 것이다. 고블린은 진화를 하더라도 피부 색깔이 녹색인 것으로 알려져 있다. 그레이 코볼트처럼 환경에 적응한 아종족일 가능성을 염두에 두는 게 일반적이겠지만, 아종족 몬스터는 다른 종족과 행동을 같이 하지 않기에, 녹색 피부를 지닌 고블린 사이에 빨간색 피부를 지닌 고블린이 섞여 있는 광경 자체가 기묘했다.

얼마 후, 그 집단의 규모는 세 배가 됐다. 고블린들이 그들의 소굴인 폐허로 계속 몰려들더니, 차례차례 그 빨간 피부의 고블린에게 복종했다. 어느새 그의 휘하에는 고블린 커맨더가 세 마리나 됐으며, 규모는 고블린 킹이 이끄는 몬스터 부대에 버금가게 됐다.

하지만 그들의 성장은 거기서 끝나지 않았다. 그 고블린들은 본거지인 폐허에 밭을 일궜고, 직접 무기를 만들었으며, 전투에 대비한 훈련을 하게 됐다.

고블린의 주식은 숲에서 채취한 나무 열매, 그리고 자기보다 약한 동물의 생고기다. 고블린이 지닌 무기 또한 맹수에게 진 모험가의 사체에서 회수한 것이나 망가져서 버려진 것들이다.

몬스터, 그것도 고블린이 훈련을 한다는 것 또한 지금까지 보고된 적이 없다. 하지만 그들은 지도자인 빨간 피부의 고블린의 명령에 철저하게 복종하며 행동했다.

그런 기간 중에는 자신들의 존재가 알려지지 않도록 세심한 주의를 기울였다. 소문이 퍼지지 않도록 마을에는 접근하지 않았고, 식량은 농사와 사냥을 통해 확보했다. 때때로 산적들을 습격해서 무기를 조달했으며, 훈련에도 힘썼다. 그런 시간은 순식간에 흘러갔다.

이윽고 그들은 고블린 집단에서 고블린 군대로 변했다. 모든 고블린이 고블린 리더 급이 되어 완전무장을 했으며, 장비 또한 모험가들 못지않게 충실했다.

그들은 부대장인 고블린 커맨더의 명령을 충실하게 따랐고, 이익에 따라 조직적으로 행동을 했다. 첫 고블린 커맨더인 세 마리는 고블린 킹으로 진화했으며, 대대를 이끄는 사령탑이 됐다. 그리고 고블린을 크게 상회하는 강자, 거인 병사인 오거까지 그들의 동료가 됐다.

그럼 고블린들의 현저한 진화의 발단이 된 빨간 피부의 고블린은 어떻게 됐을까? 빨간 피부의 고블린은, 아니, 그만은 전혀 변화하지 않았다. 처음 나타났을 때부터 걸치고 있던 파란색 망토를 두르고 있으며 머리에는 신비한 분위기의 서클릿을 깊이 눌러쓰고 있었다. 무기 또한 이질적이며, 고블린의 키만 한 검을 등에 매고 있었다.

지금은 행군하는 고블린 군단의 중심에 뒤섞여서 걸음을 옮기고 있으며, 주위를 계속 관찰하고 있다. 그의 주위에는 수많은 고블린 병사가 들고 있는 가마가 있으며, 그 위에는 그의 그림자무사인 고블린 킹이 왕좌에 앉아 있었다.

국경의 요새가 고블린 조사를 위해 파견한 경비대는 가짜 정보만 입수했다. 눈에 띄는 가마 위에 고블린 킹을 앉혀둬서, 자신이라는 존재를 숨겼다. 부하들에게는『마왕님』이라는 말을 가르쳤고, 그 말을 계속 입에 담게 해서 고블린 킹이 마왕을 자처하고 있는 것처럼 착각하게 했다.

그래서 아델하이트의 병사들은 이들을 고블린 킹이 이끌고 있는 유독 규모가 큰 몬스터 집단 정도로 인식하고 말았다. 그 실체는 국가를 뒤흔들 가능성도 있는 무장조직인데도——
—.

"요새, 보였다. 고기, 냄새, 좋다!!"

소수의 선행부대를 이끌고 정찰을 하고 온 고블린 커맨더가 고블린 킹에게 성과를 보고했다. 그저 단어만을 나열하는 그 말은 알아듣기 힘들지만, 필요한 정보는 충분히 가지고 돌아온 것 같았다.

"흠, 용사님, 이대로 조금만 더 가면 인간의 요새가 보일 겁니다. 그리고 함정일 가능성도 있습니다만, 매복을 하고 있는 기사와 모험가 같은 이들 몇 명이 확인됐습니다. 지금은 느긋하게 식사를 하고 있답니다. 어떻게 할까요?"

고블린 킹이 피부가 빨간 고블린에게 지시를 구했다. 가마 위에 있기 때문에 겉보기에는 고블린 킹이 지위가 높아 보였지만, 이마가 땅에 닿을 것처럼 자세를 낮추고 있었다. 그리고 왕은 피부가 빨간 고블린을 용사라고 불렀다.

"몇 명밖에 안 되는 겁니까? 잘못된 정보를 믿었다고 하더라도, 요격에 나선 병력치고는 숫자가 너무 적군요. 소문이 자자한 넬 기사단장이 나선 걸까요. 그렇다면 제가 나서야 하겠습니다만……."

"예예. 처음부터 용사님께서 번거롭게 나서실 필요는 없습니다. 남쪽에서 내려오는 오크들과 협공을 할 수 있을 테죠. 그 어떤 강자라도 이 협공을 버텨낼 수 없을 겁니다."

"그런 걸 자만이라고 하는 거예요. 왕이 된 자는 항상 최악의 상황을 고려하세요. 일단 넬 기사단장은 저에게 버금가는 실력을 지닌 것으로 가정하도록 하죠."

"예! 죄송합니다……."

"……하지만 일단 상황을 지켜보는 편이 좋을지도 모르겠군요. 좋습니다. 일단 예정대로 병사들을 전개해 주시죠."

"알았습니다. 어이, 각 부대에 전령을 보내라!"

빨간 피부의 고블린에게 명령을 받은 고블린 킹이 고블린 커맨더를 모아서 지시를 내리기 시작했다.

북쪽에서는 그들의 부대가 남하하고, 남쪽에서는 오크 부대가 북상하고 있다. 언뜻 보면 종족간의 다툼을 벌이려는 것 같지만, 사실 그들은 애초부터 결탁하고 있었다. 그들의 진정한 목적은 번식 장소가 될 소굴을 찾는 것이 아니라, 국경의 요새를 파괴하는 것이다.

(두 나라의 국경이 파괴된다면, 타잘니아와 아델하이트는 상당히 흔들리겠죠. 그 후에는 요새를 점거해서 전력을 더욱 증강하는 겁니다. 그리고 그분을 기다리기만 하면 되겠죠……. 하지만 아이러니하군요. 용사가, 충신에게 마왕을 자처하게 시키다니 말이죠. 후훗)

피부가 빨간 고블린의 종족은 고블린 히어로다. 그는 고블린이 레벨6이 되어서 진화한, 고블린족 사상 최초로 용사의 칭호를 손에 넣은 거다.

"보고! 발각됐다! 요격, 세 명!!"

다른 고블린 커맨더가 보고를 해왔다. 손가락을 세 개 들더니, 흔들어대면서 강조했다.

"세 명이서, 요격……?! 요, 용사님, 이건 솔직히 어이가 없군요. 요새를 공격하기 전에, 이 어리석은 자들을 쓸어버려도 되겠습니까?"

"……오히려 흥미가 생기는군요. 넬 기사단장의 수급을 취한다면, 적의 사기가 바닥까지 떨어지겠죠. 전력을 다해 공격하세요. 알았죠? 봐줄 필요는 없습니다."

"예! 다들, 오랫동안 쌓이고 쌓인 우리 일족의 원한을 풀 때가 왔다!!"

모든 고블린이 힘찬 환성을 질렀다. 어떤 자는 검을 치켜들었고, 어떤 자는 울부짖었다. 사기는 충분했다. 지금 그들에게 부족한 것은 단 하나도 없다. 뭐든 다 해낼 수 있을 것 같은 느낌에 사로잡힌 그들은 힘차게 행진하기 시작했다.

그 앞에서 기다리는 것은 일찍이 마왕계를 뒤흔들었던 모험가『흑철』과『섬희』의 제자들이다. 고블린 용사는 불길한 예감을 느꼈지만, 자신이 키운 부하들을 믿기로 했다.

* * *

"와아~! 사부님, 이 일대가 몬스터로 뒤덮였어요!"

"생각했던 것보다 많은걸. 게다가 하나같이 장비도 좋아 보이잖아."

"……(두근두근)."

북쪽 방향의 국경 방위를 맡은 하루와 치나츠, 그리고 두 사람의 보호자 격인 나는 눈 앞에 펼쳐진 고블린 군대를 쳐다보았다. 그 고블린들은 녹이 슨 낡은 장비가 아니라 제대로 된 철제 장비를 걸치고 있었다. 투구와 갑옷, 그리고 무기인 검과 창, 그 전부가 말이다.

요즘 들어 고블린에 의한 대규모 피해 소식은 들은 적이 없으니, 저 녀석들 중에 대장장이가 있다고 생각해야 할까. 2미터가 넘는 서구를 자랑하는 오거 족도 동료로 삼고 있는 것 같았다. 여러모로 내 흥미를 끄는 멤버였다.

"연기와 고기 냄새에 이끌린 걸까. 우선 작전대로 곧장 이곳으로 오고 있어. 자아, 너희는 준비가 됐어? 그리고 치나츠, 너무 긴장하지 마."

"괘, 괜찮아요……(두근두근)."

전혀 괜찮아 보이지 않은데……. 그러고 보니 치나츠는 몬스터를 토벌하는 게 이번이 처음이다. 게다가 그 첫 상대가 저렇게 대군이니 긴장하지 말라는 게 무리일지도 모른다.

"스테이터스와 레벨로 보면 치나츠는 하루보다 훨씬 강해. 고블린 정도의 적은 별 문제 없이 상대할 수 있을 거야. 그러니까 너무 긴장하지 말고, 몸에 들어간 힘을 빼. 상대는 강하지만, 너에게는 믿음직한 동료가 있어. 그걸 항상 의식하는 거야."

"믿음직한, 동료……."

나는 치나츠의 머리에 손을 얹고, 몰래 빛 마법인 『리프레시』를 걸어줬다. 이 마법은 하루의 『하트 해시』와는 반대로, 닿은 대상의 정신 상태를 안정시켜주는 작용을 한다. 크게 효과는 없을지도 모르지만, 긴장이란 실전에 임하기 직전에 가장 크게 느낀다. 실제로 싸움이 시작되면, 치나츠는 금방 익숙해질 것이다.

"……고마워요. 조금 진정됐어요."

"좋아. 그럼 가봐――."

"저기, 사부님. 저한테는 아무 말도 해주지 않을 거예요?"

하루가 고개를 쑥 내밀었다. 뭐, 네 강철 멘탈이라면 딱히 조언이 필요 없을 텐데…… 뭐, 좋다.

"으음…… 하루. 너는 이 싸움을 통해 크게 성장할 거야. 목표는 레벨4가 되는 거지. 하지만 지금은 그런 생각을 하지 말고, 전심전력을 다해 어택이나 하고 와. 그러면 반드시 이길 수 있을 거라고 내가 보증하지."

나는 하루의 머리를 쓰담쓰담해주며 그렇게 말했다. 겸사 겸사 리프레시도 걸어줬다.

"좋아요~ 기합은 충분해요! 치나츠, 가자!"

"응. 그럼 데리스 씨. 다녀올게요."

"조심해~."

나는 손을 흔들면서 두 사람을 배웅했다. 뭐, 나도 나중에 따라갈 거지만, 딱히 신경은 쓰지 말아줬으면 한다.

"하루나, 이참에 보조 계열 마법을 걸어둘게."

"응, 부탁해!"

치나츠는 자신과 하루나에게 『리제네』와 『리커버 브레스』를 걸었다. 리제네는 빛 마법이 레벨40이 되면 익히는 자동 회복 효과 부여 마법이며, 레벨80에 익히는 리커버 브레스는 상태 이상 내성을 부여해주는 마법이다. 양쪽 다 일정 시간 동안 효력을 발휘하니, 가능하면 전투가 시작되기 전에 걸어 두는 편이 좋은 보조 마법이다.

"리커버 브레스의 효과가 지속되는 동안에는 나도 하루나의 독안개 안에 있어도 괜찮을 거야. 나를 개의치 말고 마음껏 마법을 사용해."

"알았어. 빛 마법은 정말 편리하네."

"편리하기는 하지만, 만능은 아냐. 가벼운 상처는 리제네로 바로 회복되겠지만, 심각한 대미지는 회복이 안 되니까 과신은 하지 마. 상처를 입으면 내가 회복시켜줄 테니까, 위험해지면 바로 후퇴하는 거야. 알았지?"

"응! 무리는 하지 않는 선에서 죽을힘을 다해 싸우면 되는 거네!"

"으, 응……? 뭐, 뭐, 좋아. 그럼 가보자!(두근두근)"

핀트가 어긋난 듯한 대화를 들으니 약간 불안했지만, 최소한의 의사소통은 이뤄지고 있는 걸로 믿기로 했다.

두 사람이 고블린 군단에게 돌격했다. 정찰병이 몇 번이나 다가왔었으니, 적도 우리의 존재를 눈치챘을 것이다. 강철 투구와 강철 갑옷, 철제 무기와 방패로 무장한 고블린이 대열을 형성하더니 줄을 맞춰 행진하기 시작했다. 그들 뒤편에는 활을 장비한 고블린이 언뜻언뜻 보였고, 오거는—— 더 뒤편에 있었다.

"치나츠, 우선 이 주위에 독을 뿌릴 테니까, 이곳을 기점으로 섬멸하자!"

하루가 지면에 손을 대더니, 흄 포그 마법을 발동시켰다.

딱히 지면에 손을 댈 필요는 없지만, 혹시 포즈를 신경 쓰는 걸까?

보라색 독안개는 하루를 중심으로 퍼져나갔고, 고블린 군대가 크게 우회하지 않는 한 피해서 지나갈 수 없는 범위를 뒤덮었다. 나는 나 자신에게 리커버 브레스를 걸었다.

"……보아하니, 딱히 신경을 쓰는 것 같지 않네."

고블린도 자신들의 눈앞에 존재하는 독안개가 보일 것이다. 하지만 그것을 피하지 않으며 그대로 행진을 계속했다.

"무슨 수를 써서라도 우리를 해치우고 싶은 걸까? 역시 고브오 군의 혈통다워!"

"고브오 군이 대체 누구야……? 아무튼, 이 틈에 적의 숫자를 줄이자. 하루나는 예의 그 철구를 쓸 거야?"

"응. 몇 개 안 되니까 다 쓰고 나면 회수해야 해. 치나츠는 어떻게 할 거야?"

"나는 마법을 쓸 거야. 글리터 랜스."

치나츠가 마법을 영창하자, 빛의 입자가 허공에 거대한 창을 형성했다. 마법 레벨50에 익히는 글리터 랜스다. 그 사용법은──치나츠가 곧 시범을 보일 것이다.

"머, 멋져……!"

"그, 그래? 그럼 날릴게!"

치나츠는 하루에게 칭찬을 받고 부끄러워했다. 약간 볼을 붉히더니, 그걸 얼버무리려는 듯 글리터 랜스를 방출했다.

허공에 존재하는 빛의 창이 힘차게 날아가더니, 고블린들의 선두 집단에 꽂혔다. 저렇게 반짝반짝 빛나는 창이 날아오면, 상대가 공격을 펼쳤다는 것을 바로 눈치챌 것이다.

하지만 치나츠의 마력과 고블린의 내구력(+강철 장비)은 극명하게 차이가 났다. 고블린들은 방패로 방어 태세를 취했지만, 그 방패마저 그대로 관통하고 만 것이다.

전선은 그 뜻밖의 공격 때문에 혼란에 빠졌다. 피해는 후방에 있는 열까지 전해졌으며, 얼추 열 마리 가량의 고블린이 방금 공격에 의해 퇴치됐다. 지면에 깊숙이 꽂힌 글리터 랜스는 자신의 역할을 마치자 그대로 입자가 되어 흩어졌다.

"우와~ 엄청나⋯⋯!"

"오, 위력이 꽤 괜찮은걸. 글리터 랜스는 빛 마법 중에서 몇 안 되는 공격수단이지. 아직 화살이 닿는 거리도 아니니까, 한동안은 상대방의 공격 범위 밖에서 일방적으로 공격할 수 있겠어."

"좋아. 나도 일석이조를 노려봐야지!"

하루도 의욕이 넘쳤다. 대체 뭐가 어떻게 일석이조인 건지는 모르겠지만, 의욕이 넘치는 건 알겠으니 그냥 개의치 않기로 했다.

하루가 파우치에서 꺼낸 것은 간 씨가 만들어준 초중량급 철구였다. 야구선수가 송진가루를 묻히듯 열심히 독을 발라서 공을 더욱 무겁게 만들었다. 하루 선수, 와인드업── 던

졌습니다!

"끄앗?!"

"커억!"

"피해라! 피끄악?!"

……이걸 대체 뭐라고 표현하면 될까? 볼링 핀을 향해 크레인차의 철구를 휘두른 것 같다고나 할까?

위력이 너무 강해서 닿은 핀이 그대로 분쇄되고, 적 부대의 전면에서 후방까지 그대로 관통하더니, 마지막으로 지휘관 같아 보이는 고블린을 박살 낸 후에야 하루가 던진 철구는 움직임을 멈췄다.

독을 바르지 않았더라도 닿은 녀석은 전부 즉사했을 것 같았다. 적 선두부대의 한가운데에 있는 녀석들만 깔끔하게 사망했다.

"좋았어!"

하루로서는 나이스인 것 같았다.

"…….."

"완벽한 오버 킬이네."

"저기, 넬 사부님은 저런 공격을 막아낸 건가요……? 그것도, 연속으로요……? 맨손으로 말인가요?!"

"치나츠, 네 스승은 이 세상의 법칙으로 재려고 해선 안 되는 부류의 인간이야. 깊이 생각하지 마."

지금쯤 오크를 상대로 힘 좀 쓰고 있을 것이다. 살육적인 의미에서 말이다.

＊　＊　＊

그 후에도 하루와 치나츠의 장거리 공격은 계속됐다. 하루의 일점돌파 관통탄에 의해 적의 방어진형은 박살이 났고, 치나츠의 글리터 랜스로 밀집된 고블린들을 쓸어버렸다.

지금까지는 그야말로 일방적인 원사이드 게임이었다. 하지만 문제는 MP가 줄어든 후다. 회복약을 마시면 마력을 회복시킬 수 있지만, 그것은 대량으로 복용할 수 있는 게 아니다. 어쩌면 먹성이 좋은 하루라면 그게 가능할지도 모르지만, 표준적인 여자애의 위장을 지닌 치나츠에게는 무리이리라. 왜냐하면 배가 불러서 마실 수가 없는 것이다. 배가 가득 찬 상태에서 전투를 할 수 있을 리가 없으니까.

그러니 회복약의 복용 가능한 횟수는 한 번이 한계다. 적당히 MP를 남겨둔 상태에서 접근전에 대비해야만 하는 것이다.

"뭐, 치나츠는 MP가 하루의 두 배 가량 되니까 아직 괜찮겠지."

스승 권한으로 하루의 스테이터스를 확인해봤다. 하루는 슬슬 공격을 멈춰야 할 상황이며, 회복약도 복용해야 할 것 같았다. 하지만 치나츠는 아직 여유가 있어 보였다. 하루가 회복약을 여러 번 마실 수 있다고 가정하면, MP의 잔량은 딱 엇비슷할지도 모른다.

아직까지 표적 이외의 그 무엇도 아닌 고블린들은 동료의 시체를 넘으며 여전히 우직하게 진격하고 있었다. 하지만 하루의 위치에서 세로로 길던 대열을 가로로 넓혀서 가능한 한 피해를 줄이려 하고 있었다. 머릿수가 줄면서도 착실하게 진격을 했고, 곧 하루나와 치나츠를 화살로 공격할 수 있는 위치까지 근접하려 했다.

"으윽! 치나츠, 곧 화살이 날아올지도 몰라!"

"나는 위험감지 스킬이 있으니까 화살 정도는 괜찮을 거야. 화살 같은 거라면 오히려 맞는 게 힘들 정도거든! 하루나야말로 조심해!"

"어, 방금 뭐라고 했어?"

하루나는 고블린이 날린 화살을 손으로 잡아서 그걸 쏜 자를 향해 던지면서 되물었다. 상대의 화살이 닿을 거리라면, 하루가 투척한 화살도 충분히 닿을 것이다. 투척 스킬을 가진 자를 상대하는 게 얼마나 무시무시한지 다시 한번 증명됐다.

"……응, 바로 그거야!"

치나츠도 하루에게 익숙해지기 시작한 것 같았다. 역시 소꿉친구답게 금방 적응했다.

자아, 이제까지 고블린을 얼추 200마리 정도 해치웠다. 개개인의 힘은 하루나와 치나츠 쪽이 우세했다. 하지만 문제는 역시 숫자다. 수적 열세는 얕볼 수가 없으니까.

지금은 거리가 있어서 괜찮지만, 접근전을 하게 되면 그 열세가 현저하게 드러날 것이다. 그렇게 되기 전에 유리한 조건을 만들어낼 것인지가 저 두 사람의 과제다. 뭐, 하루가 이미 손을 써두기는 했지만.

"선두의 고블린이 독안개 존에 들어섰어!"

"엄청 괴로워하네……."

그렇다. 처음에 뿌려둔 흄 포그다. 적의 선두부대가 그 유효 범위 안에 들어섰는데, 매우 괴로워하고 있었다.

스스로 독을 뒤집어썼으니 당연한 걸까. 이 독은 즉효성은 아니지만, 서서히 체력이 깎여 나간다. 말도 안 될 정도로 많은 HP를 지녔다면 이야기가 달라지겠지만, 레벨이 낮을수록 독에 의한 지속 대미지 때문에 힘겨워지는 것이다.

나와 치나츠처럼 마법으로 막는 것도 방법이다. 하지만 고블린은 마법을 쓰려는 기색이 없었다.

"치나츠, 슬슬 철구가 바닥날 것 같으니까, 적진에 뛰어들어 싸우면서 겸사겸사 회수해올게. 엄호 부탁해!"

"응. 너무 깊숙이 쳐들어가지는 마."

하루는 지팡이를 한 손에 쥐고 내달렸다. 치나츠는 하루가 향하는 방향을 향해 글리터 랜스를 던져서 그녀가 나아갈 길을 만들었다. 폭발음을 내면서 빛의 창이 쏟아지더니, 그때마다 고블린 몇 마리가 날아갔다. 나무아미타불.

하루가 우선 독안개 안을 걷고 있는 무리에게 접근했다. 독을 꽤나 들이마신 건지 움직임이 느렸다. 시야도 보라색 독안개 때문에 잘 보이지 않는 건지, 하루가 눈앞에 나타나자 화들짝 놀라며 부르르 떨었다.

"이얍~!"

하지만 하루는 전혀 봐주지 않았다. 무거운 지팡이로 상대의 몸통을 후려치자, 고블린의 몸이 기역자로 꺾였다. 애초부터 1대1로 싸워선 상대가 안 되는데, 독안개 때문에 전투력이 더욱 차이가 나고 만 것 같았다.

그 후에도 같은 방식으로 청소를 마친 하루는 독안개 밖에 있는 고블린 부대를 향해 돌진했다. 그 순간에 대기하고 있던 고블린 궁병들이 화살을 날렸지만, 하루는 지팡이로 전부 쳐냈다. 그쪽으로 되돌려주지 않은 것만으로도 저 녀석들은 재수가 좋았는걸. 하루가 던진 철구는 이 부대의 뒤편에 있으니까, 회수를 하려면 이 부대와 싸워야 하려나. 아, 이 부대에는 오거가 세 마리나 있다. 역시 재수가 좋은걸.

"치나츠, 커다란 녀석들이 다가와."

"뭐가 다가오든 달라질 건 없어. 내 빛은 모든 걸 멸해! 글리터 랜스!"

치나츠는 그렇게 말하며 오거를 향해 빛의 창을 날렸다. 이 애, 긴장이 풀리면서 텐션이 상승한 것 같네. 우등생도 스트레스 해소를 하고 싶을 때가 있다. 알아. 알고말고. 아무한테도 이야기 안 할 테니까, 마음껏 스트레스 해소를 하라고.

"크오오오―――!"

치나츠의 마법은 주위에 있던 고블린에게 명중하기는 했지만, 표적인 오거는 피하고 말았다.

"피했네."

"어, 어라……?"

치나츠는 약간 당혹스러운 반응을 보였다.

"거리가 너무 멀었어. 적이 독안개 너머에 있잖아. 고블린한테는 명중할지 몰라도, 오거라면 대처할 수 있을 거야. 뭐, 글리터 랜스 자체가 그렇게 빠른 공격마법은 아닌데다, 숙련도가 부족한 탓이겠지."

"글리터 랜스가 느린가요? 빛의 창인데요?"

"그렇다고 빛의 속도로 날아가는 건 아니거든. 그런 마법도 있기는 하지만, 아직 익힐 수 없을 거야. 그것보다는 지금 쓸수 있는 마법에 능숙해지는 게 우선이야. 글리터 랜스도 연습만 하면 더 빠르게 날릴 수 있거든. 자아, 정신 바짝 차리고 엄호해!"

"아, 예!"

치나츠는 먼 곳에 있는 오거는 하루에게 맡기고, 고블린 섬멸에 집중했다. 하지만 첫 전투에서 이만큼이나 잘 사용하는 것만으로도 충분히 대단했다.

지금은 치나츠에게 있어서도 성장할 기회다. 하루뿐만 아

니라 치나츠도 절친으로서, 그리고 라이벌로서 대성해줬으면
한다. 넬 밑에서 지옥의 수련을 시작하기 전에, 가능한 한 그
녀의 생존율을 높여주고 싶기도 했다.

"자아, 드디어 격돌하려나."

안개 너머에서 철구 회수 및 육체언어를 통해 대화 중이던
하루를 오거 세 마리가 막아섰다. 이렇게 접근하니 어른과 어
린애 이상으로 키가 차이 났다.

무시무시한 표정을 짓고 있는 오거는 피부 색깔과 아인족
이라는 점은 고블린과 같다. 하지만 고블린과는 비교도 되지
않을 만큼 흉포하며, 거대한 몸집과 괴력으로 적을 박살 내는
무시무시한 몬스터다. 총합적인 힘으로 본다면 레벨3~4 정
도에 해당할 것이다.

하지만 머리는 좋지 않기 때문에 함정을 이용한다면 레벨3
정도의 모험가 파티라도 해치울 수 있다. 고블린과 다르게 오
거들은 무기가 없으니, 하루에게 있어서는 적당한 연습 상대
가 될 것이다.

"크오오!"

"에잇!"

먼저 공격을 한 건 오거였다. 굳게 말아 쥔 강인한 주먹을
힘차게 휘둘렀다. 하루는 그 타이밍에 맞춰, 주먹의 손가락을
향해 지팡이를 휘둘렀다. 엄청 아플 것 같았다.

"크어——?!"

공격을 당한 건 새끼손가락이지만, 저건 장롱에 새끼발가락을 찧는 것보다 훨씬 아플 것이다. 손가락이 완전히 뒤틀려, 오거의 눈에는 눈물이 맺혔다.

주위에 있는 고블린들은 오거에게 화살이 명중하는 것을 경계하는 건지, 혹은 따끔한 보복을 두려워하는 건지, 공격을 주저하고 있었다. 물론 하루는 틈만 보이면 전력을 다해 공격했다.

"키익, 크억?!"

하루의 지팡이가 오거의 사지를 연이어 강타했다. 그때마다 뭔가가 부러지는 소리가 울려 퍼지더니, 견디다 못한 오거는 그대로 무릎을 꿇었다.

점프를 한 하루가 체중을 실어서 휘두른 필살의 일격이 오거의 머리에 꽂혔다. 그 머리가 어떻게 되었는지는 설명할 필요가 없을 것이다. 결과적으로 오거는 그대로 쓰러졌다.

"으음, 이편이 나을까?"

"크, 크오오……."

하루는 방금 공격의 위력이 너무 과하다고 생각한 건지, 지팡이를 파우치에 집어넣고 맨손으로 싸우려 했다. 다음 표적은 아까 전에 비해 기세가 한풀 꺾인 두 오거였다.

＊　＊　＊

고블린 용사는 자신의 군대가 향하고 있는 목적지 주변을 둘러보고 있었다. 조금 전에 넬 기사단장이 이끄는 것으로 추정되는 자들과 격돌했다는 연락을 부하 전령에게서 받았다. 하지만 그 후로 좋은 소식을 듣지 못했다.

선행부대가 전멸했다. 화살을 쏴도 맨손으로 잡아서 의미가 없다, 같은 나쁜 소식만 들었다.

여기서도 마법에 의한 빛이 보였으며, 그때마다 부하들의 비명이 들렸다. 그는 넬이 강력한 화염 마법을 사용한다는 것을 알고 있다. 그러니 저 빛은 그 마법에 의한 것일 거라고 여겼다.

(마법은 고블린의 지력으로 이해하지 못하며, 잠재적으로도 적합하지 않죠. 그래서 그런 면을 무기로 보강하고, 육체적인 훈련을 쌓았습니다만…… 꽤 불리한 것 같군요. 넬 기사단장의 부하들도 꽤 실력이 좋은 것 같으니, 역시 제가──.)

용사가 그런 생각을 하고 있을 때, 고블린 커맨더가 새로운 정보를 가지고 나타났다. 온몸이 시꺼멓게 탄 것만 봐도 나쁜 소식이라는 것을 쉬이 짐작할 수 있었다.

"보, 보고! 오거! 세 마리! 죽었다!!"

"뭐……! 그 빛나는 마법에 당한 거냐?"

"아니! 맨손! 맨손!"

"오, 오거 상대로, 맨손?!"

오거는 훈련된 고블린 일개부대를 혼자서 상대할 수 있을 만큼 강하다. 즉, 고블린들에게 있어서 비장의 수다. 그런데 인간, 그것도 맨손으로 싸우는 자에게 세 마리가 당했다는 말을 들었으니 고블린 킹이 당황하는 것도 당연했다. 하다못해 마법에 당했다면 먼 곳에서 일방적으로 공격을 당했다는 변명이라도 할 수 있을 것이다.

하지만 마법이 장기인 아델하이트의 기사와 육탄전을 펼친 끝에, 그것도 한 명을 상대로 진 것이다. 그런 상대에게 어떻게 이길 것인가. 무장한 병사들이 포위하더라도 병력이 희생되기만 할 것이며, 오거의 괴력도 통하지 않는다면.

그렇다면 고블린 용사가 나설 수밖에 없다. 고블린 킹이 그렇게 생각한 순간, 그는 고개를 들었다.

"아무래도 제가 나서야겠군요. 병력을 더 투입해봤자 소용없을 것 같으니까요."

"기, 기다려 주십시오! 용사님은 저희에게 있어 최후의 보루이시니, 함부로 나서시면 안 됩니다! 숫자로 밀어붙이다 보면 넬이라도 결국 체력이 바닥날 겁니다. 그러면 분명 기회가――."

"그랬다간 대부분의 병력을 잃게 될지도 모르죠. 설령 그렇게 해서 넬 기사단장을 타도하더라도, 국경의 요새를 함락시킬 여력은 없을 겁니다. 그러니 제가 나서겠습니다. 이래 봬도 일족을 대표하는 용사니까요. 지휘를 부탁합니다."

"아, 알았습니다!"

고블린 킹은 가마 위에서 용사를 향해 깊이 고개를 숙였다. 그는 자신이 그림자 무사라는 것을 완전히 망각한 것 같았다.

(어느 정도 손실은 예상했습니다. 하지만 이 정도로 힘이 차이 날 줄은 몰랐군요. 지나간 일을 가지고 왈가왈부하고 싶지는 않지만, 재수가 없군요……. 넬 기사단장이 이쪽으로 왔으니, 남쪽에서 진군하고 있는 오크 군은 배후에서 적을 유린하고 있겠죠. 하아, 용사란 손해 보는 역할만 맡게 되는 것 같군요.)

고블린 용사, 고블린 히어로는 푸른 망토를 펄럭이며 전장으로 향했다.

* * *

"크, 오오오……."

땅이 뒤흔들리더니, 하루에게 당한 네 마리째 오거가 지면에 쓰러졌다.

"맨손으로 싸우는데도 생채기 하나 입지 않았군. 오거 정도는 상대도 안 되는걸."

하루는 첫 번째 오거를 쓰러뜨린 후부터 상대와 마찬가지로 맨손으로 싸웠다. 하지만 전반적인 격투기를 비롯해 많은 기술을 배운 하루로서는 상대와 같은 조건에서 싸우면서도 충분히 낙승을 할 수 있었다. 뭐, 지팡이를 들고 싸울 때보다

밀리기는 했지만. 하지만 하루는 지금까지 공격을 단 한 번도 당하지 않으며 완벽하게 완봉승을 하고 있었다.

지금 봐도, 합기도의 흘리기는 너무 강력했다. 파워만이라면 오거는 하루보다 훨씬 강할 것이다. 하지만 하루는 그런 괴력이 실린 공격을 전부 흘려보내거나 지면에 넘어뜨렸으며, 때때로 자신의 힘을 더해서 돌려줬다.

게다가 하루의 합기도는 그레이 코볼트 보스와 싸울 때보다 진화했다. 흘려보내는 과정에서 상대의 몸에 접촉했을 때, 하루는 하트 해시 마법도 쓰고 있었다. 상대의 정신을 뒤흔드는 이 마법은 의외로 합기도와 상성이 좋았으며, 무슨 일이 일어난 건지 모른다는 의문이 공포로 바뀌면서 적을 혼란의 도가니에 빠뜨렸다.

스승인 나조차도 저런 말도 안 되는 흘리기의 원리를 아직 파악하지 못했다. 사전 지식이 없는 오거로서는 하루의 기술이 공포 그 자체일 것이다.

또한 그 공포는 오거들만이 느끼고 있지 않았다. 전선에 있는 수많은 고블린들에게도 막대한 영향을 끼치고 있었다. 뭐, 자기보다 훨씬 거대하고 강한 오거가 이렇게 완벽하게 제압당하는 광경을 본다면 싸우기 어려울 것이다. 고블린을 상대할 때는 토벌속도를 중시해서 지팡이를 사용했으니, 그런 점도 고블린들을 정신적으로 뒤흔드는 데 영향을 끼쳤을지도 모른다.

"흄 포그, 설치 완료! 치나츠, 전진하자!"

"그전에 보조마법을 다시 걸어줄게. 잠시만 이쪽에서 휴식을 취해!"

적의 부대를 섬멸한 하루가 독안개를 다시 흩뿌리며 전선을 전진시켰다. 그리고 일단 치나츠가 있는 독안개 중심부로 돌아와서 회복약을 들이켰고, 치나츠는 그 사이에 리제네와 리커버 브레스를 사용해서 효과 시간을 연장시켰다.

그 후, 철구를 회수한 하루가 또 투척을 했고, 치나츠는 글리터 랜스를 날렸다. 철구가 바닥나면, 하루는 또 전장을 휘저으러 갔고—— 그런 두 사람의 팀워크는 꽤 봐줄 만했다.

고블린들은 독안개 안에서 마음대로 전진하지 못했고, 카운터가 무서운지 화살도 함부로 날리지 못했다. 상대는 1000마리나 되는데 비해, 이쪽은 겨우 두 명밖에 되지 않는다. 하지만 잠시 휴식을 취할 시간 정도는 수월히 확보할 수 있을 정도로 여력을 남기고 있었다.

"곧 반환점에 도달하겠는걸. 어때? 슬슬 마력이 바닥날 것 같지 않아?"

"저는 이미 회복약을 마셨으니까, 슬슬 마력을 절약할까 해요. 하루와 함께 전장으로 나서는 것도 괜찮을 것 같네요."

"저는 두세 번은 회복약을 더 마실 수 있을 것 같으니까, 이대로 더 밀어붙여 볼게요!"

"……하루, 너는 이미 세 번이나 마시지 않았어?"

페트병만 한 것을 말이다. 게다가 그건 잘 소화가 안 된다고.

"힘낼게요!"

"그, 그래. 힘내."

"예! 그럼, 또 다녀오겠습니다~!"

하루는 힘차게 몸을 날렸다. 정말 대사능력이 끝내줬다. 저렇게 잘 마시는 것을 보면, MP가 바닥날 때까지 마법을 쏘는 수련 때도 회복약을 이용하는 편이 좋을지도 모른다. 소비량이 많을수록 숙련도도 올라갈 테니까.

"바일!"

아, 하루 녀석이 새로운 마법을 쓰기 시작했다. 『바일』은 사체를 살아 있는 시체로 만드는 레벨30 어둠 마법이다. 즉, 좀비를 만드는 것이다. 하루는 고블린의 몸이 파손되지 않도록 해치운 후, 그 시체를 고블린 좀비로 변이시켜서 동료로 삼았다.

"바아……."

음, 틀림없는 좀비다. 동료가 적은 상황에서, 좀비라고는 해도 아군 숫자를 늘리는 전법은 충분히 유효할 것이다.

하지만 이 마법에는 결점이 있다. 좀비가 된 대상의 스테이터스는 생전에 비해 낮다. 즉——.

"파갸……!"

"아잇, 고브!"

평범한 고블린과 1대1로 싸우더라도 지고 마는 것이다. 하루가 익힌 마법 중에서는 소비 MP도 많은 편인 만큼, 효율적이라고는 할 수 없다.

——응? 고블린들이 양옆으로 물러나기 시작했다. 전의를 상실한 걸까? 아니다. 그들 사이에서 피부가 빨간색인 고블린이 다가오고 있었다.

저 녀석을 위해 길을 비켜준 건가. 하지만 처음 보는 타입의 고블린이다. 파란색 망토를 걸쳤으며, 머리에 쓴 것도 왕관이 아니다. 고블린 킹의 아종일까?

"후훗, 안녕하십니까. 당신이 넬 기사단장이죠?"

"아, 사람 잘못 보셨어요."

놀라울 정도로 유창한 말투였다. 하지만, 좀 바보 같았다.

* * *

내가 전선에 와보니, 그곳에는 보라색 안개가 끼어 있었다. 그 안에 들어간 부하들은 움직임이 둔해지며 고통을 호소했다. 그것만 봐도 이것이 독이라는 것은 충분히 예상이 됐다.

내 발치에는 오거의 사체가 네 구나 굴러다니고 있었다. 사지가 부러졌으며, 머리가 파손된 오거도 있었다. 강렬한 일격을 맞은 건지, 구토를 하며 죽은 오거도 있었다. 실력 차는 명백했으리라. 오거들의 얼굴은 공포에 질려 있었다.

현재, 내 눈앞에서는 그들에게 공포심을 심어준 원흉으로 추정되는 인물, 넬 레뮤르가 병사들을 상대로 싸우고 있었다. 아니, 그것은 싸움이라고 할 수 없었다. 그것은 유린, 압도적 강자에 의한 살육이었다.

우리는 군대를 이끌며 요새를 습격할 예정이었다. 하지만 도리어 반격을 당해서 전멸을 당하기라도 한다면 그 어떤 변명도 할 수 없을 것이다. 하지만 내 마음속 깊은 곳에는 분노에 가까운 감정이 소용돌이치고 있었다.

자신의 감정에 따라 행동한다면, 그것은 지휘관으로서 실격이다. 하지만, 설령 그럴지라도, 동포들이 죽어 나가고 있는데 냉정한 용사는 용사로서 실격일 것이다. 아아, 나는 정말 성가신 입장이다. 대체 어느 입장을 우선해야 하는 걸까?

——간단하다. 양쪽 입장에서 장점만 취하면 된다. 용사로서 감정을 억누르고, 잔잔한 수면 같은 평온한 마음으로, 왕국 최강이라 불리는 넬 기사단장을 해치운다. 애도의 눈물은 나중에 얼마든지 흘리면 된다.

"후훗, 안녕하십니까. 당신이 넬 기사단장이죠?"

나는 상대의 방심을 유도하기 위해, 신사적으로 인사를 건넸다. 이제까지 그녀를 공격한 고블린과는 다른 행동인 만큼, 다소 놀랄 것이다.

"아, 사람 잘못 보셨어요."

"……"

호, 호오. 끝까지 우기려는 것 같다. 역시 일기당천이라는 명예로운 칭호를 지닌 사람답다. 고도의 심리전도 자신 있는 건가.

하지만 그 소문 자자한 넬 레뮤르와는 모습이 꽤 달랐다. 황금색으로 빛난다는 머리카락 또한 시커멓다. 마치 동방의 민족 같다. 게다가 그녀는 여성스러운 몸매를 지녔다고 들었다. 하지만 실물은—— 펑퍼짐 그 자체다. 그야말로 어린애다. 아니, 고블린과 인간은 감성이 다르다니까, 어쩌면 인간에게 있어서는 저것이 끝내주는 몸매인 걸지도 모른다. 소문은 결국 소문에 불과하다. 믿어야 할 것은 자신이 직접 본 것뿐이다.

"어이, 겉보기에는 저래도 상당한 강적이야. 조심해."

그렇게 말하며 등장한 이는 검은색 로브를 걸친 남자다. 부하 같아 보이는데, 넬 기사단장에게 저런 식으로 말하는 것을 보면 정말 겁이 없는 자 같았다. 어쩌면 일부러 반말을 써서 상대의 정체를 감추려는 걸까? 아, 그렇다. 그렇다면 납득이 된다. 정말 교묘한 술책이다.

"예, 알아요. 강한 사람에게서 느껴지는 압력이, 저 몬스터한테서도 똑똑히 느껴지거든요."

역시 틀림없다. 저렇게 올곧고 무시무시한, 전사의 눈빛을 지닌 이가 두 명이나 있을 리가 없다. 순수하고, 올곧으며, 또한 강자에 굶주려 있다. 그런 눈동자인 것이다.

"말이 저렇게 능숙한 걸 보면 고블린 킹 이상의 종족이겠지. 어떻게 하겠어? 이건 예상하지 못한 사태니까, 내가 도와줄까?"

"데, 데리스 씨, 느닷없이 나서지 마세요! 그리고 너무 빠르잖아요! ……아, 지금은 그런 걸 따질 때가 아니죠. 저도 싸우겠어요!"

큰일 났다. 동료들이 안개 너머에서 하나하나 모습을 드러냈다. 넬 기사단장이 나에게 버금가는 실력자라 가정할 때, 부하들이 가세한다면 싸움이 힘겨워질 것이다. 넬 기사단장은 내가 맡고, 병사들과 오거에게 저 부하들을 상대로 시간을 벌라고──.

"아뇨, 저한테 맡겨주세요. 부탁드려요."

뭐?! 일부러 불리해지겠다는 건가?!

"어?! 잠깐만, 뭐어?!"

"……어이, 괜찮겠어? 치나츠가 다른 적을 전부 독차지할 거야."

그녀의 부하들도 걱정했다. 당연했다. 넬 님을 존경하고, 경애해 마지않을 테니까 말이다.

"상관없어요. 지금 이 자리에서 저 몬스터와 싸운다면, 뭔가 깨달을 것 같은 느낌이 들어요."

……기사도를 중시하는 그 마음은 정말 대단했다. 역시 소문이라는 건 믿을 게 못 됐다. 성격이 거칠고 과격하다고 들

었지만, 실제로는 다른 것이다. 한 명의 용사로서, 이 고결한 이를 본받아야만 할 것이다.

"치나츠는 어떻게 생각해?"

"하아⋯⋯. 이렇게 되면 하루나는 남의 말을 안 듣거든요. 알았어. 알았단 말이야! 그 대신, 절대 무리하지 마!"

검은색 로브를 걸친 남자가 허락을 했고, 뒤늦게 이곳에 온 흑발 소녀 또한 약간 불만을 드러내면서도 납득했다.

부하들에게 이렇게 사랑을 받고 있다니, 부하를 둔 이로서 부럽기 그지없다. 하지만, 그렇다고 해서 봐줄 생각은 없다. 나는 용사이며, 이 군단의 통솔자니까.

"여러분, 여기는 저한테 맡기고 우회해서 목적지로 향하십시오. 수많은 동포가 당했습니다만, 저희의 꿈은 아직 사라지지 않았습니다. 막아서는 자를 해치우며, 진군하는 겁니다!"

"""키―――아―!!!"""

친애하는 동포들이 내 선언을 듣더니 고함을 질렀다. 병사들이 행진을 시작한 순간, 넬 기사단장의 부하들이 다시 안개 안으로 들어갔다.

"그럼 잘 부탁합니다, 넬 레뮤르 님!"

"⋯⋯."

⋯⋯대답을, 안 해? 아니다. 내 목소리가 귀에 들어오지 않을 정도로, 모든 신경과 감각을 싸움에 집중시키고 있는 것이다.

그녀는 허리에 찬 파우치에서 검은색 지팡이를 꺼내더니, 상단으로 들면서 끝부분으로 지면을 가리키는 자세를 취했다. 긴장에 따른 경직 같은 것은 전혀 느껴지지 않았다. 완벽한 자연체였다.

저 젊어 보이는 겉모습에 속으면 안 된다. 대체 얼마나 많은 전장을 섭렵하며 수련을 해야 이 경지에 오를 수 있는 건지 짐작조차 되지 않았다.

이런 여걸에게 내 힘은 과연 통할 것인가? 이 자리에 설 때까지 자만에 사로잡혀 있던 나 자신이 부끄럽다.

만약 이 싸움에서 내가 승리한다면, 나 자신을 다시 돌아보는 편이 좋을 것이다. 확실히 요즘 들어 부하들의 육성만 신경 쓰느라 나 자신을 돌아보지 못했다. 그렇다 진정으로 단련해야 하는 건——.

```
====================================
```

고브온 12세 수컷 고블린 히어로

직업 : 용사 LV6

HP : 780/780(+150)

MP : 710/710(+150)

근력 : 483(+150) 내구 : 235(+150) 민첩 : 275(+150)

마력 : 375(+150) 지력 : 473(+150) 손재주 : 432(+150) 행운 : 232(+150)

스킬 슬롯

◆검술 LV100

ㄴ검왕 LV12

◆화염 마법 LV100

ㄴ홍염 마법 LV6

◆지휘 LV84

◆고무 LV42

◆화술 LV30

◆교우 LV17

◆교시 LV12

=====================================

――맙소사. 결국, 동포들을 위한 스킬들로 점철되고 말았
다. 하지만 그것도 의미가 없지는 않다. 용사로서, 일개 고블
린으로서, 항상 올바른 길을 모색한 결과인 것이다.

아아, 그렇다. 지금만은 나 자신을 믿자. 용사인 내가 받는
보정은 모든 스테이터스에 영향을 준다. 그 은혜는 주위에 있
는 동료들에게도 배분되며, 집단 전체를 강화해준다. 이제부
터 안개 안으로 들어가야 할 내 부하를, 이제까지의 적과 똑
같이 여기지 마라. 나와 넬 님, 그리고 각자의 부하들, 누가
더 우수한지―― 승부다!

＊　＊　＊

나는 애검을 검집에서 뽑아 든 후, 넬 님에게 접근했다. 그리고 상단으로 치켜든 검을 최단거리로 가장 빠르게 날린 일격이 지팡이에 튕겨났다. 주군에게 받은 명검을 쳐낸 것을 보면, 저 지팡이도 범상치 않은 무기 같았다.

그 뒤를 이어 수도 없이 공격이 격돌했다. 그녀의 지팡이는 꽤나 튼튼한 건지, 지팡이답지 않은 중후한 소리를 자아내고 있었다. 하마터면 공격을 하고 있는 내 검이 상하고 말 것이다. 있을 수 없는 일이지만, 그런 착각마저 들었다.

하지만 다행스러운 것은 넬 님의 속도와 힘이 나에게 미치지 못한다는 것이다. 넬 님의 실력을 당초 예상보다 하향 수정했지만, 그래도 방심은 하지 않았다. 아니, 할 수 없다. 해선 안 된다.

스테이터스 면에서 그녀는 나한테 뒤진다. 하지만 그녀에게는 그것을 메워주고도 남을 힘이 작용하고 있는 것처럼 보였다. 탐욕적으로 그 어떤 상대도 두려워하지 않으며 맞서는, 그런 만용에 가까운 투기, 혹은 살기……

넬 레뮤르는 몸에 두른 기운만으로 상대를 굴복시킬 수 있다. 누군가가 그렇게 말한 적이 있다. 그녀와 대면한다면, 평범한 자는 굴복하고 말리라.

──카앙! 카아앙! 키기긱……!

제2장 자칭 마왕　147

"꽤, 하는군요……!"

"……."

그녀의 무시무시한 점은 그것만이 아니다. 스테이터스로 압도하고 있는 나의 공격을 수월하게 막아내고 있었다. 저 압도적인 집중력의 끝에는 무엇이 보이고 있는 걸까.

그야말로 종이 한 장 차이로 내 검을 막아내며, 튕겨냈다. 자신이 받는 충격은 최소한으로 줄이고, 경우에 따라서는 불가사의한 기술을 사용해 나를 밀어내기도 했다.

"후우── 하아……."

큰일이다. 내가 밀어붙이고 있지만, 그녀와 이렇게 격돌하면 할수록 마음이 흐트러지고 있는 느낌이 들었다. 잠시 거리를 벌린 후, 호흡을 가다듬──.

카앙!

──을 수는 없었다. 넬 님은 검은 공? 같은 것을 손에 쥐고 있었으며, 내가 거리를 벌리려고 하자마자 그것을 있는 힘껏 던졌다.

내 안면을 향해 정확하게 날아온 그것을, 나는 몸을 비틀어 피했다. 등 뒤에서는 우지직하는 소리가 연달아 들렸다.

……지금은 뒤편을 돌아볼 때가 아니다. 허리에 찬 파우치에서 꺼낸 것을 보면, 저것은 매직아이템이 틀림없다. 저 공을 정통으로 맞는다면, 나조차도 멀쩡할 수 없을 것이다.

피하면서 언뜻 보니, 겉보기보다 훨씬 위력이 강할 뿐만 아

니라 마력적인 무언가가 작용하고 있는 느낌이 들었다. 접촉하지 않는 편이 나을 것이다.

"블레이즈 인챈트."

화염 마법을 완전히 마스터한 후에 익힐 수 있는 스킬의 진화형, 홍련 마법. 그 홍련 마법에서 가장 먼저 익히는 마법이 바로 『블레이즈 인챈트』다. 무기에 불꽃을 부여해서, 일시적으로 마법검의 역할을 하게 하는 것이다. 그리고——.

"디어리!"

내 전방의 광범위한 공간에 불꽃의 소용돌이가 생겨났다. 그녀의 속도로는 피할 수 없는 화염 마법의 최상위 공격이다. 자아, 이제 어떻게 할 거지?

"……."

넬 님은 눈썹을 찌푸리더니, 검은 지팡이를 지면에 세워서 방패로 삼으며 내 불꽃을 막아내려 했다.

……무모했다. 검 같은 물리 공격이라면 몰라도, 디어리의 화염은 눈앞에 있는 모든 것을 집어삼키는 범위 공격이다. 튼튼하기는 해도, 저렇게 가는 지팡이로 불꽃을 막아낼 수 있을 리가 없다.

"아니……?!"

하지만 예상은 간단히 박살 났다. 소용돌이치는 불꽃의 파도가 그녀의 지팡이를 경계로 해서 분단된 것이다. 대부분의 불꽃이 그 지팡이를 기점으로 갈라지더니, 마치 지팡이를 피하듯 흩어졌다.

저 지팡이는 대체 뭐지……? 그래도 넬 님은 대미지를 입었을 것이다.

"……큭."

정통으로 맞았다면 아마 목숨을 잃었을 정도의 불꽃이 지팡이로 막아내고 있는 넬 님의 피부를 태웠고, 머리카락을 묶고 있는 고무줄 또한 끊어졌다.

속박에서 해방된 칠흑빛 머리카락은 홍련으로 물든 붉은 화염과 어울리면서 아름다움을 자아냈다. 다른 종족인 인간의 얼굴을 분간하지 못하는 나조차도 본능적으로 그렇게 생각했다.

그 순간, 내 본능이 공포에 사로잡혔다. 그녀는 활활 타오르는 불꽃 안에서 웃고 있었다. 이 위기 상황에서, 왜 웃고 있는 걸까.

……즐기는 건가? 목숨을 건 이 사투를? 태연을 가장하고 있던 내 마음이 흐트러졌다. 그래서 디어리 마법이 끝났다는 사실을 뒤늦게 눈치채고 말았다.

"흐읍!"

그녀는 지팡이를 지면에 찌르며 고정시키더니, 파우치에서 꺼낸 검은 공 두 개를 양손에 쥐었다. 그리고, 그것을 동시에 던졌다.

하지만 두 공은 좌우로 갈라지더니, 나한테서 완전히 빗나가고 말았다. 공격을 서두르다 실수를 범한 건가?

──카앙!

"큭!"

양동이었나……! 넬 님은 두 공을 던진 직후에 나를 향해 일직선으로 쇄도하더니 지팡이로 강렬한 일격을 날렸다. 조그마한 저 몸으로 자아낸 것이라는 게 믿기지 않는, 오거나 고블린 킹을 능가하는 위력이었다.

스테이터스상의 근력만으로는 이런 위력을 자아내지 못할 것이다. 하지만 그녀는 숙지하고 있는 것이다. 어떻게 해야 상대가 싫어하는지, 어떻게 움직여야 자신의 몸으로 최대의 위력을 낼 수 있는지…… 그리고, 포기하지만 않으면 승리의 길이 보일 거라는 사실을!

검과 지팡이가 격돌한 직후, 검은 지팡이의 끝에 있는 미세한 돌기 부분이 내 애검에 걸렸다. 넬 님은 검에 어린 불꽃에 개의치 않으면서 내가 쥔 검을 옆으로 흘려보냈다.

물 흐르는 듯한 그 움직임에 내가 놀란 순간, 공간에 생긴 틈을 노리듯 그녀의 발차기가 날아왔다.

몸속 깊은 곳까지 뒤흔들리는, 교본으로 삼고 싶은 발차기였다. 그래도 나는 이를 악물면서 버텼다. 오거였다면 졸도했을 정도의 위력이지만, 나를 쓰러뜨리기에는 위력이 모자랐다. 나는 그녀를 향해 웃어주려고 앞을 바라보았다.

──바로 그때, 내 애검이 박살 나는 광경이 눈에 들어왔

다.

"아, 니……?!"

검의 칼날이 있는 위치를 향해 좌우에서 날아온 시꺼먼 공이 명중한 것이다. 그녀가 몸을 날리기 전에 던졌던 그 폭투는 처음부터 이것을 노리고 한 행동이다. 내가 공에서 눈을 떼며 그녀에게 집중한 순간, 좌우로 날아간 공은 크게 호를 그리며 방향을 바꿨다. 지팡이로 검을 흘려보낸 것은 나에게 발차기를 날리는 것과 동시에, 두 개의 공이 명중하는 위치로 검을 이동시키기 위한 행동을 겸하고 있었다.

몇 겹이나 되는 전법, 그리고 불꽃을 두려워하지 않으며 그 전법을 실행에 옮기는 대담함……. 검을 잃기는 했지만, 나는 스테이터스 면에서 앞서고 있으니 아직 불리하다고 할 수 없다. 하지만 내 눈에 그녀는 전사가 아니라 광전사(狂戰士)처럼 보였다.

엄습한 공포는 내 움직임을 느리게 만들 것이며, 결국 치명적인 실수로 이어지리라. 그렇게 되기 전에, 선수를 친다!

"크, 으, 아아아아——!"

나는 옆구리를 희생해 상대의 지팡이를 받아낸 후, 팔로 고정시켰다. 방금 그 일격은 어마어마하게 아팠다. 뼈가 부러졌으리라. 하지만, 지팡이를 봉쇄했다. 단순히 힘으로 승부한다면, 내가 질 리 없다.

재빨리 공격수단을 바꾼 그녀는 주먹으로 공격했다. 나는 그 손을 쳐내려다―― 도리어 당하고 말았다.

나는 바보다! 그녀가 단순한 타격을 흘려보내는 기묘한 기술을 지녔다는 것을 깜빡하다니! 하지만 어째서일까. 싸우면 싸울수록 그녀의 힘이, 속도가 상승하고 있다.

지금까지는 전력을 다하지 않은 걸까? 싸우면서 서서히 실력을 발휘하는 타입인가? 어째서일까. 머릿속이 혼란으로 가득 찼다. 머리가 지면과 격돌하고, 그대로 그라운드 기술에 걸린 내 몸 곳곳이 비명을 지르고 있다.

힘은 내가 더 뛰어나다. 그런데, 왜, 풀 수가 없는 거지……?! 아아, 젠장, 그래. 역시 최강은 강해…….

"――바일."

의식을 잃기 직전, 그런 말이 들린 것 같은 느낌이 들었다.

＊　＊　＊

"이……겼다――!"

하루가 힘차게 자신의 승리를 선언하더니, 그대로 지면에 털썩 쓰러졌다. 그럴 만도 했다. 하루가 그렇게 좋아한다던, 자이언트 킬링을 해낸 것이다. 원래라면 천지가 뒤집혀도 이길 수 없는 상대에게 승리를 거뒀다. 게다가 그 상대는…….

"……고브."

그렇다. 하루의 바일에 의해, 저 붉은 고블린은 좀비가――

고브?!

"어이, 하루. 너, 이 고브 씨에게 무슨 짓을 한 거야……."

"아, 사부님!"

벌떡 일어난 하루는 기운이 넘쳤다. 아직 흥분이 가시지 않은 건지 거친 콧김을 뿜어대고 있었다.

"어땠나요? 제 싸움 말이에요!"

"아, 으음…… 만점이야. 나무랄 데가 없어."

전투에 있어서는 내가 조언을 해줄 부분이 없다. 그 정도로 대단했던 것이다. 위험해 보이면 도와줄 생각이었지만, 그럴 필요는 없었다.

특히 놀란 점은 합기도를 사용한 점뿐만 아니라 상대의 정신을 흔드는 하트 해시 마법을 지팡이와 발차기를 날리면서도 사용한 점이다. 상대의 몸에 손을 댄 상태에서 발동시키는 건 간단하지만, 발로는 꽤 어렵다. 게다가 지팡이는 신체의 일부가 아닌 것이다. 마력을 원활하게 컨트롤하는 기술을 지녀야만 가능한 일이다.

발차기와 지팡이가 명중하는 그 타이밍에 맞춰 마법을 영창한다. 그런 게 가능한 자는 기사단 안에서도 손으로 꼽을 수 있을 정도다.

게다가 흑마석으로 만든 지팡이도 능숙하게 쓸 수 있게 된 것 같았다. 처음으로 마력을 불어넣은 자 이외의 마법을 받아들이지 않는다는 소재의 특성을 살려, 지팡이를 방패 삼아 적의 마법을 막아낸 것이다.

그게 가능하다는 사실을 아는 이도 함부로 할 수 있는 일이 아니다. 정통으로 맞는다면 죽을지도 모르는 공격이 날아오는 상황에서 그런 담력을 발휘한 것이다. 내 제자는 진짜로 강철 멘탈을 지닌 것 같았다.

"흐흥, 그렇죠?! 이번 배틀은 제가 생각해도 정말 끝내줬다고 생각해요!"

"그건 괜찮은데…… 이 고브 씨는 뭐야?"

"……고브."

"엄청 천연덕스럽게 고브, 고브 같은 소리를 하고 있네."

"천연덕스럽지 않거든요?! 고브오 군을 충실히 재현했단 말이에요! 그렇게 되도록 바일을 쓰면서 지시했다고요."

"고브오 군을 말이야? ……이유가 뭔데?"

"예? 그야 귀엽기 때문이죠. 겉모습도 멋진데다, 고브라는 소리만 입에 담는 이 사나이다움을 보세요. 그야말로 최강이라고요!"

"……."

그냥 노코멘트하기로 했다. 뭐, 이 고블린은 원래 지능이 뛰어났으리라. 그래서 좀비가 되었는데도 하루의 명령을 이해하고 있는 것이다. 능력이 저하되었겠지만, 그래도 상당한 수준이리라. 충분히 쓸모 있는 전력감일 것이다.

"사부님, 고브오 군을 집에서 길러도 될까요?"

"안 돼요. 주운 곳에 다시 놔두고 오세요."

"잘 기를게요! 그리고 집안일을 돕게 하면 수련하는 시간도 확보할 수 있을 테고, 마음이 힐링될 거예요! 사료값 같은 것도 제가 부담할게요!"

고블린을 보고 마음이 힐링되는 건 너뿐일 거라고……. 그리고 뭐? 이 고브오 군을 애완동물로 삼으려는 거냐?

"……하루, 네 마음은 이해해. 너라면 도중에 질렸다며 버리려고 하지도 않겠지. 하지만 그 녀석은── 썩는다고."

"──윽!"

하루는 중대한 사실을 눈치챈 듯한 표정을 지었다. 이 고브오 군은 육체의 손상이 적은 편이지만, 바일은 최하급 좀비화 마법이다. 전투를 시키지 않더라도, 시간이 흐를수록 육체가 점점 손상될 것이다. 겉모습도 흉측해질 것이며, 악취도 날 것이다. 영혼이 없는 좀비니까 회복마법을 걸어도 역효과만 나며, 좀비를 수복하려면 전용 마법을 써야만 한다.

"마, 맙소사……. 고브오 군과 이렇게 운명적으로 만났는데……."

"운명은 무슨."

하루는 꽤나 충격을 받은 것 같았다. 으음, 저렇게 의기소침을 한 모습을 보니 스승으로서 마음이 쓰이는데…… 아~ 으음…….

"……하루. 고브오 군이 너를 도와주면, 네 수행의 효율이 좋아지겠지?"

"그, 그야 물론이죠. 바일로 간단한 명령을 이해해줄 것 같고, 청소와 세탁 같은 데 드는 시간이 확 줄 거예요."

"그럼 하루가 전용 마법을 익힐 때까지, 내가 고브오 군이 썩지 않도록 손질해주겠어. 겉모습도 서비스해서 꽤 봐줄 만하게 만들어주지. 대신, 네가 직접 기를 수 있도록 매일같이 수련에 힘쓰는 거야. 오케이?"

"⋯⋯사, 사부님——!"

"안기지 마. 안기지 말라고."

뭐, 이번 일에 대한 상으로는 딱 적당할지도 모른다. 겉모습도 이대로는 좀 그러니까, 가정부처럼 꾸미면 다소 귀여워 보이려나? 아무튼, 하루는 지금까지 거짓말을 한 적이 없다. 이 녀석의 말처럼, 수행의 효율이 더욱 좋아지기를 빌자.

"아, 맞다! 아직 싸움이 안 끝났죠. 사부님, 저도 치나츠를 도우러 갔다 올게요."

"그럴 필요 없어. 아까 내가 말했지? 다른 적은 치나츠가 독차지할 거라고 말이야."

"그, 그랬죠⋯⋯."

하루가 주위를 둘러보니, 주변에 있던 고블린들이 당황하고 있었다. 우두머리인 고브오가 당했을 뿐만 아니라 좀비가 되어버린 것이다. 혼란에 빠지지 않는 게 오히려 무리일 것이다. 도망치는 자도 있고, 이런 상황에서도 싸우려 하는 자가 있지만, 어차피 전부 치나츠가 해치울 테니 결과는 달라지지 않을 것이다. 사랑하는 넬 님께서 맡긴 제자인 만큼, 치나츠도 충분히 경험을 쌓게 해줘야겠다.

"역시 치나츠는 빠르네요. 고브오 군에 버금갈까요?"

"그럴지도 몰라. 그 대신 공격과 방어 면에서 빈약하니까, 이곳에서 검술 스킬을 올리는 거지. HP와 근력, 그리고 민첩도 상승해서 더욱 빨라질 거야."

"여행 도중에 치나츠와 모의전을 한 덕분에 고브오 군의 속도에 대처할 수 있었으니까, 나중에 고맙다는 말을 해야겠네요. 그건 그렇고, 지금보다 더 빨라진다니…… 기대돼요!"

나는 이 싸움을 통해 성장했을 네 스테이터스를 보는 게 더 기대되는데 말이야. 하지만 그것은 다른 볼일을 마친 후에 하기로 했다.

"전황이 이 정도로 기울었으니, 이제 내가 없어도 괜찮겠지. 하루, 나는 잠시 자리를 비울 테니까, 적들이 도망치지 못하도록 치나츠를 서포트해줘."

"예. 그런데 사부님은 어디 가실 건가요?"

"아, 몰래 훔쳐보고 있는 나쁜 애한테 벌을 주러 가려는 거야."

＊　＊　＊

오크 군단과 전투가 펼쳐지고 있는 남쪽 전장에서는 기묘한 광경이 펼쳐지고 있었다. 푸른 초원과 마음에 평온을 안겨주는 평화로운 풍경에는 딱히 변화가 없었다. 하지만 그 위에는 시꺼멓게 탄 시체가 굴러다니고 있었다. 그 시체의 숫자는 1000구가 넘으며, 아예 탄화가 되어서 부스러지고 있는 시체도 있었다.

그 시체는 대부분 오크였다. 오크, 오크 캡틴, 오크 제너럴, 오크 킹——그중에는 오크 킹의 진화 형태인 오크 로드도 있었다. 하지만 레벨은 다를지라도 전부 같은 처지에 놓여 있었다. 고블린들과 마찬가지로 제대로 무장한 그 군대에는 생존 몬스터가 단 하나도 없었다. 전부 목숨을 잃은 것이다.

"자아, 네가 마지막인 것 같네. 혹시 유언이라도 남기겠어? 으음, 오크…… 뭐였더라?"

이 참사의 원흉인 넬 레뮤르가 그렇게 물었다. 그녀의 눈앞에는 오크를 이끌던 수장인 오크 사탄이 있었다. 사지는 이미 시꺼멓게 타버렸기에, 몸을 일으킬 수도 없다. 유일하게 할 수 있는 것이라고는 그 추악한 얼굴을 일그러뜨리는 것뿐이다.

"후하, 후하하하하! 똑똑히 기억해둬라. 너희가 건드린 우리에게는——."

처절하게 고함을 지르던 오크 사탄의 몸이 순식간에 불길에 휩싸이며 타들어갔다.

"——아, 그냥 입 다물고 있어. 자초지종을 잘 알고 있을 듯한 녀석을 발견했거든."

* * *

국경 동쪽에 있는 아델하이트의 깊은 숲. 하늘을 찌를 듯한 나무들로 우거진 이 숲은 독을 지닌 몬스터가 서식하고 있기 때문에 인근의 사람들이 다가오지 않는다.

"당하고 만 건가요……. 레벨6이 되었는데도, 허무한 최후를 맞이했군요."

하지만 그런 위험한 숲에는 수상한 남자가 있었다. 수많은 거목 중 하나의 꼭대기에서 먼 곳을 쳐다보고 있는 그 남자는 가면을 쓰고 있었다. 그 가면은 얼굴의 윗부분을 가려주며, 후드도 깊이 눌러쓰고 있었다. 남들이 보면 십중팔구 수상하다고 여길 듯한 모습이었다. 이 숲에는 그런 생각을 할 사람이 아예 없지만.

"넬이 고블린 히어로나 오크 사탄 중 하나를 격파할 거라고 생각하기는 했지만, 양쪽 다 당할 줄은 몰랐군요. 하지만 그들을 쓰러뜨릴 실력자가 있다는 사실을 가지고 돌아가는 것만으로도 충분한 수확일 테죠. 마법왕국 아델하이트, 대국들에게 둘러싸인 중소국가인데도 오랫동안 명맥을 이어온 것도 이해가 되는군요. 하지만 강자 한두 명에 대한 대책이라면 얼

마든지 세울 수 있습니다. 서둘러 돌아가서 주군에게 진언을
하도록 하죠."

가면을 쓴 남자는 웅크리고 있던 몸을 일으키더니, 만족한
것처럼 미소를 지었다.

──쿠아앙──!

그리고 몸을 일으키기 위해 잠시 눈을 뗀 순간, 아까까지
그의 시선이 향하고 있던 장소에서 엄청난 폭발음이 터져 나
왔다.

"무슨 일이죠?"

가면을 쓴 남자가 다시 그쪽을 쳐다보았다. 그 소리가 들린
곳은 오크 사탄의 군대가 있던 장소였다. 즉, 넬이 불태워버
린 오크들의 시체가 널려 있던 초원지대다. 그곳의 지면에는
커다란 구멍이 나 있으며, 마치 뭔가가 터진 듯한 흔적이 존
재했다.

그 현상에 휘말린 건지, 방금까지 지면에 널브러져 있던 오
크 사탄의 시체가 흔적도 없이 사라졌다. 하지만 그것보다 더
놀라운 일이 있었다.

"……넬 레뮤르가 사라졌어?"

오크 사탄의 숨통을 끊은 넬이 사라진 것이다. 저 탁 트인
초원에는 몸을 숨길 곳이 없다. 시체를 쌓으면 가능하겠지만,
그럴 이유가 없다.

그렇다면 대체 어디에 간 것일까? 가면을 쓴 남자는 국경

의 요새와 고블린 군대 쪽을 쳐다보며 찾았지만, 상대는 그쪽에 있는 것 같지 않았다.

"여자를 훔쳐보는 건 매너에 어긋나는 행동 아닐까?"

"──윽!"

등 뒤에서 여자 목소리가 들려왔다. 그것은 맑고 기품이 어린 목소리였다. 하지만 가면을 쓴 남자는 그 목소리를 듣자마자 온몸의 털이 곤두서는 듯한 공포를 느끼며 나무를 박찼다.

그의 등 뒤에 있던 여성은 바로 넬 레뮤르였다. 방금까지 한참 떨어진 곳에 있던, 왕국 최강의 기사인 것이다.

"어머, 숙녀를 상대로 그렇게 호들갑을 떠는 거야? 정말 무례하네."

"……정말 죄송합니다. 저는 남이 제 등 뒤에 서있는 것에 익숙하지 않아서 말이죠."

가면을 쓴 남자에게 있어, 자신이 등 뒤를 잡혔다는 사실은 그야말로 경탄해 마지않을 일이다. 생채기 하나 입지 않으며 오크들을 격파한 넬의 실력은 높이 평가하고 있었지만, 그녀의 실력을 한 수 더 높게 여겨야겠다고 생각한 그의 볼을 타고 식은땀이 흘러내렸다.

"뭐, 좋아. 그런데 당신은 어디 소속이지? 저 오크와 고블린을 보낸 일파에 속해있겠지만, 일단 물어는 보겠어."

"후후, 제가 순순히 대답할 것 같습니까?"

"잿더미가 되기 전에 실토할 건지, 자기 몸이 타들어가는 걸 실컷 느낀 후에 털어놓을 건지, 선택하게 해줄게. 어느 쪽이 좋아?"

넬의 어조는 부드러웠지만, 그 내용은 흉흉하기 그지없었다. 그 말과 동시에 위압감이 느껴졌으며, 그 위압감에 으스러지는 듯한 느낌마저 들었다. 실제로 발치의 나무들에서 우지직하는 소리가 났다.

이런 와중에도 넬은 눈을 뗄 수 없을 만큼 아름다운 미소를 머금고 있었다. 그녀로서는 어느 쪽이든 상관없겠지만, 질문을 받은 이의 입장에서는 육체적으로도, 정신적으로도, 막대한 피해를 입게 된다.

가면을 쓴 남자는 한숨을 내쉬더니, 새하얀 장갑을 낀 오른손 바닥을 앞으로 내밀면서 말했다.

"둘 다 사양하겠——."

——말을 이으려 했지만, 그러지 못했다. 스콰. 날붙이가 물건을 베는 소리와 폭발음이 뒤섞인 듯한 기묘한 소리가 들렸다. 그 소리가 들린 오른손을 쳐다보니, 손목 아래 부분이 사라졌다. 날카로운 무언가에 의해 깨끗하게 잘려나간 듯한 단면에서는 피가 나지 않았다. 상처 부위가 불길에 타버린 것 같았다.

"윽?!"

"몸이 타들어간 후에 실토하겠다는 거네. 그 근성은 높이 사겠어."

눈 깜짝할 사이에 접근한 넬은 허리춤의 검집에서 홍련의 불꽃을 연상케 하는 색깔의 장검을 뽑아 들었다. 벤다기보다는 태운다는 표현이 적절할지도 모른다. 한눈에 봐도 마검이라는 것을 알 수 있었다.

가면을 쓴 남자는 이 위기 상황에서 벗어나기 위해, 어떤 마법을 사용했다. 영창을 하는 사이에 오른팔 팔꿈치와 손목 사이를 베였지만, 그래도 마법은 펼쳤다.

넬의 눈앞에서 남자가 사라지더니, 그는 떨어진 곳에 있는 나무 위에 나타났다.

"——전이마법. 기척이 느껴지는 장소가 계속 달라진 이유를 이제야 알겠네. 꽤 성가신 마법을 지녔는걸……."

"분에 넘치는 칭찬, 감사드립니다. 유감스럽게도 넬 님의 제안은 둘 다 사양하도록 하겠습니다. 하지만 자기소개는 해두도록 하죠. 저는 이 대륙에 계신 마왕님의 심복인 딘벨러라고 합니다. 머지않아 넬 님을 또 찾아뵙게 될 듯하니, 그때 다시 인사드리도록 하죠. 그럼 이만 실례하겠습니다."

"놓칠 것 같아?"

넬이 서있던 나무에서 쿵 하는 소리가 난 직후, 딘벨러의 시야가 일그러졌다. 전이마법으로 이동할 때의 현상이 발생한 것이다.

다음에 시야가 정상으로 되돌아왔을 때는 아까와는 전혀 다른 광경과 장소가 펼쳐져 있었다. 그곳은 녹음이 우거진 숲속이 아니라, 오두막 같아 보이는 건물의 실내였다. 전이를 하는 순간에 검이 날아들었지만, 그래도 깊게 베이지는 않았다.

(⋯⋯어? 실내?)

딘벨러의 마음속에 의문이 생겨났다. 자신이 전이하려 한 장소는 실내가 아니다. 낯선 오두막 안을 서둘러 둘러보고 있을 때, 창가에서 책을 읽고 있는 검은 로브 차림의 남자가 눈에 들어왔다. 그도 딘벨러를 인식하고 있었는지, 딱히 놀라지 않으며 책을 덮었다.

"아, 역시 전이마법이었군. 미안하지만 멋대로 전이 장소를 이곳으로 변경했어. 몸이 엉망인 걸 보니, 이미 넬과 마주쳤나 보네."

"뭐, 라고요⋯⋯?"

이 남자는 딘벨러의 힘을, 그리고 그가 아까까지 처한 상황까지 정확하게 꿰뚫어 보고 있었다. 유심히 보니, 그는 고블린들과 싸우던 소녀의 뒤편에 있던 자였다.

넬과 협력 관계가 분명한 그를 보자, 딘벨러의 머릿속에 최악의 상황이 떠올랐다. 바로 그때, 꽤 먼 곳에서 **예의 폭발음**이 들렸다.

──끼익.

오두막의 문이 열리더니, 넬 레뮤르가 모습을 드러냈다. 딘벨러, 아니, 검은색 로브 차림의 남자를 본 그녀는 퉁명한 표정을 지었다.

"뭐야, 데리스잖아. 기척이 늘어나서 동료를 부른 줄 알았어."

"네가 오두막을 날려버리지 않은 걸 신에게 감사해야겠는 걸. 아니지. 믿고 있었다고, 허니. 그러니까 그 검은 뽑아 들지 마."

"하아…… 마력으로 저자를 이곳에 강제 전이시킨 거지? 그런 짓 안 해도 이 녀석의 최대 전이 거리 정도는 단숨에 따라잡을 수 있어. 기척을 쫓아가면 문제 될 건 없거든."

"사방팔방에 커다란 구덩이가 생긴다면, 뒤처리를 해야 하는 병사들이 불쌍하잖아……."

두 사람은 갑자기 시시덕거리기 시작했다. 딘벨러가 눈에 들어오지 않는 것처럼, 서로를 쳐다보며 말다툼을 벌이고 있었다.

(이 틈에…….)

딘벨러는 전이마법을 발동──시키지 못했다.

"아, 니……?!"

"응? 아, 무리라고. 내 마력량을 넘어서지 않는 한, 이곳으로만 전이되게 해뒀거든."

* * *

하루나와 치나츠가 고블린 군단과 싸우고 있는 전장에서는, 꽤 시간이 걸리기는 했지만 그 전투도 거의 끝을 향해 치닫고 있었다.

"이걸로—— 마지막!"

"키앗!"

바람처럼 고블린 커맨더의 등 뒤로 이동한 치나츠가 검으로 적의 목을 단숨에 벴다. 엄청난 속도로 움직이는 치나츠의 모습은 고블린 병사의 눈에 비치지도 않았으며, 그녀는 대부분의 적들을 단칼에 베어 넘겼다. 고블린 킹만은 치나츠의 움직임이 희미하게 보이는 것 같았지만, 그래도 그녀의 공격에 대응하지는 못했다.

"치나츠, 수고했어~."

독안개를 흩뿌리며 치나츠를 엄호하던 하루나는 파우치에서 꺼낸 수건과 물통을 그녀에게 내밀었다. 피를 털어낸 후에 검을 집어넣은 치나츠가 미소를 지으며 그것을 건네받았다.

"하루나도 수고했어. 나, 어땠어? 제대로 싸우는 것 같아?"

"응! 적을 쓰러뜨릴수록 점점 빨라지더라니깐. 사부님도 칭찬을 해줄 거라고 생각해. 자아, 이걸로 목적은 달성했네."

"우리 둘 다 무사해서 다행이야. 넬 사부님 쪽도 끝이 났을까?"

"아까까지 커다란 소리가 들렸는데, 얼마 전부터 들리지 않아. 아무래도 결판이 난 것 같아."

"그럼 캠프로 돌아가자. 으음——."

치나츠는 방금 자신이 죽인 고블린 커맨더의 목 없는 사체가 일어나는 모습을 쳐다보았다. 시체가 움직이는 기묘한 광경은 호러물을 질색하는 그녀가 비명을 지르게 하기에 충분했다.

하지만 지금은 얼굴을 찡그릴 뿐, 비명을 지르지는 않았다. 실은 이미 그 단계를 거쳤던 것이다.

"——이 움직이는 고블린 시체들은 그냥 내버려 둬도 돼?"

"으, 응. 사부님이 이 주변에 고블린의 시체를 움직이게 하는 마법을 걸어둔 것 같아. 시체는 내버려 두면 위생상 좋지 않으니까, 뒷정리를 한 후에 스스로 소각용 불길에 뛰어든 대."

움직이는 시체들은 사지가 남아있으면 움직일 수 있는 것 같았다. 그것보다 손상이 심한 사체는 움직이는 시체들이 한곳에 모아서 태우고 있었다. 자기 할일을 마친 시체는 스스로 불길에 뛰어든다고 한다. 그런 악독한 노동환경을 강요하고 있는 것이다.

"시체를 만지지도 않았는데 명령에 따르게 하다니, 레벨이 엄청 차이 나는 것 같아. 엄청 상위의 마법 같으니까, 나도 더욱 노력해야지."

"데리스 씨 수준이 되면 한꺼번에 이렇게 많은 시체를 조종할 수 있는 거구나……. 아, 그런데 데리스 씨는 어디 가신 거야?"

"잠시 자리를 비운다고 했어. 여기 일이 끝나면 먼저 캠프에 돌아가 있으래."

"그, 그렇구나. 그럼 돌아가자."

"……고브."

뒤처리는 움직이는 시체들에게 맡긴 후, 두 사람과 한 마리는 캐논 일행이 기다리고 있는 바비큐 파티장으로 돌아갔다.

* * *

캠프장에서는 고기를 굽는 냄새로 가득 차 있었다. 운동 후의 기분 좋은 피로가 느껴지는데다, 식사 시간이 다 되었기 때문인지 입안에 저절로 군침이 돌았다.

넬이 현지 조달한 고기일까. 무노가 철판 위에 올려놓고 굽는 고기 말고도, 다가노프가 거대한 멧돼지처럼 생긴 몬스터를 통째로 굽고 있었다. 말도 안 될 정도로 거대하기 때문인지, 속까지 익히느라 고전하고 있는 것 같았다. 그 옆에는 식재료인 고기들이 대량으로 굴러다니고 있었다. 캐논은 그것들의 피를 빼고 있었다.

"——음? 오, 오오! 하루나 님, 치나츠 님! 무사하셨습니까!"

무노가 두 사람을 발견했다. 캐논과 다가노프도 하루나 일행을 향해 뛰어왔다.

"방금 돌아왔어요. 북쪽 방면은 해결됐어요!"

"지, 진짜로 해치웠군요. 저는 언제 습격당하는지 몰라 조마조마했어요……."

"형제여, 그런 걸 보고 투지에서 비롯된 떨림이라고 하는 거다. 겸손한 녀석이군."

"아무튼, 두 사람이 무사해서 다행입니다. 단장님과 데리스님은 곧 돌아오실 테니, 그때까지 텐트에서 쉬시죠."

"아뇨, 저도 돕겠어요! 솔직히 말해 이쪽이 제 전문 분야거든요!"

"하루나는 기운이 넘치네……. 그럼 저도 도울게요. 지금 감각이 날카로워졌으니까, 잘할 수 있을 것 같아요."

"그런가요? 그럼 부탁을 드리죠. 그런데……."

다가노프는 의아한 표정을 지으며 하루나 옆을 쳐다보았다.

"……고브."

"이 빨간 고블린은 뭐죠?"

"고브오 군이에요."

"예?"

"고브오 군이에요."

"저기, 하루나가 몬스터를 사역했다고 생각하시면 돼요……. 데리스 씨도 허락을 하셨으니, 안심해도 될 거예요."

하루나가 알아듣지도 못할 말만 늘어놓았기에, 치나츠가 대신 설명을 했다. 몬스터의 피도 뺄 줄 안다고 말하자, 캐논이 매우 기뻐했다.

　그 후, 일행은 데리스와 넬이 돌아올 때까지 작업에 몰두했다. 하루나는 멧돼지 통구이를, 치나츠는 철판구이를, 고브오 군은 피 빼는 것을 도왔다. 그러다 보니 어느새 주위가 어두워지기 시작했고, 조리도 거의 끝나갔다.

　"아, 냄새가 좋은걸."

　"이제 돌아왔어."

　""사부님!""

　넬과 데리스는 북쪽이나 남쪽이 아니라 동쪽에서 나타났다.

　"상황을 보고해."

　"예. 하루나 님과 치나츠 님이 고블린 집단을 격파했으며, 요리한 고기의 상태도 양호합니다."

　"좋아. 두 사람 다 수고했어. 남쪽의 오크들도 섬멸했으니까, 이걸로 이번 원정은 성공했다고 할 수 있겠지. 오늘은 식재료가 잔뜩 있으니까, 배부르게 먹어도 돼. 특히 하루나는 사양하지 말고 많이 먹으렴."

　"정말인가요?!"

　하루나는 많이 먹어도 된다는 말을 듣고 환희했다. 치나츠는 하루나가 중요한 대회를 치른 후에 평소보다 많이 먹는다는 것을 알기에 쓴웃음을 지었지만, 자기도 꽤나 배고프기에 별말 하지 않았다. 치나츠 또한 평소보다 많이 먹을 자신이 있었다.

"사부님, 볼일은 마치셨어요?"

"으음, 그게 말이야. 끝나기는 했는데, 귀찮게도 새로운 볼일이 늘어난 것 같아."

"새로운 볼일?"

"집에 돌아가면 가르쳐주겠어. 집에 돌아갈 때까지가 원정이니까, 끝까지 방심하지 마."

"안심하세요. 저는 방심한 적이 한 번도 없거든요!"

"하하, 그랬지. 자아, 식사하자! 배부를 때까지 먹어도 돼!"

"와아~!"

하루나는 두 손을 번쩍 들며 기뻐했다. 그렇게 축하연이 시작됐다.

＊　＊　＊

국경 요새의 지휘관인 자넷, 그리고 이웃 나라인 타잘니아의 라이즈는 요새 옥상에서 망원경으로 그 모습을 지켜보고 있었다.

"……아무래도 무사히 격퇴한 것 같군요."

"예. 역시 흑철과 섬희, 그리고 그 두 분의 제자군요. 전투를 끝낸 직후에 저렇게 파티를 하는 걸 보면, 모험가 시절의 대담함도 여전히 남아있는 것 같습니다."

"이 요새에서 파티를 준비하겠다고 말씀을 드렸지만, 넬 단장님께서 거절하시더군요. 원정이란 싸움과 식사를 비롯한 모든 것을 단련하는 것이라면서 말이죠."

"대, 대담하시군요……. 흑철, 섬희, 그리고 경외. 이야, 그 세 사람이 모험가로서 각지를 돌아다니던 시절이 정말 그립습니다."

"부끄럽습니다만, 저는 당시의 일은 잘 모른답니다. 그런데, 경외……라고요? 처음 듣는 분입니다만, 지금은 어디에 계시죠?"

자넷이 별생각 없이 그렇게 묻자, 라이즈의 표정이 어두워졌다. 그는 천천히 입을 열었다.

"……저도 아직 모험가였던 시절이니까, 십수 년 전의 일이군요. 경외란 이만한 키의 엘프 소녀의 별명이었으며, 밤색 머리카락을 지닌 귀여운 아이였던 걸로 기억합니다."

라이즈가 손으로 가리킨 키는 약 150센티 정도 될 것 같았다. 하루나와 키가 비슷해 보였다.

"만약 성장했다면, 넬 단장님 같은 절세의 미녀가 되었겠죠."

"……만약, 이라뇨?"

"돌아가셨다고 합니다. 어떤 의뢰를 수행하던 도중의 일인지는 모릅니다만, 저 두 분만 안타까운 표정으로 길드에 귀환했죠. 그 후 저분들도 모험가를 관뒀고── 아, 그 후의 일은 아델하이트의 분들이 잘 아시겠죠."

"즈, 즉…… 네, 넬 단장님이 지셨다는 겁니까?!"

"목소리가 너무 커요. 그 건에 대해 저 두 사람은 함구했고, 주위 사람들도 물어볼 분위기가 아니었죠. 지금 제가 드린 이야기는 그저 마음속에 담아두고 발설하지 말아 주셨으면 합니다."

"……."

동료를 잃고 돌아온 그들의 모습은 누가 보기에도 패배를 한 것처럼 보였으리라. 대팔마와 마주치기라도 한 걸까. 왕국 최강의 기사보다 강한 존재가 있을지도 모른다. 위기에서 벗어난 기쁜 순간인데도 불구하고, 자넷의 마음속은 평온하지 못했다.

──수행 10일차, 종료.

＊　＊　＊

──수행 11일차.

긴 여행과 연이은 전투, 혹은 음식 준비 때문에 지친 건지, 일행은 파티가 끝나자마자 일찌감치 잠이 들었다. 특히 하루와 치나츠는 깊이 잠들었다.

아무리 요새가 근처에 있다고 해도, 불침번은 필요했다. 비교적 피로가 덜한 나와 다가노프 옹이 불침번을 섰고, 해가 뜨기 시작할 즈음에 하루가 일어났다.

"사, 사부님이, 나보다 일찍 일어나셨어······!"

"밤새도록 불침번을 선 스승한테 그게 할 소리냐."

뭐, 대신 마차 안에서 푹 잘 거지만 말이다. 하루가 아침 준비를 시작하자 그 냄새에 이끌린 것처럼 다른 이들도 잠에서 깨어났다.

아침 식사가 끝나면 요새에 가서 인사를 할 것이고, 그것으로 이번 원정은 얼추 끝난다. 그 후에는 사랑하는 나의 집으로 돌아가기만 하면 된다.

"데리스 님. 저기, 넬 기사단장님과 굳세게 살아주십시오······! 이 나라를 위해서도 말입니다······!"

돌아가는 길에 자넷 지휘관이 그런 소리를 했다. 느닷없이 무슨 소리를 하는 걸까. 결혼을 하더라도 잡혀 살지 말라는 소리일까? 내가 제대로 고삐를 쥐지 않았다간 이 나라가 작살날지도 모르거든? 같은 의미일지도 모른다.

기사단도 우리 관계는 그냥 쉬쉬하는데, 이 지휘관님은 직설적으로 이야기를 하는걸. 뭐, 넬이 진짜로 화나면 이 나라도 위험할 테지만······ 뭐, 조심하도록 하죠.

그 후에는 이웃 나라인 타잘니아의 라이즈 씨와 악수를 나눴고, 나와 넬이 사인도 해줬다. 외모가 반반한 넬은 몰라도 나 같은 아저씨의 사인을 받고 싶어 하다니, 이 세상에는 꽤 특이한 팬도 존재하는 것 같았다.

듣자 하니 라이즈 씨는 상당한 모험가 마니아라고 한다. 자기도 옛날에 모험가였으며, 자신의 손이 닿지 않는 영역에 있는 모험가들의 힘을 통감한 후로 동경하게 되었다고 한다. 다음에 그 녀석의 사인도 가져다주면 좋아할까? 하지만 세간에서 문제가 될지도 모르겠는걸. 그야말로 경외에 찬 시선으로 그 사인을 쳐다볼지도 모른다.

마차를 타고 돌아가던 도중의 일이다. 올 때와 마찬가지로 캐논과 무노 군이 마차를 몰았고, 다른 이들은 마차 안에서 졸음과 싸우고 있었다. 마차의 이 적당한 흔들림에 중독될 것 같았다.

"이번 보수는 돌아가서 지불할 테니까, 나중에 내가 가지고 갈게."

"넬이 일부러 가지고 안 와도 돼. 그냥 캐논한테 시키라고."

"바보. 자칭이라고는 해도 마왕을 쓰러뜨린 보수거든? 캐논한테 맡기면 불안해. 그러니까, **내가** 직접 가져다주겠어."

자기가 가져다주겠다는 부분을 강조했다. 아하, 적당한 이유를 대며 우리 집에 쳐들어오려는 속셈 같았다. 서둘러 약혼이라도 하는 편이 좋을지도 모르겠다. 뭐, 그래 봤자 하루의 졸업제가 끝나고, 성가신 일들이 마무리된 후에나 가능하겠지만.

"자아, 돌아가면 바빠지겠는걸."

"어? 사부님, 돌아가서 할일이 있으세요?"

"그래. 슬슬 하루가 졸업제에 참가할 수 있게 손을 써야겠거든. 아델하이트의 마법학원에 갈 준비를 해야 해."

"……어? 으음, 그 졸업제라는 건 뭔가요?"

응? 그러고 보니 하루에게는 아직 이야기를 안 했나? 간 씨와 넬에게는 말했으니까 하루에게도 말한 줄 알았다. 혹시 깜빡한 건가? 으음, 어느 쪽인지 모르겠네.

"그러고 보니 넬 사부님도 성에서 저를 데려오시면서 졸업제라는 말을 하셨어요."

"어머, 나도 말 안 했어? 이미 전한 줄 알았는데 말이야. 으음, 좋아. 데리스, 설명 부탁해."

넬, 너도 설명을 안 한 거냐. 그리고 나한테 떠넘기는 거냐고. 어쩔 수 없이 내가 아델하이트의 졸업제가 어떤 것인지, 그리고 우승을 하면 어떤 혜택이 있는지 설명했다.

"──아하. 즉, 졸업제에서 좋은 성적을 내면 국가로부터 정식으로 인정을 받으며, 대륙에 출현한 새로운 마왕의 토벌군에 참가할 수 있는 거네요."

"나는 그편이 더 귀찮을 것 같지만 말이야. 그냥 단독으로 쳐들어가는 편이 훨씬 편할 거야."

"마왕만 있다면 그래도 되겠지만, 그 과정이 중요한 거야. 마왕토벌군은 대륙 각국의 대표가 집결하는 대규모 군대야.

그 안에는 요셉 영감이 강제로 소환한 하루의 학우들, 그러니까 용사님들도 포함되겠지. 하지만 그쪽은 요셉이 자기 권한으로 멋대로 데려온 객장(客將)으로 취급될 거야. 그렇다면 우선 그 대표에 누구를 포함시킬지를 정하기 위해 순위를 매겨야겠지. 그 후보에 하루가 들어간다면, 용사 전원과 싸울 수 있을지도 몰라."

"성가신 이야기네……. 내가 한 마디 하면 그런 짓은 안 해도 되지 않겠어? 이 애들은 내가 추천하니까 꼭 포함시켜. 안 그러면 나는 안 갈 거야, 하고 말이야."

완전 협박이네. 넬이 그렇게 말하면, 그녀의 말에 거역 못 하는 국왕 폐하도 아마 수락할 것이다.

하지만 요셉 영감이 자기 수중의 용사들을 감싸고 돌 것이다. 그렇게 되면 용사들과 싸우지 못할 테며, 넬이 추천할 정도의 강자라면 실력을 평가할 필요가 없다 같은 이유를 대면서 접촉도 못 하게 할 가능성이 크다.

요셉 영감에게 있어서 넬은 그야말로 독약 같은 존재인 것이다. 이 사실을 알았다간 사단이 날지도 모르니, 본인에게 대놓고 이야기하지는 않겠지만.

졸업제에서 우수한 성적을 내면, 이 나라로부터 취직처를 알선 받는 권리를 가지게 된다. 이번에는 그것을 이용해 마왕 토벌군에 들어가는 것이다.

기회를 잡으면 그것만으로 일확천금을 손에 넣을 수 있는 일거리. 취직처로 마왕 토벌군을 지명해도 문제는 되지 않으리라. 참치잡이 어선 같은 거랄까? 보수는 많지만 그렇게 위험천만한 일을 지명하는 자는 지금까지 한 명도 없었지만 말이다.

그리고 아무리 학교를 우수한 성적으로 졸업한 자라도, 요셉은 자기가 자랑하는 용사들이 그런 어중이떠중이 학생보다 못하다는 취급을 받는 게 마음에 들지 않을 것이다. 게다가 그 상대가 소환 첫날에 추방해버렸던 하루라면 더욱 그러하리라. 그러니 언젠가 용사들과 실력을 겨룰 기회가 찾아올 것이다.

"아, 저는 이해했어요! 사부님! 악당은 악랄하게, 그래도 정도(正道)에 따라 밟아주라는 거군요!"

"응. 그런 느낌이야."

"데리스, 저는 이해가 안 되는데……."

울분이 풀린 하루가 마음껏 으스대면, 그것으로 목표 달성이다. 다음에는 대륙을 위협하는 마왕과의 싸움이 다가올 테니, 수련에도 더욱 의욕적으로 임하리라.

치나츠는 어떨까……. 원래 용사로서의 실력을 인정받고 있었는데 넬에게 끌려온 것이니, 졸업제 이후에는 이 일에 넬이 얽혀 있다는 것을 영감도 눈치챌 것이다.

하지만 용사와 싸우고 싶다는 건 하루의 소망이니까, 치나츠는 딱히 문제될 게 없으려나. 졸업제에 출전하는 것 또한,

넬이 나와 하루에게 대항하기 위해 내보내는 느낌이니까.

"응. 그런 느낌이야."

"데리스. 너, 많이 피곤한 것 같아. 어젯밤에 한숨도 안 잤지? 이제 눈 좀 붙여."

"실은 졸려 죽겠어. 다들 잘 자."

"안녕히 주무세요~."

웬일로 나를 걱정해주는 넬의 말에 따라, 나는 눈을 붙였다. 오늘부터 사흘 동안 마차를 타고 이동해서 돌아가면, 바로 준비에 착수해야 하나……. 그럼 이참에 잠을 자두자. 맞다. 하루의 스테이터스도 확인해야── 흠냐.

──수행 11일차, 종료.

제3장 돌아온 일상

──수행 13일차.

일주일간에 걸친 마차 여행이 끝나고, 반가운 일상이 돌아왔다. 기다리게 해서 미안해, 마이 하우스. 그리웠어, 마이 베드!

""다녀왔습니다~!""

문을 열자, 성역인 거실 님께서 우리를 맞이해주셨다. 텐션이 왜 이렇게 높냐고? 흥이 났거든. 그리고 어엿한 이유도 있다고.

"후후, 이번 원정 덕분에 한동안 일이 면제된 건 좋네. 하루를 훈련시키는 데 전념할 수 있겠어."

"잘됐네요, 사부님! 저는 아직도 사부님이 어떤 일을 하시는지 모르지만 말이에요!"

그렇다. 이번 임무가 의외로 높이 평가된 덕분에, 캐논이 가지고 오는 성가신 일거리가 사라졌다. 깜빡하고 있다가 밤에 몰아서 일을 처리하느라 수면 시간이 줄어드는 사태 또한 이제 피할 수 있는 것이다.

그것보다, 하루를 떠넘길 거면 애초부터 일을 면제해줬어야 하는 것이 아닌가 하는 생각도 들었다. 아무튼 넬 님 만세~다.

"참고로 데리스의 일은 미해명 매직아이템을 해명하거나,

기초 부분을 제작하거나, 혹은 채취한 몬스터의 소재가 지닌 특성을 조사하는 거야. 마법사인데 성에 있는 연구 기술자보다 실력이 좋아서 계속 이용당하고 있지. 이래 봬도 꽤 돈을 잘 번다니깐."

"흐음~ 그랬군요. 사부님은 엘리트였네요!"

"뭐, 노력만 하면 직업 같은 건 상관없이 스킬이 오르니까······. 어, 근데 너희가 왜 여기 있는 거야?"

"시, 실례했습니다······."

아까 헤어졌던 넬과 치나츠가 여기가 자기 집인 양(주로 넬이) 소파에 앉아 있었다.

"그래. 쟁반에 담아서, 천천히 옮겨──."

"······고브."

고브오가 넬과 치나츠에게 차를 내줬다. 차라도 마시며 느긋하게 있으라는 듯한 분위기가 고브오에게서 느껴지는 건, 하루가 지닌 주부력에 영향을 받았기 때문일까? 그것보다, 일을 빨리 익히네······.

"고마워요. 으음, 넬 사부님이 저도 데려오셔서서요."

"뭐, 손님 두 명을 받을 수도 없을 만큼 좁아터진 집도 아니잖아. 그리고 같이 먹을 과자도 가지고 왔어. 어머, 이 차도 맛있네."

"하루가 끓이는 차도 맛있거든. 아, 문제는 그게 아니라······ 방금 성에 보고를 하러 갔었잖아. 벌써 보고를 마친 거야?"

"다가노프가 국왕에게 알아서 보고를 해줄 거야. 그리고 내가 동행한 원정이잖아. 실패한 적이 없으니까, 내가 출발하는 것과 동시에 성공이 확정된 거나 다름없거든. 그러니까 보수도 미리 준비를 시켜뒀어. 자, 받아."

넬은 그렇게 말하면서 돈이 부딪치는 소리가 나는 커다란 자루를 테이블 위에 올려놓았다. 하루와 치나츠는 이렇게 큰 돈자루를 본 적이 없는지 경악했다.

"저, 저기, 넬 씨. 이 자루 안에 든 돈은 얼마나 되나요……?"

하루가 머뭇거리며 물었다.

"으음, 글쎄? 평범하게 산다면, 몇 세대가 놀면서 살 수 있을 정도?"

""그, 그렇게 많나요?!""

"딱히 놀랄 일은 아니잖아? 그 정도 레벨의 몬스터 무리를 섬멸하기 위해 군대를 파견하면, 더 많은 비용이 들거든. 거기에 비하면 훨씬 싸게 치인 거야. 쪼잔할 정도지."

"하, 하지만……."

하루는 나를 힐끔 쳐다보았다. 이걸 어디에 쓰려는 건지 궁금해 하는 눈치다.

물론 쓸 만한 스크롤을 사는 데 전부 쓸 거다. 돈을 모아둘 생각은 없다는 소리를 했다간 하루가 화내겠지만, 돈이 너무 많아도 성가신 일이 벌어지거든. 빨리 아이템으로 바꿔버리는 편이 낫다. 하루의 어둠 마법도 성장했을 테니, 실력에 걸맞은 스크롤을 사야 할 테고.

"아, 맞다. 하루, 너는 아직 스테이터스를 확인 안 했지?"

"예, 안 했어요!"

자발적으로 확인을 시키는 것은 그냥 관둬야겠다.

"어머, 마침 잘됐네. 나도 치나츠의 스테이터스를 확인하고 싶으니까, 이참에 다 같이 확인하자."

"어이, 이제 와서 이런 소리를 하는 것도 좀 그렇지만 그렇게 남들에게 공개해도 되는 거야?"

"서로가 얼마나 성장했는지 직접 확인해보면 각자에게 좋은 자극이 될 거야! 하고 옛날에 말한 사람은 데리스 아냐?"

"……내가 그랬어?"

"응. 우리도 모험가였던 시절에는 그렇게 했잖아. 이겼니 졌니 하고 경쟁하면서 말이야. 솔직히 말해 그 경쟁은 충분히 도움이 되었다고 생각해."

……뭐, 확실히 그렇기는 했다. 나보다 어린 여자애를 상대로 그렇게 발끈한 건, 지금 생각해보니 꽤 어른스럽지 못한 행동이라는 생각이 들었다.

그런데, 엄청난 속도로 성장하는 하루의 스테이터스를 두 눈으로 확인하는 것이, 과연 치나츠에게 플러스로 작용할까? 어쩌면 마음이 꺾일지도 모른다는 생각이 들었다.

"정말 괜찮겠어? 하루는 꽤 특이한 편이라고."

"괜한 걱정은 안 해도 돼. 어차피 **내가** 치나츠를 단련시킬 거니까 말이야."

"어, 왠지 한기가 느껴져요……."

넬은 무슨 수를 써서라도 하루를 능가하는 수준에 이를 때까지 치나츠를 강제적으로 단련시킬 생각인 것 같았다. 어쩔 수 없다.

"도구를 준비할 테니까 잠시만 기다려."

이제 쓸모가 없을 줄 알았던 신문석(神問石)을 다시 창고에서 꺼내왔다. 남들에게 스테이터스를 공개할 거면, 이걸 이용하는 게 가장 손쉽다.

"누구부터 볼까?"

"그럼 저부터 할게요!"

하루가 신문석에 손을 대자, 서서히 문자가 떠올랐다.

====================================

카츠라기 하루나 16세 여자 인간

직업 : 마법사 LV4

HP : 1225/1225

MP : 420/420(+100)

근력 : 350 내구 : 244 민첩 : 274 마력 : 276(+60)

지력 : 65 손재주 : 242 행운 : 1

스킬 슬롯

◇ 격투술 LV84

◆ 어둠 마법 LV64

◆ 장술 LV87

◇ 숙면 LV36

◇ 회피 LV63

◇ 투척 LV89

◇ 미설정

◇ 미설정

=====================================

한 마디로 표현하자면 우와~ 였다.

전에 하루의 스테이터스를 확인한 게 일주일 전인가? 직업 레벨은 당연하다는 듯 올랐으며, 다른 스킬도 전부 상승했다. 격투술, 장술, 투척은 랭크업 직전이다. 미설정 칸에 어둠마법 계열 스킬을 넣으면, 직업 레벨도 금방 5까지 오를 것이다.

보름 전까지만 해도 평범한 마을 아낙 수준이라 무시를 당했던 소녀라고 말해봤자 아무도 믿지 않을 것이다. 나 또한 직접 본 게 아니라면 믿지 않았으리라.

"흐음……."

"하루나는 역시 대단해……!"

"에헤헤~."

치나츠는 뜻밖에도 냉정했다. 그뿐만 아니라 기뻐하는 것 같았다. 소꿉친구 사이라 이런 반응을 보이는 걸까? 거꾸로 조용히 투지를 불태우고 있는 넬이 문제라는 생각이 들었다.

"다음은 치나츠 차례네. 자아, 날려버려."

"아, 예."

왜 신문석을 날려버리라는 거냐고. 그런다고 결과가 달라지지 않는다고. 아, 치나츠의 스테이터스가 표시됐다.

```
==================================
```

로쿠사이 치나츠 16세 여자 인간

직업 : 승려 LV5

HP : 275/275

MP : 620/620

근력 : 128 내구 : 20 민첩 : 340 마력 : 378(+100)

지력 : 688(+100) 손재주 : 84 행운 : 227

스킬 슬롯

◆**빛 마법 LV100**

ㄴ**광휘 마법 LV7**

◆**연산 LV100**

ㄴ**고속 사고 LV3**

◇**회피 LV64**

◇ 위험감지 LV69

◇ 검술 LV49

◇ 미설정

==

　……오, 오오? 하루만큼은 아니지만, 치나츠도 엄청 성장했다. 직업 레벨이 5이며, 빛 마법과 연산 스킬이 랭크업했을 뿐만 아니라, 얼마 전까지 거의 초기 수치였던 검술도 급상승했다. 치나츠에게는 미안하지만, 예상 밖의 일이다.

　"와아! 치나츠, 엄청나 보이는 스킬이 생겼어!"

　"응. 원정 중에 익혔어. 아무래도 스킬의 레벨이 100이 되면 파생되는 것 같아."

　하루와 다르게 자주 확인을 하는 것 같았다. 어쩌면 진짜로 하루의 좋은 라이벌이 될지도 모른다.

＊　＊　＊

　일단 스킬의 랭크업에 대해 설명하도록 할까.

　"치나츠의 추측이 맞아. 스킬이라는 건 레벨100이 최고치이며, 그 후로는 랭크업한 상위 스킬의 레벨이 생겨. 물론 그 효력은 매우 강력하고, 레벨 또한 잘 올라가지 않지."

　"저기, 이번에 제가 새롭게 취득한 『광휘 마법』과 『고속 사고』, 이 둘도 레벨100이 되면 또 상위 스킬을 익히나요?"

"예리한걸. 정답이야."

일반적으로는 상위 스킬에 이르는 것 자체가 드문 일이며, 그게 하나라도 생긴다면 거의 영웅급이다. 상위의 상위 스킬을 익힌다면 영웅 중의 영웅, 대영웅이라 불리더라도 이상하지 않은 수준인 것이다.

"그럼 저의 투척 스킬도 곧 탈바꿈하겠네요. 어떤 이름의 스킬이 되나요?"

"글쎄? 그 정도로 투척 스킬을 갈고 닦은 녀석을 본 적이 없으니까, 나도 몰라."

"그, 그런가요……."

장거리 공격을 하고 싶으면 궁술을 연마하는 게 이 세계에서는 일반적이거든. 그것 말고도 마법으로 공격하는 게 주류다. 어새신 계열의 직업을 가진 자들이라면 익혔을지도 모르지만, 그런 방면의 이들은 정보를 은닉하기 때문에 유출되지 않는다.

"딱히 이상한 건 아냐. 그저 투척과 마법을 섞어서 사용하는 마법사가 이 세계에는 하루뿐이라는 거지. 너는 이 세상유일의 존재인 거니까 자랑스럽게 생각해도 돼."

"에헤헤, 칭찬하지 마세요~."

"넬 사부님. 방금 저게 칭찬인가요?"

"미묘하네."

나는 하루의 머리를 쓰다듬어준 후, 이야기를 이어나갔다.

"이번 원정을 통해 두 사람 다 직업 레벨이 올라갔고, 미설정 스킬 슬롯도 늘어났어. 이제 어떤 스킬을 익힐 건지가 중요한데――."

"저기, 뭐 하나만 물어봐도 될까요?"

치나츠가 손을 들었다. 등을 꼿꼿이 펴면서 반듯한 자세로 말이다.

"뭐지?"

"아까부터 좀 궁금했던 건데, 하루나는 스킬 슬롯이…… 좀 많지 않나요?"

의아하게 생각하는 게 당연했다. 대체 누가 이렇게 약아빠진 짓을 한 거냐고.

"나와 하루의 유대가 낳은 결과물이야."

"예?"

"아, 그렇다고 할 수도 있겠네요. 치나츠, 이게 유대의 힘이야!"

"뭐?!"

"아, 농담이 아니라…… 이건 내 힘에 의한 거야. 그런 걸로 여겨."

"아, 예……."

치나츠는 납득하지 못한 것 같지만, 더는 해줄 말이 없었다. 『무관의 사제지간』의 힘은 딱 한 번만 쓸 수 있으며, 하루

이외의 누군가에게 쓸 수 없는 것이다. 자세하게 설명을 해주더라도, 딱히 득 될 것은 없다.

"어떻게 된 건지 얼추 알겠어. 들어봤자 득이 될 게 없는 이야기니까, 치나츠도 궁금하게 여기지 마. 그것보다, 앞으로의 이야기를 하자. 그러고 보니 하루나는 행운이 여전히 1이네. 보강하지 않을 거야?"

"그렇게 치면 치나츠의 내구도 여전히 낮잖아. 아무리 민첩하다고 해도 이대로는 위험할 거야."

"좀 무섭기는 해요. 근력도 좀 부족한 것 같으니까, 그 둘을 보강하고 싶어요."

"다음 레벨을 목표로 삼을 거라면, 적성 스킬 중에서 고르는 편이 좋지 않을까?"

"사부님, 저는『강견(強肩)』스킬을 익히고 싶어요!"

몇 시간에 걸쳐 이야기를 나눈 후, 노트에 이것저것 적으며 다양한 상황을 고려해 논의한 결과, 습득할 스킬이 결정됐다.

우선 하루부터다. 하루의 빈 스킬 슬롯은 두 개이니, 하나는 직업 적성 스킬 및 행운을 올려주는 것을, 다른 하나는 본인이 원하는 것을 고르기로 했다. 전자에 속하는 스킬은『마력감지』, 후자는『강견』이다.

감지 타입의 스킬은 레벨업을 할 때마다 행운을 3씩 상승시킨다. 그중에서도 이 마력감지는 마법사에 적성이 있으며,

레벨5를 목표로 한다면 충분히 도움이 될 거라고 판단했다. 능력은 주위에 존재하는 마력의 흐름을 감지하는 것이며, 자신의 마법을 더욱 능숙하게 다룰 수 있게 될 뿐만 아니라 적이 마법을 쓰려고 하는 것도 눈치챌 수 있다. 그 외에도 유용한 점이 많기에, 충분히 납득이 되는 스킬이다.

한편, 하루가 선택한 강견이란 스킬은 바로 물건을 더욱 먼 곳까지 던질 수 있게 해주는 스킬이다. ……그렇다. 그게 전부다. 하지만 하루는 투척과 합쳐서 더욱 강력한 마법(물리)을 쓸 수 있기에, 충분히 효율적이다. 왠지 최종적으로는 철구로 저격에 가까운 공격도 할 수 있게 되는 게 아닐까. 근력도 꽤 좋아졌으니, 충분히 도움이 되는 스킬이라고 생각한다.

"좋았어! 대만족이야……!"

아, 예. 그러십니까. 너와 캐치볼을 하려면 목숨을 걸어야겠는걸. 자아, 다음은 치나츠 차례다.

"……『고무(鼓舞)』. 고무는 승려의 적성 스킬인가요?"

그렇다. 그녀가 고른 것은 바로 『고무』다.

"그래. 승려의 적성 스킬이야. 고무는 사기를 올려주는 이미지가 앞서는데, 격려를 한다는 의미도 있어. 수녀가 마음이 약해진 이들을 격려한다. 어때? 딱 이미지에 맞지? 그리고 적성 마크도 있잖아?"

"아, 그러네요."

"레벨이 오를 때마다 근력과 내구가 2씩 오르니까, 치나츠에게 딱 맞는 스킬일 거야."

"그렇군요. 그런데 왜 격려를 해주는 건데 근력이 오르는 걸까요……?"

그야 전장에서 우락부락한 장군이 병사들을 독려하는 느낌이기 때문이다. 이것도 이미지에 딱 맞다.

"좋아. 기사단의 부하들에게 말을 해둘 테니까, 치나츠는 사람들의 상담 역할을 맡도록 해. 그러다 보면 레벨도 쑥쑥 오를 거야."

"그건 치나츠한테 딱 맞는 역할일 거라고 생각해요! 학교에서도 학급 반장이었고, 중학교 때는 부활동의 주장을 맡아서 사람들을 이끌었거든요. 그러면서 남들의 고민을 들어주는 일이 많았어요."

"그, 그랬어? 나는 그냥 평범하게 대했을 뿐인데……."

"그럼 여기서도 그냥 평범하게 대해주도록 해. 고무 스킬이 제대로 기능한다면 내 부하들의 사기도 올라갈 테니, 일석이조네. 어머, 꽤 괜찮은 선택지네."

"저기, 치나츠한테 다 떠넘기지 마……."

다소 고민을 하기는 했지만, 미설정 슬롯을 스킬로 전부 채운 하루와 치나츠는 수련을 하러 갔다. 하루가 멀리서 던진 돌멩이를 치나츠가 검으로 베는 연습이다.

처음에는 가까운 곳에서 가볍게, 그리고 서서히 거리를 벌리면서 할 예정이라, 각자의 스킬 상승이 가능한 멋진 수행이다. 폐광산이 있는 숲 근처에서 하기로 했는데, 지형이 불안정하고 나무가 시야를 가리기 때문에 던지는 쪽과 베는 쪽 전부 고생할 것이다. 게다가 몬스터도 출현하니, 주위를 경계해야 한다. 내가 생각해도 한숨이 날 정도로 획기적이라 자화자찬을 해도 될 정도다.

"아델하이트 마법학원에는 언제 갈 거지? 치나츠도 출전시켜야 하니까, 나도 같이 갈게."

"좀 천천히 갈까 해. 하루에게 가르치고 싶은 것도 꽤 있거든……. 사나흘 후면 적당하겠지. 같이 가는 건 좋지만, 방법은 있어? 나는 학장을 협박—— 아니, 학장이 나한테 빚을 진 적이 있거든."

"뭐, 어떻게든 되겠지. 비밀리에 국왕에게 요청을 하는 것도 좋고, 아니면 학장에게 빚을 지는 것도 괜찮을 것 같네."

"또 무시무시한 짓을 벌이려는 건 아니지? 아, 뭐…… 넬이 같이 가준다면 나로선 좋지. 내가 치나츠의 출전권도 확보해 줄게."

"동석하기만 하면 돼? 그럼 나도 편해서 좋지만 말이야."

"……고브."

나와 넬이 앞으로의 방침에 대해 이야기를 하고 있을 때, 찻잔이 비었다는 것을 눈치챈 고브오가 새로운 차를 끓여왔다.

"아, 고마워. 이 고블린, 바일로 사역한 것치고는 머리가 좋네."

"원래 눈치가 빠른 타입이었을 거야. 아, 고브오 덕분에 생각났네. 예의 그 인사는 어떻게 할 거야?"

"다음 회담은, 그러니까—— 운이 좋네. 졸업제가 끝난 후에 있어. 그때 대부분의 녀석들이 모일 테니까, 그때 하면 되지 않을까? 고용주를 개인적으로 만나러 가는 것도 좋지만 말이야."

"그쪽과는 마왕 토벌로도 얽히니까 말이지……. 경고 정도만 해둘까? 앙갚음도 깔끔하게 해뒀으니 말이야."

"무르네……. 뭐, 이번에는 그 정도로 용서해 주자."

넬은 일어서면서 차를 전부 들이키더니, 고브오가 들고 있는 쟁반에 잔을 내려놓았다.

"그럼, 열심히 단련시켜볼까!"

"원정 직후니까 적당히 해."

＊ ＊ ＊

하루나와 치나츠는 땀을 뻘뻘 흘리며 비밀 특훈을 하고 있었다. 하늘에서는 뜨거운 햇살이 인정사정없이 쏟아지고 있지만, 다행히도 이곳은 깊은 숲속이다. 울창한 나무들의 가지가 거대한 양산 역할을 하고 있기에, 숲속은 꽤 선선했다.

하지만 소녀들은 땀을 흘리고 있었다. 특훈의 운동량이 어마어마했기 때문이다.

"하앗!"

숲속을 내달리는 하루나가 적당한 크기의 돌멩이를 줍더니, 이동속도를 최대한 유지한 채 투척했다. 돌멩이를 줍자마자 내던진 강속구는 나무 사이를 가르면서 날아가더니, 그 와중에 날아가는 방향을 변화하면서 기역자로 꺾었다. 비거리도 상당했으며, 공이라기보다 탄환을 연상케 하는 투척이었다.

그런 위험한 공을 쫓고 있는 이는 바로 칼을 뽑아 든 치나츠였다. 하루나보다 뛰어난 속도를 지닌 그녀는 바람처럼 그 마구를 쫓으며 질주했다.

공격의 속도, 변화 방향에 따른 도달점까지의 궤도 수정, 바람의 흐름 등—— 반복되는 경험을 통해 쌓은 예측에 따라, 어둑어둑한 숲속의 목적지를 파악해서 내달렸다. 꽤 아슬아슬하게 이 돌멩이를 따라잡은 치나츠가 할일은 단 하나다.

"하앗!"

고속으로 날아온 돌멩이를 칼로 베는 것이다. 거리를 잘못 재면 하루나의 특제 독탄을 맞고 만다. 아슬아슬한 거리까지 따라잡은 후, 조그마한 돌멩이를 직접 베야만 한다.

만약의 사태에 대비해, 자신의 몸에는 상태 이상 내성을 부여해주는 리커버 브레스를 걸어뒀다. 이것도 유지해야 하기 때문에 여러모로 신경이 쓰였다. 그러면서 몸, 정신, 두뇌 전부를 혹사시킨 끝에야, 그 돌멩이를 처리할 수 있는 것이다.

"37구째는 성공! 그럼 거리를 더 벌리자!"

성공한 후에도 두 사람은 걸음을 멈추지 않았다. 특훈을 반복하면서 광대한 숲을 횡단했다. 이 숲은 몬스터의 서식 구역이며, 이런 곳에서 이런 짓을 벌이다 보면 머지않아 몬스터와 마주칠 것이다.

"크오?"

두 사람의 진행 방향에 있던 그레이 코볼트 두 마리가 하루나와 치나츠를 발견했다. 야생의 감 덕분인지, 자신들에게 닥쳐오는 위기를 감지한 것 같았다. 하지만 하루나 일행은 몬스터들은 쳐다보지도 않았다.

"다음, 38구째!"

"크키⋯⋯∼!"

"자아, 덤벼!"

"키야!"

쳐다보지 않더라도, 두 사람은 날카롭게 벼려진 감각을 통해 적의 위치를 대략적으로 파악했다. 수련의 스피드를 유지하면, 몬스터가 동료를 부르기 전에 접근할 수 있다는 것도 알고 있었다. 그렇다면 그 후에 해야 할 일은 매우 간단했다.

두 사람이 몬스터 옆을 스쳐 지나가는 것과 동시에 그 일은 일어났다. 한쪽은 목이 무자비하게 비틀렸고, 다른 하나는 목이 잘려나갔다. 그런 그레이 코볼트는 운이 없었다고 할 수밖에 없었다. 아마 자신들이 무슨 짓을 당한 건지도 모르리라. 그 후에도 하루나와 치나츠는 아무런 장애물도 없었다는 듯 특훈을 계속 이어나갔다.

그렇게 목표로 했던 100구째를 마친 후, 두 사람은 쓰러지듯 커다란 나무에 기댔다.

"꿀꺽, 꿀꺽, 꿀꺽—— 푸하~ 맛없어!"

수련을 마친 후, 두 사람은 MP 회복약을 마셨다. 참고로 이 회복약의 맛은 진한 채소즙과 비슷했다. 이것을 마신 후, 따로 준비한 물통 안의 특제 음료로 입안을 헹궜다.

"하아, 하아……. 피, 피곤해……. 지면의 경사가 심해서 달리는 것 자체가 힘들어. 이건 생각했던 것보다 훨씬 힘든 훈련이네."

"하지만 정말 기분이 좋아. 지금까지 못했던 훈련을 할 수 있는데다, 치나츠와 같이 있으니 마음도 다잡을 수 있어."

"그, 그렇구나. 그런데 왜 하루나는 멀쩡해 보이는 거야……. 여전히 체력이 엄청나네."

"뭐, 치나츠의 훈련이 더 힘든 거잖아. 다음에는 반대로 해보자. 내가 지팡이를 들고 뛸 테니까, 치나츠가 글리터 랜스를 날리는 게 어때?"

"그 무거운 지팡이를 들고 뛰려는 거야? 괘, 괜찮겠어? 내가 겨우겨우 들 수 있을 정도로 무겁던데……."

"괜찮아! 일전의 원정 때도 이걸 휘두르며 싸웠잖아. 그리

고 메인 장비가 올 때까지 이 녀석한테 익숙해지라고 사부님
이 말씀하셨거든."

"메인 장비……."

듣자 하니 졸업제에는 그 메인 장비를 들고 출전할 거라고
한다. 하루나에게 대체 어떤 흉기를 쥐어 줄 생각인 걸까. 대
전 상대가 될지도 모르는 치나츠로서는 좀 불안했다.

"좋아, 그럼 후반전을 시작해보자. 이번엔 치나츠가 공을
던져."

"공이 아니라 창인데…… 아무튼 알았어. 초반에는 컨트롤
이 좀 서툴 테니까, 조심해."

"나로서는 바라던 바야!"

그 후로 두 사람은 역할을 바꿔서 특훈에 임했다. 치나츠가
던진 글리터 랜스를 하루나가 지팡이로 쳐내는 것이다. 하루
나는 방금 익힌 마력감지로 힘의 흐름을 감지했고, 치나츠는
빛의 창이 나무에 닿지 않도록 제어했다.

이번에는 왔던 길을 돌아가는 느낌으로, 숲을 아까와 반대
로 횡단했다. 왠지 아까보다는 몬스터가 덜 출현하는 듯한 느
낌이 들었다.

* * *

"오~ 하고 있는걸."

나와 넬은 하루와 치나츠의 특훈을 살펴보려고 둘의 기척을 쫓으며 숲을 나아갔다. 다행히 기척 탐지 계통의 스킬을 지닌 넬 덕분에, 특훈 중인 두 사람은 금방 발견했다. 뭐, 치나츠가 날리는 글리터 랜스의 빛이 어두운 숲속에서 눈에 띄기도 했지만.

　"어머, 꽤 반가운 훈련을 하고 있네. 어릴 적에 저러면서 놀았던 기억이 있어."

　"저기 말이야, 나는 놀이가 아니라 훈련 삼아서 그걸 했거든?"

　"그랬어? 뭐, 즐거웠으니까 됐지 않아? 그래, 훈련에 게임 감각을 접목시킨다…… 꽤 괜찮은 생각 같아. 다음에 기사단의 훈련 때도 써먹어 볼까?"

　그러니까 놀이가 아니라고. 그리고 기사들이 불쌍하니까 그런 짓은 하지 마. 아, 생각났다. 이 녀석은 이 훈련을 하면서 시종일관 웃고 있었다. 그 이유를 이제 알겠다. 고통을 쾌감으로 느끼는 건가 싶어서 한때 걱정했는데.

　하지만 알고 보니 이 녀석은 극도의 사디스트였다. 하하하, 울고 싶네.

　"내 생각에는 저런 식으로 하루와 치나츠를 함께 훈련시키는 편이 효율적일지도 몰라. 두 사람 다 진지하게 훈련에 임하고 있는데다, 지는 걸 싫어하는 것 같거든. 매일은 무리더라도, 시간이 나면 치나츠를 데리고 우리 집에 와. 하루도 기뻐할 테고, 의욕이 날 거야."

"뭐? 아, 으, 응……. 그렇게 할게!"

좋아, 이것으로 치나츠가 망가질 가능성은 좀 줄어들었다. 넬은 저렇게 뛰고 던지며 베는 훈련을 어린애들의 놀이라 여기며 반복해서 즐기는 인간인 것이다.

그런 녀석의 수행이 얼마나 혹독할지 상상도 안 된다. 내 눈길이 닿는 곳에 있는 한, 치나츠에게 무리한 짓을 시키지도 않을 것이다. 치나츠, 이걸로 은혜는 갚은 거다.

"오래간만에 나도 같이 해볼까. 흐흥, 스승인 내 실력을 제자에게 보여──."

"아~ 갑자기 나도 하고 싶어졌는걸! 좋아. 넬, 내가 네 상대를 해주겠어! 소방수 데리스라 불린 내 실력을 다시 보여주지!"

"그래? 데리스가 상대라면, 나도 나름 전력을 다해볼까. 이참에 어릴 적의 설욕을 하겠어!"

으, 은혜는 갚은 거다, 치나츠……!

* * *

어른이 되어서도 어린이의 마음을 품고 있다. 그것은 간단한 것 같지만, 의외로 어려운 일이다. 사회에 속한다는 것은 책임을 짊어지게 된다는 것과 같은 의미이며, 언젠가 인간은 마음의 여유를 잃고 만다.

그런 환경에서 자신의 입장을 확립하고, 스스로를 제어하며, 또한 남을 제어할 것인가. 경쟁에 이은 경쟁을 통해, 마음이 황량해질 것이다. 그렇기에, 그런 와중에도 동심으로 돌아갈 수 있는 자야말로 진정으로 어른이 되었다고 할 수 있을지도 모른다.

서론은 이 정도로 끝내도 될 것이다. 솔직하게 말해 이런 서론은 딱히 의미가 없다. 아무튼 내가 하고 싶은 말은 바로, 동심으로 돌아간 어른들이 지금 전력 질주 중이라는 것이다!

"어이! 산불이라도 발생하면 어떻게 할 거야?! 좀 제어를 하란 말이야!"

"흐흥, 네가 놓치면 다른 곳에 닿기 직전에 사라지도록 조절하고 있어. 그리고 뭐야? 데리스는 이 정도 마법도 포착하지 못할 만큼 둔해진 거야? 그럼 실망이네. 응, 정말 실망이야. 실력이 녹슨 거 아냐? 이야, 꼴사납네~!"

"……호오, 좋아. 옛날처럼 네가 엉엉 울 때까지 괴롭히는 건 어른스럽지 못한 행동이라고 생각했지만~! 괜한 걱정을 한 것 같군요. 울보 넬 양!"

"뭐어?! 대체 언제 적 이야기를 하는 거야?!"

──어른이 동심으로 돌아가는 것도 도가 지나치면 꼴사납다. 알고는 있지만…… 남자의 자존심이 이대로 물러서는 것을 용납하지 않았다!

"데틀리 로스트!"

넬이 왼손의 다섯 손가락에 조그마한 화염탄을 현현시키더니, 내 진행 방향을 향해 방출했다. 그 화염탄은 전부 다른 궤도와 속도로 날아갔을 뿐만 아니라, 장애물인 나무들의 사각지대로 이동하고 있었기에 눈에 잘 보이지 않았다.

이런 다섯 개의 화염탄을 처리하는 건 매우 힘든 작업이지만, 무엇보다 무시무시한 것은 그 위력이다. 넬이 사용하는 『데틀리 로스트』는 겉보기에는 기초 화염 마법인 『파이어볼』과 흡사하다.

하지만 그 정체는 닿는 순간 대폭발을 일으키는 위험물이다. 저 불꽃 구슬 하나하나가 조그마한 마을을 박살 낼 정도의 위력을 지녔기에, 그것을 받아내야 하는 나는 절로 푸념이 입에서 흘러나올 것만 같았다.

그렇다면 나는 이제 어떻게 하면 좋을까. 열심히 모든 화염탄을 따라잡아서 이 몸을 희생해 불을 꺼야 할까? 동급 이상의 위력을 지닌 마법을 부딪치게 해서 피해가 발생하지 않도록 조절해야 할까?

내가 왜 그렇게 귀찮은 짓을 해야 하지? 능력 있는 어른이라면 좀 더 스마트하게, 매사를 효율적으로 처리하는 법이다.

"그래비 이터스!"

나는 손바닥 위에 눈으로 볼 수 없게 소용돌이치고 있는 어둠을 만들어냈다. 이 마법을 쓴 순간, 넬은 발끈하며 화를 냈다.

"앗, 약았어!"

"하하하! 패배자가 분통 터뜨리는 소리는 참 듣기 좋은걸!"

이 그래비 이터스는 일전에 가면을 쓴 남자, 딘벨러를 잡을 때 쓴 마법이다. 발생된 미세한 블랙홀은 물리적인 물체에는 간섭하지 않지만, 마력으로 형성된 것은 전부 빨아들인다. 넬이 날리는 마법도, 딘벨러가 전이마법의 이동 장소로 설정하려 한 포인트도, 가리지 않고 말이다.

빨아들일 때 나무에 닿지 않도록 미세 조정을 해주기만 하자, 화염탄들이 멋대로 이쪽으로 날아왔다. 전부 한곳으로 모여들자, 다른 종류의 블랙홀을 발생시켜서 이공간에 던져버렸다. 나는 땀 한 방울 흘리지 않으며 최단시간에 미션을 완수하는, 실로 효율적인 방법이다.

"자아, 이번에는 내 차례지~? 비도브 애드버스!"

넬의 위치에서 한참 떨어진 곳을 향해, 보라색을 띤 특제 농축 독탄을 고속으로 발했다. 이것은 명중한 대지를 순식간에 썩게 만들 정도의 부식성을 지닌 마법이다. 실수로 지면에 떨어뜨리기라도 했다간 이 숲은 괴멸되고 만다. 자아! 책임이 막중하다고 넬! 그리고 나도 말이야!

"건방져!"

──투카────앙!

넬은 독탄이 날아간 방향을 노려보았다. 그 순간 발치의 지면이 녹아내리는 것처럼 새빨갛게 변하더니, 예의 그 폭발음이 발생했다. 그것은 돌격이 장기인 넬의 필살 이동술이다. 지면을 폭발시키면서 그 충격으로 자신도 이동한다고 하는, 그야말로 무식하기 그지없는 기술이다.

하지만 위력은 절대적이며, 스테이터스 본래의 민첩력과 순발력을 말도 안 될 정도로 상승시킨다. 넬은 이미 내가 날린 마법을 따라잡았다.

"흥, 역시 실력이 녹슨 것 같네!"

넬의 양손에 활활 타오르는 불꽃이 맺히더니, 독을 정화하려는 듯이 손을 내밀었다.

"바보야! 이제부터 시작이야!"

비도브 애드버스의 제2단계. 나는 독탄을 조작해서 그것을 몇 개로 분열시킨 후, 사방으로 흩뿌렸다. 소위 작열탄인 것이다. 후하하, 이렇게 하면 간단히 잡지는 못할 것이다!

"이래서 내가 건방지다고 한 거야!"

넬은 우선 지면에 떨어지려고 하는 독탄의 파편을 움켜쥐었다. 그 액체를 완전히 용해시킨 후, 이번에는 공중에서 아까 그 폭발을 일으켰다. 다른 독탄이 흩뿌려지는 속도보다 빠르게 몇 번이나 방향전환을 하면서, 전부 잡아낸 것이다. 돌격&돌격, 무슨 일이든 돌격으로 전부 해결. 정말 넬다운 해결법이다.

"데리스가 이럴 거라는 걸 내가 예측하지 못할 줄 알았어?

미안하지만, 나만큼 데리스의 심술에 대해 잘 아는 여자는 없어!"

"모르는 건 넬, 너야. 네가 막아내지 못할 거라고 생각한다면, 내가 방금 같은 위험한 짓을 할 것 같아? 나는 너를 믿으니까 이러는 거라고!"

1구째는 완벽하게 비겼다. 뭐, 탐색전은 이 정도로 딱일 것이다. 그럼 진정한 승부는 이제부터 시작된다. 좋아. 어디 한번 해보자고. 나는 귀찮은 일을 싫어하지만, 지는 건 더 싫어한단 말이다.

""——2구째~!""

＊ ＊ ＊

그로부터 몇 시간 후, 훈련을 마친 하루나와 치나츠는 집으로 돌아왔다. 하지만 데리스와 넬은 아직 돌아오지 않았다.

"사부님들은 돌아오지 않네. 어디에 가신 걸까?"

"글쎄. 걱정할 필요는 없겠지만, 이미 해도 졌는데…… 참, 데리스 씨보다 먼저 씻은 건 잘한 짓인지 모르겠네."

"사부님은 그런 걸로 화 안 내~. 우리가 땀범벅인 채로 기다리고 있었으면 오히려 화내셨을 거야. 그리고 치나츠가 식사 준비도 도와주고 있잖아……. 아, 고브오 군, 저기 있는 접시 좀 가져다줘."

"……고브."

"뭐, 이 정도는 아무 것도 아닐 거야."

치나츠는 익숙한 손놀림으로 식칼을 다루면서, 도마 위에 놓인 양배추를 잘게 썰었다. 리드미컬한 소리가 울려 퍼지고 있을 때, 갑자기 현관문이 끼익 하는 소리를 내면서 열렸다.

"아, 돌아오신 것 같네. 다녀오셨, 어……?!"

"이야~ 왠지 개운하네. 무승부로 끝나기는 했지만, 딱히 신경 쓸 일은 아니지. 역시 인간에게는 기분전환이 필요하다니깐!"

"맞아. 오래간만에 전력을 다했더니 기분이 좋아. 시간 가는 걸 깜빡했을 정도네. 에헷♪"

돌아온 데리스와 넬은 환한 미소를 짓고 있었다.

"사부님, 어서 오세요!"

"네, 넬 사부님도 수고 많으셨어요……."

하루나는 눈치채지 못했지만, 평소와 전혀 다른 두 사람을 보며 치나츠는 놀라움을 금할 수 없었다.

이날, 사부님들은 쭉 기분이 좋아 보였다. 데리스가 자고 가라고 말할 정도였다. 결국 넬과 치나츠는 이 집에서 묵었으며, 치나츠는 하루나의 방에서 같이 자게 됐다.

하지만, 치나츠는 앞날에 대한 불안으로 마음속이 가득 차 있었다. 치나츠의 잠 못 이루는 밤은 한동안 계속될 것 같았다.

──수행 13일차, 종료.

* * *

──수행 14일차.

"쿨…… 쿨……."

"……."

아침에 일어나보니, 눈앞에는 잘 익은 과일 두 개가 있었다. 그 부드러운 감촉과 기분 좋은 온기가 옷 너머로도 느껴졌다. 물론 이것은 하루의 가슴이 아니라, 어제 나와 격전을 치렀던 넬의 가슴이다.

……어젯밤이 아니라 어제라고. 괜한 착각은 하지 말아줬으면 한다.

왜 우리 집에는 침대가 두 개뿐인 걸까. 하루의 방에 치나츠가 묵게 되면, 자연히 넬은 내 방에서 자게 된다. 거기에 엉큼한 의미는 전혀 없으며, 제자들과 한 지붕 밑에서 자는 상황에서 그렇고 그런 짓을 할 수도 없다.

"쿨……."

어제 자작 게임을 할 때만 해도 사자처럼 나를 몰아붙이던 넬도, 잘 때는 참 귀여웠다. 평소에는 말과 투우를 합친 후에 곱하기 10을 한 듯한 성격을 지녔지만, 지금은 고른 숨소리를 내며 평온한 표정으로 잠을 자고 있었다.

이 모습은 예전과 별반 다르지 않았다. 넬의 머리카락을 몰래 쓰다듬어 보니, 꽤 기분이 좋았다.

"입만 다물고 있으면 아리따운 숙녀인데 말이야. 입만 다물면……."

"……으득."

하지만 감이 좋아서 그런지, 내가 이상한 소리를 하면 이를 갈며 나를 쥐어뜯을 듯이 달려든다. 그리고 그 말을 취소할 때까지 나를 놓지 않는 것이다. 정말 편리한 몸이다.

"자아, 귀엽디 귀여운 넬 양. 아침이 됐어. 일어나."

"으, 으응……."

내 팔을 놔주기는 했지만, 아직 잠이 덜 깬 것 같았다. 나는 그런 넬의 어깨를 가볍게 흔들었다.

"으음……."

"일어났어?"

"……키스해줄 때까지, 안 일어날 거야."

"……."

넬은 극히 드물게, 사랑에 빠진 소녀 같아질 때가 있다.

이런저런 일이 있은 후, 나와 넬은 거실로 갔다. 거실에는 이미 잠에서 깨어난 치나츠와 고브오가 테이블 위에 아침 식사를 옮겨놓고 있었다.

"좋은 아침이에요, 넬 사부님, 데리스 씨."

"고브!"

"아, 사부님! 오늘은 혼자서 일어나셨군요. 넬 씨, 좋은 아침이에요!"

치나츠와 고브오의 목소리를 들은 건지, 하루도 부엌에서 얼굴을 내밀었다. 어제 내가 손을 봐줘서 그런지, 고브오는 컨디션이 좋아 보였다. 여전히 고브라는 소리만 하고 있지만, 목소리에서 패기가 느껴졌다.

"좋은 아침. 나도 넬을 깨울 수 있을 만큼 성장하긴 했어."

"무, 무슨 소리를 하는 거야……!"

""어?""

으음, 아침에 일어나보니 옆에(입만 다물고 있으면) 미인이 있고, 여고생 두 명(과 고블린)이 아침 식사를 만들며 나를 기다리고 있다. 어쩌면 이건 남들이 매우 부러워할 상황이 아닐까?

그래, 드디어 나도 인생의 승리자가 됐구나. 하지만 무노 군 말고는 딱히 동의하지 않을 것 같은 느낌이 드는 건 왜일까?

* * *

"아델하이트 마법학원에 갈 때는 연락을 줘. 알았지? 꼭이야."

"실례했습니다. 하루나, 또 봐."

아침 식사를 마친 후, 넬과 치나츠는 저택으로 돌아갔다. 아무래도 넬에게 연락을 깜빡했다간 불같이 화를 낼 것 같았다. 잠든 그녀의 모습뿐만 아니라 이 구두 약속도 머릿속에 똑똑히 새겨둬야겠다. 안 그랬다간 죽는다. 바로 내가 말이다.

"치나츠와 고브오 군이 도와준 덕분에 오전 집안일은 대부분 끝났네요. 사부님, 훈련을 할까요? 확 해버릴까요?!"

"눈을 반짝이면서 의욕을 불태우는 건 좋지만, 우선 네 상황 정리부터 하자. 하루 양, 네 어둠 마법은 현재 몇 레벨이지?"

"으음…… 레벨70은 넘었네요."

어, 레벨이 더 올라갔네. 그럼 이걸 빼먹고 넘어갈 수는 없지.

"메모 준비는 했어?"

"예!"

"좋아. 원정 전에는 레벨30 가량의 어둠 마법을 쓰던 하루가 지금은 레벨70에 이르렀어. 그러니 새롭게 익힌 마법도 꽤 되지. 이번에는 총 네 개군."

레벨이 오르면서 자연적으로 익히는 어둠 마법은 정해져 있다. 하루가 익힌 마법은 아래와 같다.

다크 : 레벨40에 습득. 일정 시간 대상의 시각을 봉쇄한다.

크라임 랜스 : 레벨50에 습득. 어둠의 창을 방출.

바이오 봄 : 레벨60에 습득. 액상 독을 방출.

그래버스 : 레벨70에 습득. 손을 대지 않고 그래비의 효과를 자아낼 수 있는 광범위판.

"오오~! 크라임 랜스나 바이오 봄 같은 멋져 보이는 마법이 생겼네요!"

"유감스럽게도, 그 두 마법은 하루가 쓸 일이 없지만 말이야."

"예?"

노골적으로 유감스러워하지 마. 어쩔 수가 없단 말이야. 네 전투방식이 너무 특수하거든.

"우선 크라임 랜스 말인데, 이건 치나츠가 쓰는 글리터 랜스의 어둠 버전이라고 생각하면 돼."

"……예? 그럼 꽤 쓸모가 있을 것 같은데요?"

"어디까지나 평범한 마법사라면 말이지. 어둠 마법 중에서 처음으로 익히는 제대로 된 공격마법이야. 당연히 중요시되지. 하지만 너는 지금까지 어떤 마법을 썼지?"

"투척이요. 아."

눈치챘나 보군. 지금까지 하루는 돌멩이나 철구에 마법을 부여한 후, 투척 능력을 살려 공격을 펼쳤다. 그 위력은 절대적이며, 어제 새롭게 습득한 『강견』 스킬을 통해 더욱 강화됐다.

하지만 이 크라임 랜스는 투척하는 공격이 아니다. 마력을 이용해 적에게 날리는 마법인 것이다. 그러니 하루의 투구력은 이 마법에 전혀 관여하지 않으며, 아마 평범한 마법이나 다름없을 것이다. 애초부터 상위 호환 이상으로 강력한 마법을 지니고 있으니, 이제 와서 이 마법을 쓸 이유가 없는 것이다.

"그, 그럼 바이오 봄은요……?"

"실제로 써보면 이해가 될 거야. 저기에 떨어져 있는 돌멩이를 향해 써봐."

"예. 바이오 봄!"

하루는 힘찬 목소리로 마법을 영창했다. 하지만 바이오 봄에 의해 생겨난 물방울은 천천히 포물선을 그리며 나아갔다. 하루가 마법을 발사하고 10초 넘게 지났을 즈음에야 그 물방울은 돌멩이에 명중하더니, 철푸덕 하는 소리를 내면서 그 주변에 독을 뿌렸다.

"……느, 느려요!"

"그래. 속도가 너무 느려. 명중한 후의 유효 범위와 독성은 강하지만, 이걸 명중시키는 것 자체가 너무 어렵거든. 그리고 어차피 물이기 때문에, 다우스를 손으로 퍼서 던지는 거나 별 차이 없어. 그러니 마력 소비가 적은 다우스를 쓰는 편이 훨씬 나은 거지."

적이 꼼짝도 할 수 없거나, 아니면 코앞에 있는 상황에서는 쓸모가 있을지도 모른다. 뭐, 그런 상황에서는 직접적으로 공격을 하는 편이 낫겠지만.

"이거, 혹시…… 제가 생각한 것보다 훨씬 쓸모없는 거 아니에요?!"

"하루는 이제 웬만한 수준의 마법은 눈에 안 찰 테니까 말이야……. 뭐, 그래도 다크와 그래바스는 너한테 도움이 될 거야. 오늘부터는 이 두 마법도 연습해. 그리고 오늘은 또 마을에 갈 거야."

스크롤이나 스크롤이나 스크롤을 사야 하니까 말이다. 훗훗훗, 돈이라면 얼마든지 있다! 나를 위한 스크롤뿐만 아니라, 이참에 하루를 위한 스크롤도 장만해야겠다.

"쇼핑을 하러 가는 건가요? 그럼 식료품도 사고 싶어요. 한동안 집을 비워서 그런지, 식재료가 얼마 안 남았거든요."

"좋아, 고브오는 어떻게 할 거야?"

"곳브! 고브고브!"

"응……. 짐꾼으로서 따라오고 싶나 보네요."

흐음, 그렇구나. 고브오를 손본 사람은 나지만, 나는 방금 말을 전혀 알아듣지 못했다.

"아, 맞다. 하루와 싸우다, 고브오가 원래 가지고 있던 장비가 박살 났지? 콰이테트 마도구점에 가기 전에, 고브오의 옷을 마련해야겠는걸."

"예!"

"고브!"

거기는 애완동물 동반이 오케이였던가?

* * *

"데리스 님, 다시 찾아주시는 날을 기쁜 마음으로 기다리고 있겠습니다."

"응. 다음에 또 들를게."

""""감사합니다.""""

콰이테트 마도구점에서 스크롤을 산 우리는 오너를 비롯한 점원들 전원에게 마중을 받으면서 가게를 나섰다. 설마 이 타이밍에 이렇게 끝내주는 녀석을 발견할 줄이야. 이번 원정 보수의 대부분을 이 가게에서 다 쓰고 말았다.

흐흥, 그래도 즐거운 쇼핑이었다. 옷차림만 신경 쓰면 고브오를 데리고 와도 문제가 없었고. 역시 이 가게는 서비스 정신이 투철하다.

"이번에 구입한 스크롤은 저와 사부님 거 하나씩뿐이었는데, 그걸로 충분할까요?"

"공격수단이 많으면 전술의 폭이 넓어져. 하지만 별생각 없이 이것저것 익히는 건 좋지만, 그래놓고 제대로 써먹지 못한다면 의미가 없거든. 안 그래도 하루는 새로 익힌 마법이 많잖아. 현재 익힌 것들을 활용할 수 있게 될 때까지는 스크롤 계통은 비장의 수가 될 만한 것만 익혀두면 충분해."

가격도 상당했던 만큼, 하루는 이번에 구입한 스크롤『올 브레이크』마법을 완전히 마스터해 줬으면 한다. 물론 그건 나도 마찬가지다. 상위 스크롤은 다루기 힘든 마법들 천지이 기 때문에, 갈고 닦지 않았다간 제대로 써먹을 수 없는 것이 다.

"아하, 자신의 기술을 갈고닦아 아성(牙城)을 무너뜨린 다…… 수련이란 정말 멋진 거군요, 사부님!"

"그래! 네 말이 맞다, 제자여!"

"고브고브!"

고급 쇼핑 에어리어의 한편에서, 우리의 열의는 한계점까 지 치솟았다.

"소곤소곤……."

뭐, 이런 짓을 한다면 주위의 시선이 우리에게 쏠리겠지만 말이다. 이러면 안 된다. 쿨해져야 한다. 어제 넬과 했던 캐치 볼도 그렇고, 요즘 들어 정신적으로 너무 젊어진 것 같다. 그 만큼 생활이 충실해졌다고도 할 수 있지만, 나도 나이를 꽤나 먹었으니까. 자제심을 잊어선 안 된다.

"좋아, 진정했어."

""?""

하루와 고브오는 내가 뭘 진정했다는 건지 모르는 듯한 표정을 지었다. 이 두 사람은 주위의 시선 같은 건 전혀 신경 쓰지 않는다. 역시 좀비와 그 주인다웠다.

"아, 맞다. 넬 씨한테서 들은 건데, 새로운 케이크 가게가 생겼대요. 쇼핑을 마쳤으니까, 가보지 않겠어요?"

"넬이 말이야? 그 녀석, 단 걸 좋아했구나."

"사부님은 어떠세요? 일전에 케이크를 엄청 맛있게 드시던데 말이에요."

"……단 음식은 쓸모가 많아. 뇌를 혹사시켰을 때 먹으면 끝내주거든."

"본심은요?"

"케이크, 엄청 좋아해요."

"결정됐네요. 이쪽이에요!"

하루는 내 손을 잡아끌면서 마을의 대로를 달렸다. 다 큰 어른이 케이크를 좋아하는 게 딱히 문제가 되지는 않을 거라고. 넬이 선물 삼아 사오는 디저트를 나는 매번 고대했을 정도니까 말이야.

* * *

하루가 안내해준 가게에서 휴식을 취했다. 생긴 지 얼마 안 된 이 가게에는 차분한 분위기가 감돌고 있었다. 하지만 개점 직후라 그런지 손님이 많았다. 특히 여성 손님이 많았다. 아니, 정확하게는 나 빼고 전부 여성이었다.

가게 분위기 자체는 마음에 들지만, 하루가 동행하지 않았다면 들어가지 않았을 것이다. 참고로 고브오는 애완동물 격이기 때문에 남자로 치지 않았다. 지금은 애완동물답게, 테이블 밑에서 개처럼 몸을 동그랗게 말고 누워 있었다.

"이것과, 이것과, 이것과—— 와아, 이것도 맛있어 보여! 여기서부터 여기까지, 하나씩 전부 먹을래요!"

"많이 먹은 만큼, 나중에 에너지 소비를 해······."

모든 메뉴를 전부 주문하는 녀석을 보게 될 줄은 생각도 못했다. 약간 질린 듯한 표정을 지은 점원이 케이크를 가지고 와서 빈 접시를 치우는 행동을 몇 번이나 반복했다.

"사부님, 이 정도로 충분한 거예요? 단 걸 좋아한다면서요?"

"뭐, 케이크는 디저트이지 주식이 아니거든."

내가 케이크 한 접시를 천천히 먹고 있는 사이, 하루는 빈 접시로 탑을 쌓을 수 있을 정도의 양을 먹어치웠다. 맛은 괜찮은 것 같지만, 하루의 먹성 때문에 맛을 음미할 수가 없었다. 또 다른 사람들이 우리에게 괜히 관심을 가지고 있네—— 어, 저건······?

"······대단하네. 저쪽에 있는 여자애도 하루에게 버금갈 정도로 잘 먹는걸."

"우물?"

하루가 입안에 있는 케이크를 먹고 있는 가운데, 이 가게의 벽 쪽에 있는 자리에서는 한 여자애가 엄청난 속도로 빈 접시를 쌓고 있었다. 그 속도는 하루에게 버금갔다.

뒤돌아 앉아 있기 때문에 얼굴은 보이지 않지만, 체격을 볼 때 남자는 아닌 것 같았다. 만약 남자라면 혼자서 이런 곳에 와서 저렇게 대량의 음식을 먹어치우는 (일단은)그에게, 나는 경의를 표하고 싶다.

"우물우물…… 꿀꺽. 으, 으응~? 저 먹성은 전에도 본 적이 있는 것 같은데……."

"흔하게 볼 수 있는 건 아니라고 생각하는데 말이야. 나라면 절대 잊지 못할 거야."

"……(꿀꺽)."

필사적으로 머리를 쥐어짜느라 뇌를 혹사시킨 하루는 당분을 보충하면서 그 노력을 이어갔다. 케이크를 입에 집어넣은 그녀를 응시하며 오른편으로 고개를 기울이더니, 케이크를 삼키는 그녀를 보면서 고개를 왼편으로── 끝이 없네. 케이크를 먹고 있는 게 아니었다면 머리에서 검은 연기가 났을지도 모른다.

"그렇게 신경이 쓰인다면, 앞쪽으로 가서 보는 게 어때? 너는 정면격돌도 좋아하잖아?"

"아, 그 방법이 있었네요! 정정당당하게 정면에서 이야기를 나누고 올게요!"

"사람을 잘못 본 걸지도 모르니까, 무례는 범하지 마~."

나는 의기양양하게 가게 안을 나아가는 하루를 향해 손을 흔들었다. 가게 안에서 몰래 푸드 파이트급의 먹성을 선보이던 두 인물 중 한 명이 움직인 것이다.

이 상황을 지켜보고 있던 다른 손님들의 시선이 집중되는 것도 무리는 아니었다. 자아, 하루가 눈에 익을 만한 인물이라면 많지 않다. 아마 십중팔구——.

"하아, 역시 맛은 꽤 떨어지네……. 맛이 좀 옅은 것 같다고나 할까? 그래도 돌아본 곳들 중에서는 꽤 먹을 만한 편이야. 일단 이 가게의 장소도 기억을…… 좋아, 기억했어. 아마 잊지는 않겠지. 뭐, 없는 것보다는 낫다고 생각해야, 어?"

"지그시……."

"…….'"

"……아앗! 토코?!"

"엇?! 큭, 콜록, 콜록! 하, 하루나?! 네가 왜 여기 있는 거야?! 아얏!"

——하루의 클래스메이트다. 건강미 넘치는 피부를 지녔고, 일본인답지 않게 회색 머리카락을 지닌 그녀는 하루를 보고 상당히 놀란 것 같았다. 반사적으로 벌떡 일어났다가 그대로 다리가 풀린 건지, 완벽한 엉덩방아를 선보였다.

"……고브."

뭔가를 느낀 듯한 고브오는 동정 섞인 시선으로 그녀를 쳐

다보고 있었다.

* * *

우연히 마주친 이 소녀의 이름은 미즈호리 토코였다. 하루나의 클래스메이트이며, 그녀를 상대로 항상 경쟁심을 불태우는 친구라고 한다. 스포츠로도, 많이 먹기로도 말이다.

"그건 그렇고, 토코가 이런 곳에 있을 줄은 몰랐어. 세상은 넓은 것 같지만, 의외로 좁네!"

"으, 응. 그래……."

자연스럽게 우리가 앉아 있던 자리로 옮겨온 토코는 말끝을 흐렸다. 재회를 기뻐하는 하루나와 달리, 토코는 약간 서먹해 보였다. 아까 엉덩방아를 찧은 것만 봐도 알 수 있듯, 꽤 동요한 것 같았다.

"저기, 하루나……. 일전에는 미안했어. 나, 그때는 제정신이 아니었어. 그 후로 치나츠한테 따끔하게 혼났다니깐. 정말 미안해!"

토코는 갑자기 테이블에 헤딩을 하며, 하루나에게 사과했다. 무슨 일이야?!

"아하하. 토코, 고개 들어. 나는 딱히 화 안 났거든?"

"응, 알아. 너라면 전혀 신경 쓰지 않을 거라는 걸 알고 있었어. 하지만 이렇게 고개를 숙여야 나도 직성이 풀릴 것 같거든. 한동안 이러고 있을게."

"아냐. 그럴 필요 없어. 나는 그저 너희를 전부 박살 내주고 싶을 뿐이거든. 그러니까 토코가 이러면 내 의욕이 줄어든단 말이야."

"아, 하지만── 응? 방금 이상한 소리 하지 않았어?"

"안 했는데?"

하루나는 영문을 모르겠다는 반응을 보였지만, 토코가 들은 말에는 그녀가 지적한 것처럼 꽤 이상한 소리가 섞여 있었다.

하루나는 자이언트 킬링을 즐긴다. 약자의 입장에서 자신을 단련한 후에 강자에게 도전해, 그 코를 납작하게 해주는 것에서 달성감을 느끼는 것이다.

외부에 알려지지는 않았지만, 불량학생인 사토 일행을 상대로 벌써 자이언트 킬링을 해냈다. 하지만 당시의 그들은 하루나보다 약한 존재가 되었기 때문에, 클래스메이트를 타도했는데도 전혀 쾌감을 느끼지 못했다.

하지만 방금 만난 토코라는 소녀는 클래스메이트 중에서도 손꼽히는 힘을 지녔다고 한다. 그래서 하루나는 그녀를 최고의 표적으로 삼고 있다. 그렇기에, 그녀는 사과 같은 건 안 해도 되니 더욱 실력을 갈고닦아서 강해졌으면 한다. 하루나는 그런 소망을 품고 있다. 즉, 목이나 씻고 기다려라, 같은 것이다.

"뭐, 네 말은 이해했어. 하루나도 괜찮다고 하니까, 그만 고개를 드는 게 어때?"

어쨌든 이대로는 이야기를 제대로 나눌 수 없다. 나는 토코에게 빨리 고개를 들라고 재촉했다.

"아, 하지만…… 그것보다, 아까부터 신경 쓰였던 건데 말이야. 아저씨는 누구야? 왜 하루나와 같이 있는 건데?"

"인식은 하고 있었던 거구나. 계속 무시하기에 내가 안 보이는 줄 알았어……."

이 애는 아까부터 하루나만 쳐다보고 있었던 것이다.

"내 사부님이야!"

"사, 사부님~?!"

"응. 성에서 나온 후로 사부님의 집에서 지내고 있어. 나는 사부님을, 사부님을 나를 돌봐줘."

"윽~~?!"

토코는 노골적일 정도로 놀랐다. 벌어진 입을 다물지 못할 정도다. 왜 저런 반응을 보이는 걸까.

"만나서 반가워. 하루나의 스승인 데리스 파렌하이트라고 해. 우리 하루나가 신세를 많이 졌다고 들었어."

"아, 안녕하세요. 미즈호리 토코라고 해요. ……저, 저기, 하루나, 이쪽으로 좀 와봐!"

"응? 왜 그래?"

"너, 학교에서 연애 같은 건 전혀 관심이 없는 척했으면서,

실은 이런 취향이었던 거야?"

"으음, 그게 무슨 소리야?"

"아니, 그게…… 헤헷! 설마 그런 부분까지 닮은 줄은 몰랐어! 유심히 보니 얼굴도 나쁘지 않네! 이야! 다시 봤어, 하루나!"

"응?"

기분이 좋아진 듯한 토코는 하루나의 등을 두드렸다. 나도 하루나와 마찬가지도 어쩐 상황인지 짐작조차 되지 않았다.

"그러고 보니 치나츠 녀석도 성에서 나갔어. 기사단의 높은 사람 같아 보이는 미인이 데려갔거든. 하루나는 뭐 아는 거 없어?"

"치나츠라면 어제 사부님의 집에서 자고 갔어. 에헤헤, (나와)같이 잤다니깐."

"커억?!"

"토코?!"

물을 마시던 토코가 입안의 물을 성대하게 뿜었다. 아, 이 애는 리액션에 재능이 있는 건가? 나도 그쪽으로는 꽤 잘 아는 편이거든.

"미, 미안해. 그, 그래. 치나츠도 나리 밑에 있는 거구나……."

"나리…… 뭐, 됐어. 아무튼 치나츠는 우리 집에 자러 왔을 뿐이야. 그 녀석의 스승은 내가 아니라, 네가 아까 말한 그 미인이지."

"넬 씨라고 해. 엄청 강해."

"흐, 흐음, 그렇구나. 하지만 치나츠도 동지일 줄이야……. 게다가 꽤 대담…… 하지만, 성실 타입은 한 번 함락되고 나면 완전 쉬운 여자가 된다니까……."

토코는 딴 생각을 하고 있는 것 같았다. 이 애도 반응 하나하나가 꽤나 재미있는 애인걸.

그녀가 진정했을 즈음, 우리는 다시 케이크를 먹으며 담소를 나눴다. 그와 동시에 테이블 위에는 페트로나스 트윈 타워가 생겨났다. 메뉴에 있는 모든 메뉴를 추가 주문한 것이다. 요즘 여고생들은 하나같이 위장이 이렇게 어마어마한 건가?

"참, 토코. 토코가 마을에 있다는 건 다들 성 밖으로 나오게 된 거야?"

"응? 아~ 그렇지 않아. 지난주에 레벨에 따른 자유행동이 허락됐거든. 레벨3은 지정된 층만, 레벨4는 성안, 그리고 레벨5인 나와 아키라는 마을까지만 돌아다닐 수 있어. 아직 레벨5는 우리뿐이니까, 성 밖으로 나가고 싶은 녀석들은 필사적으로 특훈을 하고 있어. 지금 상황에 만족한 녀석들은 거의 없어. 레벨이 높으면 여러모로 우대받으니까……. 아, 미안해. 하루나 앞에서 할 이야기는 아니네……."

토코는 머리를 긁적이면서 거북한 듯한 어조로 그렇게 말했다. 그녀가 하루나의 스테이터스를 본 것은 2주 전의 일이며, 당시에는 마을 아낙과 별반 다르지 않은 수준이었다. 그런 하루나 앞에서 레벨 이야기를 한 것을 미안하게 생각하는 걸지도 모른다. 하지만 당사자인 하루나는——.

"와아, 다들 최선을 다하고 있구나! 나도 더 노력해야겠어!"

——엄청 기뻐했다. 재능을 지녔지만 현재 상황에 안주하고 있는 이보다, 노력을 아끼지 않는 천재. 그쪽이 하루나의 의욕을 불타게 하는 것이다.

"……그래. 너는 항상 긍정적이고, 한참 뒤에서 쫓아오고 있었는데 어느새 추월해 버리는 녀석이었지. 나도 질 수야 없지. 나리, 하루나를 잘 부탁해!"

"응? 아, 그래."

물론이다. 하루나를 가르치고, 그녀가 얼마나 강해지는지 끝까지 지켜보는 것이 스승의 소임이자 내 취미다. 그 누구에게도 방해를 받을 생각은 없다.

"너도——."

"그냥 토코라고 불러줘. 그편이 나도 좋거든!"

"——토코도 레벨6이 되기 위해서는 많은 노력이 필요하겠지만, 그래도 포기하지 마. 아마 직업이 용사인 녀석이 먼저 레벨업하겠지만 말이야."

"아앙? 나리, 그럴 리가 없어! 이래 봬도 나는 아키라보다 더 노력하고 있거든."

토코를 보니, 평소 훈련은 그녀가 더 많이 하는 것 같았다.

하지만 직업의 레벨업에 있어서는 용사가 유리하다.

"용사란 녀석은 모든 스킬에 적성이 있거든. 그 어떤 스킬을 익히든, 그게 전부 직업 레벨의 상승으로 이어져. 반면 토코는 직업과 관련된 스킬만 익힌 건 아니잖아?"

"아, 그야 뭐……."

"누구에게나 자기만의 방향성이 존재하고, 스테이터스의 밸런스를 생각하며 스킬을 익혀. 이건 딱히 부끄러워할 일이 아니지. 용사라는 직업이 특수한 것뿐이야. 하지만──."

""──하지만?""

"용사는 그런 혜택을 지닌 대신, 스킬 레벨이 실력과 직결되어 있어. 모든 스킬 레벨을 통합했는데도 아직 레벨5라는건, 총합적인 힘으로는 약할 가능성도 있지. 만약 하루가 용사라면, 지금쯤 레벨6이 되었을 거야."

참고로 레벨6이 되기 위해선 적성 스킬 레벨이 합계 400이 되어야 한다.

"아, 그러네요. 평범한 직업 레벨을 봐선, 관계없는 스킬이 몇 개나 있는지 알 수 없으니까요."

"그래. 레벨이 낮은 녀석이 상대라고 방심했다간, 따끔한 맛을 보며 질 수도 있어. 그걸 주의하도록 해."

"예~!"

"어? 방금 말도 안 되는 숫자를 들은 것 같은데……."

아마 기분 탓일 거야.

* * *

"그럼 나는 성으로 돌아가겠어. 마을에 가서 케이크를 사다 달라고 우리 반 여자애들이 엄청 성화거든. 케이크도 샀으니까, 상하기 전에 돌아가야겠어."

"토코도 단 걸 좋아하지? 휴일에는 자주 그런 가게에——."

"——그, 그건 공수도부 애들 주려고 사러 다닌 거야! 주장으로서 부원들을 챙겼을 뿐이거든?! 그럼 가볼게! 잘 얻어먹었어! 안녕~!"

"개의치 마. 조심해서 돌아가~."

"잘 가~!"

하루 일행은 잡담을, 나는 정보 수집을 마친 후, 토코는 양손에 상당한 양의 짐을 들고 돌아갔다. 겉보기에는 불량학생 같지만, 의외로 솔직담백한 아이였다. 덕분에 용사들의 현재 상황을 얼추 파악했다. 음, 참 괜찮은 아이인걸.

"토코는 변함없네~. 저도 의욕이 나요!"

"오, 토코는 하루의 눈에 차나 보네. 저쪽도 하루를 의식하고 있는 것 같던데, 예전에 무슨 일 있었어?"

"으음, 저와 토코는 스포츠 특기생으로 입학했거든요. 저는 검도부, 토코는 공수도부에 말이에요. 토코는 1학년 때 공수도부의 부장이 될 정도로 주목을 받았는데, 저와 연습 시합을 했을 때⋯⋯."

"하루한테 졌던 거구나."

"예, 박살이 났죠⋯⋯."

"박살⋯⋯."

뭐, 하루라면 그랬을 것이다. 애초에 검도부인 네가 왜 공수도부의 연습 시합에 참가한 건지도 의문이지만, 방금 그 말을 듣고 어떻게 된 건지 얼추 감이 왔다. 아마 뛰어난 신체 능력을 인정받아서 다른 부로부터 도우미가 되어달라는 요청을 받았을 것이다. 그러고 보니 하루 녀석은 복싱과 합기도, 권법 같은 것도 익힌 것 같으니 틀림없다.

하지만 토코 입장에서는 납득할 수 있을 리가 없다. 그녀는 공수도를 열심히 수련했을 것이며, 그 실적을 인정받아서 고등학교에도 특기생으로 진학했다. 그런데 다른 부활동으로 고등학교에 진학을 한 녀석에게 박살이 나고 말았으니 체면을 완전히 구겼을 것이다. 그 후로 그 상대를 라이벌시해도 이상할 게 없다.

"봐줄 생각은⋯⋯."

"없어요. 그건 상대에게 실례거든요."

"그렇겠지."

하루도 이런 녀석이니, 시합을 할 때마다 전심전력을 다했을 것이다. 아니, 저런 하루에게 포기하지 않고 계속 도전하고 있는 토코의 기개를 칭찬해야 할지도 모른다. 으음, 아무튼 꽤 괜찮은 인재 같았다.

"모처럼 마을에 왔으니까, 길드에 가서 어떤 의뢰가 있는지 살펴볼까. 마법 수련도 실전을 통해 하는 편이 나을 테니 말이야."

"찬성이에요!"

합의를 본 우리는 모험가 길드를 향해 걸음을 옮겼다.

제4장 거대한 악, 강림

"──이렇게 됐어. 그러니까, 하루의 상대가 될 만한 몬스터는 없을까?"

"뭐가 어떻게 됐다는 게냐……."

"바로 이렇게요!"

우리의 전속 접수처 직원인 조지 영감에게 적당한 토벌 의뢰가 없는지 물어봤다. 게시판? 그런 곳에 붙어 있는 의뢰서 중에는 적당한 게 없다.

일전에 하루가 쓰러뜨린 그레이 코볼트 보스와 비슷하거나 못한 수준이기에, 지금의 하루가 상대하기에는 약했다. 그렇다고 고브오처럼 국가를 위협하는 레벨의 몬스터는 넬이 맡는다. 그러니 게시판에 붙어 있지 않은 문제 있는 의뢰를, 길드장인 조지 영감에게 소개해달라고 하는 수밖에 없다.

고브오와 그레이 코볼트 보스의 중간 정도 수준이 딱 적당할 것이다. 레벨5 수준의 의뢰를 내놓으라고, 조지 영감! 아니, 접수카운터 담당이신 조지 양!

"하루나 양이 부탁하니 나도 흔들리는걸. 하지만 적당한 의뢰……. 요즘 들어 기사단장인 넬 님이 성가신 문제를 전부 처리하고 있지. 남은 건── 음."

"있긴 한가 보네. 그걸 내놔."

"자, 잠깐 기다려라, 이 멍청아!"

조지 양이 힐끔 쳐다본 의뢰서를 빼앗기 위해, 나는 카운터 너머로 몸을 쑥 내밀며 손을 뻗었다. 하지만 조지 양은 나이에 어울리지 않게 움직임이 재빨랐다. 내가 뻗은 손이 허무하게 허공을 갈랐다.

"흥. 역시 현역 시절에『검귀(劍鬼)』라고 불린 사람답네, 조지 영감!"

"데리스, 너…… 요즘 들어 너무 열정적인 거 아니냐?"

"하루하루가 빛나고 있다고 표현해주겠어?"

"자기 입으로 그런 소리를 해도 부끄럽지 않은 게냐?"

"좀 부끄럽긴 해."

조지 영감의 반응을 보아하니, 이렇게 우겨야 통할 것 같으니. 일단 그 내용만이라도 들어보고 싶다.

"그런데, 어떤 의뢰야?"

"하아…… 고난이도 토벌 의뢰다. 장소는 기베온 유적이며, 몇 년 전에 발굴된 던전이지."

"기베온 유적이라면, 마법학원 근처네."

"음. 상층부에 있는 몬스터는 레벨1, 2 수준의 졸개다. 모험가들을 위한 난이도 치고는 낮기 때문에, 지금은 마법학원의 학생들이 수련에 이용하고 있지."

"그렇겠네. 그런데 그런 신입들한테 적당할 듯한 던전에 왜 고난이도 토벌 의뢰가 있는 거야?"

"그 유적 깊숙한 곳에 있는 봉인된 분이 파괴된 것 같다. 거기서 발이 네 개인 대형 골렘이 나왔지. 겉모습은 사자 석상 같다더군."

"그 녀석이 토벌 대상이구나. 좋아, 우리가 맡겠어."

"좀 기다려 보거라!"

내 황금의 오른손이 또 허공을 갈랐다. 오늘은 꽤나 고집을 부리네.

"이 의뢰는 며칠 전에 영주인 올트 공께서 이미 맡았다. 그리고 다른 모험가에게는 의뢰를 맡기지 말아 달라고 하셨지."

"올트 공——마법학원 주변을 다스리는 영주구나. 꽤 영향력이 센 귀족이잖아. 그런데 그 올트 공이 왜 그런 소리를 한 건데? 백 보 양보해서 자기가 다스리는 영토의 안전을 확보하기 위해 그런 거라고 해도, 모험가가 처리하면 되는 거 아냐?"

"아무래도 마법학원에 다니는 딸에게 이 의뢰를 처리하게 해서, 명성을 쌓게 해주려는 것 같다."

"딸?"

"음, 자칭 백년에 한 번 있을까 말까 한 천재라더구나. 뭐, 호위도 딸려 보냈겠지만 말이다."

"자칭……."

"유감스럽게도 자칭이지. 2주 후의 졸업제 대표를 정하는 선고(選考)에서, 자기 딸이 뽑히기를 바라는 것 같더군."

"아니, 그런 천재라면 그렇게까지 해서 명성을 쌓을 필요가 없잖아. 마법학원의 교사들이 높이 평가하고 있을 테니 말이야."

"아까도 내가 말했지 않느냐. 자칭이라고."

"아하……."

자칭 천재인 그 딸은 졸업제의 선고에서 탈락할 정도의 실력인 것 같다. 하지만 그래선 영주의 딸인 그녀의 체면이 손상된다. 그래서 딸에게 호위를 동반하게 해서 예의 그 골렘을 쓰러뜨리게 한 후, 그 공적을 이용해 선고에서 뽑히려는 것이다.

교사들을 돈으로 매수하는 것보다는 차라리 낫겠지만, 그 몬스터는 상당한 강적이다. 자칫 잘못하면 넬을 파견해야 할 레벨인 것이다. 체면보다는 목숨을 소중히 여기는 편이 좋을 것 같은데. 귀족은 하나같이 체면을 중요시하는 성가신 생물이다.

"뭐가 어떻게 된 건지 얼추 이해했어. 하지만 투덜대면서도 이런 기밀 정보를 이야기해준 조지 영감의 속셈은 뭐야?"

"영주의 딸이 죽는다면 의뢰를 제공한 내 입장도 난처해지거든. 올트 공이 알아차리지 못하도록 몰래 그 골렘을 너희가 해치운다면 문제는 일어나지 않겠지. 나는 데리스에게 의뢰를 제공하지 않았고, 데리스는 우연히 그 골렘과 마주친 바람에 피치 못해 싸웠다. 어떠냐?"

"악랄하네……."

"너만큼은 아니니 안심해라. 설령 들통이 나더라도, 하루나 양에게는 피해가 안 가도록 지켜주마."

"아, 예. 참 믿음직하군요. 우리가 그 골렘을 해치우면, 보수를 내놓으라고. 우연히 해치운 후에 우연히 증거품을 가지고 올지도 모르거든."

"그때는 나도 어쩔 수 없이 보수를 지불하도록 하지. 불가항력적인 일이니까 말이다."

계약이 성립됐다. 마침 아델하이트 마법학원에 갈 일도 있으니, 겸사겸사 해결하기로 했다.

"──즉, 골렘을 해치워도 되는 거네요!"

"".......""

방금까지 하루가 계속 입을 다물고 있었는데, 아무래도 결론이 날 때까지 기다린 것 같았다. 머리에서 검은 연기를 피우며 괜한 생각을 하지 않아도 되는 것이다. 좋아, 하루도 성장했는걸.

"우리는 의뢰에 대해서 모르니까, 문제될 게 없겠지. 설령 문제가 일어나도, 우리 뒤에는 넬이 있다고!"

"우와~ 기사단장을 방패로 삼는 건 너무 약아빠진 짓 같다만……."

써먹을 수 있는 권력은 뭐든 써먹는다! 이 세상에는 악랄하다는 말 같은 건 존재하지 않아!

* * *

　길드에서 아무것도 듣지 못한 우리는 의뢰를 받는 것을 포기한 후, 그대로 방어구점으로 향했다. 바로 고브오를 위한 장비를 구하기 위해서.

　고브오는 일전의 원정 때 하루와 싸우다 장비가 파괴됐다. 이대로 비무장 상태로 데리고 다닐 수는 없기에, 호신용으로 쓸 수 있을 정도의 장비는 챙겨주기로 하루와 합의했다.

　원래라면 고브오는 집에 두고 가고 싶지만, 좀비는 술사와 가능한 한 붙어 다니는 편이 좋다. 하루가 상위의 어둠 마법을 익힐 때까지는 그녀와 고브오, 그리고 나는 일심동체나 다름없다. 뭐, 여러모로 쓸모가 많으니 조그마한 하인이 생겼다고 생각하면 될 것이다. 점검 및 보수는 수당이나 다름없다.

　"고브오 군의 장비는 이 정도면 될까요?"

　"서둘러 구한 거기는 하지만 호랑이수염의 최고급품이거든. 부서질 일은 없겠지."

　고브오의 몸에 맞는 장비는 흔하지 않았다. 검은 몰라도, 고블린용 갑옷이 있을 리가 없는 것이다. 대용품으로 드워프용 투구와 어린이용 갑옷토시를 구입했다.

　토시는 어린이용이라고 해도 어마어마하게 비쌌다. 양쪽 다 호랑이수염이 자랑하는 최고급품인 것이다. 무기는 예전에 사용했던 것과 비슷한 양날검을 골라줬다. 일전의 고블린

소드(가칭)에 비해 질은 떨어지지만, 이것도 방어구와 마찬가지로 상당한 가격이었다.

"어이, 우리 가게 상품의 내구성을 걱정하는 거냐. 이 고블린이 그렇게 강한 거냐?"

"예! 저의 고브오 군은 최강의 고블린이에요!"

"하아~ 최강이가. 니가 그렇게 강한 기가?"

"고브?"

아니타가 고브오를 살펴보았다. 고브오는 고블린이지만, 레벨6의 용사였던 강자다. 좀비가 되어 스테이터스가 하락하기 이전이었다면, 하루의 클래스메이트인 용사보다 강했을지도 모른다. 고블린 치고는 그야말로 파격적인 실력이다.

"아, 맞다. 이 아가씨용으로 주문했던 예의 물건 말인데, 사나흘 안에 완성될 것 같다."

"오오~! 드디어 저의 메인 웨폰이라는 걸 볼 수 있겠네요!"

"역시 간 씨야. 내가 예상했던 것보다 훨씬 빠르네. 우리가 아델하이트 마법학원에 갔다가 돌아올 즈음에 받을 수 있겠는걸."

"뭐야, 또 이 마을을 떠나는 거냐? 어제 돌아온 걸로 아는데 말이다."

"예, 볼일이 좀 있어서요. 돈은 선불로 다 드렸으니 문제는 없겠지만, 한 며칠 늦을지도 몰라요. 찾으러 올 때까지 맡아주지 않겠습니까?"

"걱정 마라. 하지만 꼭 찾으러 오라고. 그런 걸 쓸 수 있는 녀석은 이 세상 천지에 네 제자뿐일 테니까. 크하하!"

"하하, 그렇지도 않아요. 뭐, 늦지 않도록 신경 쓰죠."

내일 디아나 마을을 출발하기로 하고…… 무슨 일이 일어날지는 모르지만, 골렘 같은 무기질적인 몬스터와 한바탕 할 듯한 예감이 들었다. 그러니 한 며칠 더 걸릴지도 모른다고 생각하는 편이 좋을까.

참, 넬이 마법학원에 갈 거면 꼭 연락하라고 했지. 그럼 오늘 연락을 해두도록 할까. 아까 가게에서 넬한테 줄 케이크라도 살걸 그랬다. 아침에 저택으로 돌아간다고 했으니까──.

"좋아. 하루, 넬의 저택으로 가자."

"그럴 줄 알고, 아까 제 용돈으로 케이크를 사뒀어요!"

"진짜 유능한 녀석이라니깐!"

"고브!"

"오오, 나이스! 하루는 눈치 백단이대이!"

"풉……."

어이쿠, 방금 농담이 간 씨에게도 먹힌 것 같다.

＊　＊　＊

치나츠는 마법기사단 본부에 있는 병영에 앉아 있었다. 그녀 앞에는 책상을 사이에 두고 기사단원이 앉아 있었다. 1대1

로 면담을 하는 형식이다.

이 남성 기사는 치나츠를 쳐다보며 자신의 마음을 털어놓고 있었다. 이 방의 문에는 『치나츠의 고민 상담소』라고 적혀 있었다.

"오늘부터 도입한 새로운 훈련법 말입니다만…… 너무 힘들어요! 토할 것 같다고요! 대시를 하면서 상대방에게 활을 쏜 후, 바로 검으로 바꿔 들고 상대방이 쏜 활을 쳐내라니요! 무리라고요! 그런 건 인간이 할 수 있는 짓이 아니에요! 지금은 화살촉이 없지만, 넬 단장님의 그 눈빛…… 언젠가 진짜 화살로 이 훈련을 시킬 게 틀림없어요!"

"화, 확실히 그 훈련은 힘들어요. 넬 사부님도 돌아온 후로 왠지 기분이 좋지 않아 보이고요……. 하지만 넬 사부님이 그 훈련을 도입한 건 여러분을 괴롭히기 위해서가 아니라고 생각해요. 사부님은 성미가 급하고 직선적인 사람 같지만, 그분한테는 불가능이란 없어요. 그 혹독한 훈련을 시킨다는 건, 그만큼 여러분에게 기대하고 있다는 거죠. 부디 포기하지 말고, 사부님의 기대에 부응하기 위해 노력해주시지 않겠어요? 부탁드릴게요."

치나츠는 의자에서 일어서더니, 기사를 향해 깊이 고개를 숙였다. 치나츠가 이런 반응을 보일 줄 생각도 못 했던 기사를 허둥지둥 자리에서 일어났다.

"치, 치나츠 님께서 고개를 숙일 필요 없습니다! 말은 그렇게 했지만, 저도 넬 단장님을 존경하고 있죠! 이 나라의 기대를 한 몸에 받으며, 어려운 임무를 수행하는 건 쉽지 않을 겁니다. 단장님은 저보다 젊으신데도, 기사단을 짊어지고 계시죠……. 재능이라고는 눈곱만큼도 없다고는 해도, 부하인 제가 약한 소리를 할 때가 아닐 겁니다! 감사합니다, 치나츠 님. 당신에게 마음 속에 쌓여 있던 불안을 털어놓은 덕분에, 저의 진정한 마음을 깨달았습니다. 진심으로 감사드립니다!"

"아뇨, 저는 이야기를 듣기만 했을 뿐이에요. 하지만 여러분의 마음에서 불안이 조금이라도 사라졌다면, 그것보다 기쁜 일은 없을 거예요. 혹시 또 곤란한 일이 생기면, 가벼운 마음으로 저를 찾아와주세요. 이 방은 방음이 되어 있으니, 얼마든지 고함을 질러도 된답니다. 마음의 정리는 중요하니까요."

치나츠는 기사의 손을 양손으로 감싸 쥐며 그렇게 말했다. 그녀의 따뜻한 손길을 느낀 기사는 무심코 얼굴을 붉혔다.

(치, 치나츠 님은 정말 어엿한 아가씨구나. 내 딸과 비슷한 또래인데……! 그래, 다음에 또 찾아오자!)

주책없게 마음이 들뜬 그 기사는 다음에 또 이곳에 오기로 결의했다. 치나츠의 고민 상담소는 당초의 예상보다 호황을 누리고 있었다.

"……참, 이 이야기는 비밀인데 말이죠. 이 상담소는 넬 사부님의 제안으로 만든 거랍니다. 사부님은 보기보다 여러분을 걱정하고 있는 것 같아요."

(네, 넬 단장님──!)

치나츠는 사부님의 이미지 쇄신에도 일조하고 있었다. 틈만 나면 단원들의 사기를 높이기 위해 손을 썼다. 오늘 하루만으로도 그 효과는 상당했다.

"그럼 다음 분 들어오세요. 아, 무노 씨."

"치나츠 님, 일전에는 신세 많이 졌습니다."

다음 상담자는 무노였다. 함께 원정을 갔던 전우였다.

"오늘은 무슨 일이시죠?"

"아니, 그게 말이죠……. 부끄럽습니다만, 이 무노 슬메니는 어떻게 해야 넬 단장님께 더욱 도움이 될 수 있을지 고민 중입니다. 의형제에게도 이야기를 해봤습니다만, 남의 이야기에 더 귀를 기울여라, 분위기 파악 좀 해라, 같은 영문 모를 소리만 들었죠. 저는 이렇게 기사단을, 이 나라를, 민초를, 그리고 넬 단장님을 사모하고 있습니다만…… 솔직히 말해, 어떻게 하면 좋을지 모르겠습니다. 치나츠 님은 이 말의 의미를 아시겠습니까?"

"으음, 그게 말이죠──."

──투카──앙!

갑자기 폭음이 터져 나왔다. 병영 쪽에서였다.

"어, 엇?! 무슨 일이지?!"

"으음~ 아마 넬 단장님이실 겁니다. 요셉 마도재상님의 휘하에 있는 분들이 오셨는데, 음흉한 눈길로 넬 단장님을 쳐다보고 있었죠. 아무리 성내라고 해도 이곳은 기사단의 성역입니다. 결국 인내심이 바닥나신 것 같군요."

"무, 무노 씨, 왜 이렇게 냉정하신 거죠?!"

"예?"

이 상황에서 차분한 무노를 보고 놀란 치나츠는 클래스메이트들의 안부를 걱정했다. 타인의 불안을 해소시켜 줄 수 있지만, 그녀의 고민은 줄어들 기색조차 보이지 않았다.

* * *

우리는 선물을 지참하고 넬의 저택에 갔지만, 그녀는 저택에 없었다. 하인들에게 물어보니, 오후에 치나츠를 데리고 성에 있는 기사단 본부로 향한 것 같았다. 뭐, 어제는 보고도 제대로 하지 않았다고 하니, 오늘 하루쯤은 평범하게 일을 하려는 것 같다고 나는 생각했다.

일하고 있는데 방해하는 것도 좀 그럴지도 모른다는 생각이 들었지만, 마법학원으로 내일 출발할 거라는 이야기를 안 했다간 더 화를 낼지도 모른다는 생각이 들었다. 그래서 기사단에 가보기로 했다. 그런데——.

"——하루 양, 고브오 군. 무슨 일이 일어난 것 같지?"

"활활 타오르고 있네요……."

"고브……."

왕성으로 이어지는 기사단 본부의 입구가 화염으로 뒤덮여 있었다. 왕성과 기사단의 경계선을 따라 불꽃으로 된 선이 그어져 있었으며…… 그 선을 경계로 해서 기사단 쪽에는 무시무시한 표정을 지은 넬이 서 있었다.

아, 큰일 났다. 저건 완전 뚜껑 열렸을 때의 넬이대이. 내가 무심코 사투리를 쓸 만큼 넬은 열 받은 상태였다. 캐논을 비롯한 기사들이 어떻게든 말려보려고 했다. 하지만 결국 우왕좌왕만 하고 있을 뿐, 사태를 전혀 해결하지 못했다.

그런 분노에 찬 넬의 시선은 세 소년을 향하고 있었다. 하루의 클래스메이트들일까? 환영 무드와는 거리가 먼 넬의 태도에 압도당한 건지, 다들 폭포처럼 땀을 흘리고 있었다. 게다가 활활 타오르는 불꽃이 눈앞에 있는 것이다. 실제로도 더울 것이다.

"쟤들, 하루의 학우들이야?"

"으음…… 마니 군, 오다 군, 후치 군이네요. 이곳에 왔을 때, 이세계에 대해 잘 알던 사이좋은 3인조예요."

이세계에 대해 잘 안다? 그게 무슨 소리지. 먼 옛날에 소환되었던 용사도 아닐 테고.

몸집이 크고 뚱뚱한 자도 있는가 하면, 조그마한 몸집에 빼빼 마른 자도, 그리고 안경을 낀 녀석도 있었다. 겉모습만 보면 통일성이라고는 전혀 없는 3인조였다. 전혀 용사 같아 보이지 않았다.

"아무튼, 저 세 사람이 넬을 화나게 한 건 틀림없겠지. 큰일 났네. 저렇게 되면 나까지 피해를 입을 것 같은 느낌이 들어."

"말리지 않아도 될까요?"

"상황정리를 한 후에 다가가고 싶지만, 오늘 안에 넬에게 해야 할 이야기가 있거든. 각오를 다지고 다가가 볼까……."

"사부님의 시신은 제가 수습할게요!"

"고브!"

"가능하면 죽기 전에 도와주면 고맙겠어."

나는 활활 타오르는 불꽃의 벽을 향해 다가갔다. 그러자, 성 쪽에 있는 3인조의 목소리가 들렸다.

"저, 저기, 기사단장이라는 사람, 엄청 화난 것 같아. 요셉 씨도 이곳에는 다가가지 말라고 했잖아. 빨리 돌아가자……."

"이 바보야. 다가가지 말라는 건, 그곳에 플래그 같은 게 있다는 거잖아. 저 미인 여기사와 가까워질 수 있는 기회라고! 걱정하지 마. 이제부터 만회하면 호감도도 올라갈 거야! 게다가 로쿠사이 양도 이곳에 있다잖아! 더블 찬스!"

"아냐. 클래스 소환물에서 전원이 행복해지는 작품은 적어. 오다는 이제 틀린 것 같은 느낌이 드네."

"어쨌든 간에 이대로 있다간 소동이 커질 거야……."

호오, 넬을 헌팅하려고 한 건가. 질투심보다 저 녀석들의 목숨이 더 걱정되는걸. 토코가 했던 말에 따르면 레벨4가 되면 성 안을 자유롭게 돌아다닐 수 있다고 한다. 기사단 본부까지 온 것을 보면, 이 녀석들은 전원이 직업 레벨4인 걸까.

레벨만 보면 하루와 동급이지만, 이 불꽃 앞에서 꼼짝도 못하는 것을 보면 능력적으로는 하수 같았다. 아, 그것보다 문제는 넬이지. 나는 그 세 사람의 옆에 서서 넬에게 말을 걸어봤다.

"어이, 넬. 대체 무슨 일이야?"

"데리스? ……네가 왜 여기 있는 건데?"

넬은 한순간 표정이 부드러워지려 했지만, 곧 다시 무시무시한 표정을 지었다.

"크, 큰일 났다! 누가 왔어?!"

"지, 지, 진정해! 용사는 그 어떤 상황에서도 당황하지 않아!"

"오다야말로 진정해!"

시끌벅적하게 떠드는 세 사람(안경을 쓴 소년은 의외로 차분)은 무시했다. 제가 볼일이 있는 사람은 넬뿐이거든요.

"우선 기사단 본부로 갈까. 하루, 고브오, 뛰어넘자."

"예~."

"고브!"

우리는 지면을 박차면서 불꽃의 벽을 뛰어넘었다. 벽이 꽤 높기는 했지만, 그래도 넬이 힘 조절을 한 것 같았다. 이 정도라면 하루와 고브오도 뛰어넘을 수 있을 것이다.

"우왓?!"

"너, 넘었어?!"

"……어? 쟤는——."

세 소년은 예상했던 것보다 훨씬 놀란 것 같았다. 근력이 300 정도만 되면 이 정도는 할 수 있을 텐데 말이다.

"여어, 아침에 헤어졌는데, 또 보네."

"넬 씨, 이건 선물이에요. 항상 받기만 하는 게 죄송해서 준비해왔어요."

"이건 이번에 새로 생긴 가게의! 어험. 뭐, 뭐어, 모처럼 왔으니 차 정도는 대접해줘야겠지. 캐논, 단장실로 안내해."

"아, 예!"

"그리고 다가노프, 국왕과 요셉에게 항의를 하고 와. 다음에 무단으로 기사단의 경계를 넘는다면, 객장이라도 주저 없이 태워버릴 거야."

"예! 좀 더 완곡한 표현으로 그 뜻을 전하겠습니다."

"그냥 내가 말한 대로 전해도 돼. 나는 옷을 갈아입고 올 테니까, 뒤처리도 부탁해. 혹시 또 방해를 하려고 든다면, 우리 기사단의 명확한 적으로 여겨 처리해버려. 알았지?"

"알았습니다."

넬은 그렇게 말하더니, 건물 안으로 들어갔다. 방금까지 활활 타오르고 있던 불꽃은 순식간에 사라지더니, 다가노프를 비롯한 건장한 기사들이 입구 주변의 정리와 봉쇄를 시작했다.

"손님 여러분, 죄송합니다만 이곳은 출입금지 구역입니다. 무단으로 들어오려 하신다면, 여러분을 제거한 후 요셉 마도 재상께 통보를 해야만 합니다."

"하, 하지만 방금 그 사람들은 들어갔잖아! 불꽃 때문에 잘은 보이지 않았지만……."

"방금 그분들은 정식으로 단장님을 찾아온 손님입니다. 자아, 돌아가 주시죠."

"오다, 돌아가자. 기사들을 더 자극해봤자 득 될 게 없어. 그러면 오다의 사망 플래그만 생길걸?"

"그, 그런 플래그는 필요 없어!"

"다, 다행이야……. 우리는 살아남았어~."

아무래도 3인조도 순순히 돌아가려는 것 같았다. 사상자가 발생하지 않아서 정말 다행이다. 무엇보다, 넬의 기분이 풀려서 다행이다. 역시 케이크의 힘은 위대했다.

"방금 그건 무슨 소리죠?! 어, 데리스 씨? 하루도 왔구나?"

"아, 치나츠."

바로 그때, 이번에는 치나츠가 병영에서 튀어나왔다. 소동이 일어난 것을 알고 튀어온 것 같았다.

"어, 어라? 아까 엄청난 폭발음이 들렸던 것 같은데요……."

"그 일이라면 이미 정리됐어."

"으음······."

"아, 그래. 마침 잘됐어. 치나츠도 같이 가자."

"예. 제 생각에도 그편이 좋을 것 같아요."

"저기, 무슨 이야기를 하시는 건가요? 상황 파악이 안 되는데······."

""자아, 가자.""

"고브고브."

나와 하루는 치나츠의 두 팔을 꼭 잡았다. 고브오가 치나츠의 뒤편에 섰다.

"그, 그럼 데리스 씨. 단장실로 안내해도 될까요?"

"응. 부탁해."

캐논의 안내에 따라, 우리는 그대로 행진했다. 우리한테 잡힌 치나츠는 영문을 모르겠다는 표정으로 단장실로 연행됐다.

＊　＊　＊

치나츠를 연행한 우리가 안내된 단장실은 의외로 깨끗한 공간이었다. 서적은 잘 정돈되어 있고, 먼지 또한 쌓여 있지 않았다. 듣자 하니, 캐논이 직속 잡일 담당으로서 매일 이 방을 청소하는 것 같았다.

큰일 날 뻔했네. 하마터면 넬이 깨끗한 걸 좋아한다는 착각을 할 뻔했다. 하지만 부하에게 자기 방을 청소시키다니, 정말 칠칠맞은 녀석이다.

"그럼 소파에 앉아서 기다려주세요."

"고마워. 그리고 캐논, 오늘은 태도가 엄청 정중하잖아. 기분 나쁠 정도야."

"웃는 얼굴로 무슨 소리를 하는 거예요⋯⋯. 저는 은혜에는 보답하는 타입이거든요. 아까 데리스 씨가 오지 않았을 때 어떤 일이 벌어졌을지, 상상만 해도 핏기가 가실 것만 같아요. 아마 단장님의 불꽃이 이 성과 본부를 태워버렸을걸요?"

캐논은 진지하기 그지없는 표정으로 그렇게 말했다.

"그 녀석도 군대를 이끌고 있는 장군이거든? 겉으로 보기에는 완전히 뚜껑이 열린 것 같지만, 아까 뿜은 불꽃도 꽤 힘 조절을 한 거였다고. 좀 믿어주는 게 어때?"

"아니, 힘 조절을 한 게 그 레벨이어서야 저는 분간조차 할 수 없다고요⋯⋯."

으음, 그래? 그 녀석이 쓴 건 위력을 조절한 화염 마법 『번월』이었고, 방어 계열 마법이라 피해가 심하지는 않을 거라고. 뭐, 함부로 만졌다간 레벨3 정도는 그대로 죽어버리겠지만 말이야.

"아, 차를 끓여올게요. 그럼 실례하겠습니다."

캐논은 그렇게 말하면서 이 방을 나섰다. 드디어 한숨을 돌리겠다는 듯 내가 팔을 뻗자, 맞은편에 앉아있던 치나츠가 슬그머니 손을 들면서 입을 열었다.

"저, 저기, 방금 이 성이 불타버렸을 거라는 말을 들었는데 말이죠. 대체 무슨 일이——."

"안심해, 치나츠. 넬의 심기를 건드린 바보가 있었던 것뿐이야. 하루가 인기 있는 가게의 케이크를 사 온다는 기지를 발휘한 덕분에 마음이 풀린 것 같으니까, 이제 해결된 거나 마찬가지야."

"치나츠 몫도 사 왔으니까, 안심해."

"……일단, 깊이 생각하지는 않을게요."

그편이 나을 것이다. 지나간 일은 그냥 잊어버리고, 앞으로의 일에 전념한다. 그것이 인생을 멋지게 살아가는 비결이다.

"그것보다 치나츠는 상담소의 소장이 된 거야? 아까 치나츠의 고민 상담소라고 적힌 문을 봤어."

"아까 통로를 지나치면서 본 거야? 역시 하루나는 대단해…… 간판에는 소장이라는 직함이 적혀 있지만, 인원은 나뿐이야. 그런데 기사단 안에서 꽤 인기가 있어. 휴식 시간인 사람이나 비번인 사람이 일부러 올 정도야. 심리치료사도 아닌 내가 고민을 들어줄 뿐인데 말이야."

"예의 고무 스킬의 레벨을 올리기 위한 훈련이구나. 아무래도 꽤 효과가 좋은 것 같네. 기사들이 어떤 고민을 이야기하는 거야?"

"사부님 이야기부터 연애 상담까지, 정말 별의별 이야기를 다 해요. 저를 믿고 의지해주는 건 기쁘지만, 저는 누군가를 사귀어본 적이 없어서 연애에 관해서는 별로 도움이……."

"아하하~. 그럼 나도 전혀 도움이 안 되겠네~."

치나츠는 가라앉은 표정을 지으며 고개를 숙였고, 하루는 털털한 웃음을 터뜨렸다. 같은 상황인데, 두 사람의 반응은 하늘과 땅만큼 차이가 났다.

"의외인걸. 너희는 예쁘니까 고백도 꽤나 받았을 것 같은데 말이야. 진짜로 사귄 적 없어?"

"초중고 전부 검도에 빠져서 지냈거든요. 그리고 학원에도 다녀야 해서……."

"어머? 하지만 치나츠는 러브레터를 자주 받지 않았어? 신발장 안에 자주 들어 있었잖아."

"그건 러브레터가 아니라 팬레터야……. 시 같은 걸지도 모르겠네. 아무튼, 말을 너무 빙빙 돌려서 하기 때문에 의도를 알 수 없는 게 대부분이야. 그중에는 여자가 보낸 편지도 있어서, 어떻게 해야 할지 모르겠더라니깐."

그건 느끼한 표현을 잔뜩 넣은 러브레터가 아닐까. 청순파 같은 느낌의 치나츠의 외모에 반하는 남자가 이제까지 없었을 리가 없다. 아까 봤던 안경을 쓴 소년도 치나츠를 노리고 있는 듯한 소리를 했었으니까. 그저 치나츠가 눈치를 채지 못했을 뿐인 것 같았다.

여자애의 편지는…… 뭐, 이 세상에는 동성연애자도 있거든. 치나츠는 믿음직한 면이 있으니, 그런 이들이 관심을 가지는 것도 무리는 아니다.

"나는 고백을 받은 적이 있어."

"호오."

"윽?! 콜록, 콜록……! 하, 하루나, 방금, 뭐라고 했어……?"

치나츠는 극도로 동요했다.

"초등학교 때 한 번, 중학교 때 두 번, 고등학교에 들어온 후로, 으음…… 네 번 정도야. 유감스럽게도 러브레터를 받은 적은 없지만 말이야!"

"오~ 진학을 할수록 곱절로 늘어났네."

"…………."

"어, 어라? 치나츠?"

절친이 의외로 경험이 풍부하다는 사실에, 치나츠는 충격을 받고 격침된 것 같았다. 아니, 치나츠도 착각을 했을 뿐이지 의외로 꽤 고백을 받는데 말이야.

"지금 건 그냥 못 본 척해줘, 하루. 매사에는 조금씩 익숙해지는 게 중요하거든. 그런데 고백을 받고 어떻게 했어? 사귀었어?"

"예! 주먹으로 진검승부를 했어요!"

그래. 주먹으로 진검—— 응?

"……미안한데, 방금 뭐라고 했어?"

"진검승부라고 했어요. 전에 아빠한테서 이런 말을 들었어요. 하루나, 너는 늑대, 아니, 사자다. 사자인 너와 짝이 되려하는 남자가 나타났다면, 너보다 더 강하다는 걸 증명해야 하지. 그러지 못한다면 남자가 잡아먹히고 말 테니까. 잘 들으렴. 죽을힘을 다해 싸웠는데도 이기지 못한다면, 그 상대를 나한테 데려오렴. 알았지? ……라고요!"

너희 집, 무슨 격투가 집안이냐…….

"꽤, 꽤나 용맹한 아버님이네……. 물어보지 않아도 짐작은되지만, 너한테 이긴 녀석이 있긴 한 거야?"

"유감스럽게도 없네요……. 최근에는 킥복싱 클럽의 아저씨한테도 고백을 받았어요. 저한테 반했다더라고요. 그리고클럽의 대표 선수까지 데려와서 좀 놀랐다니까요."

그거, 너한테 반한 게 아니라 네 전투력에 반한 거 아냐? 킥복싱 클럽에 스카우트를 하려고 했을 뿐인 것 같은데 말이야.

"네 애인이 되는 녀석은 고생이 많겠는걸……. 만약 하루한테 이기더라도, 그 길로 네 아버지와도 만나봐야 하는 거지?"

"예. 자기 손으로 직접 죽여 버리겠대요."

"그, 그렇구나. 활동적인 아버님이구나……."

뭔가 들어선 안 되는 말이 들린 것 같지만, 내가 잘못 들은것이리라. 지나간 일은 그냥 잊어버리는 편이 낫다. 그게 인생에서 중요하니까 말이다.

"──헉?! 제, 제가 방금까지 뭘 하고 있었던 거죠……?"

"치나츠도 정신을 차렸나 보네. 자아, 넬도 올 때가 된 것 같은걸."

——철컥.

방문이 갑자기 열렸다. 호랑이도 제 말 하면 온다더니 말이야.

"기다렸지? 꽤 즐거운 목소리가 들리던데, 무슨 이야기를 나누고 있었던 거야?"

"아, 연애 이야기를 나누고 있었어. 어라. 너, 옷 갈아입었어?"

아까까지 전투복 차림이었던 넬은 사복을 입고 나타났다. 옅은 화장도 한 것 같았다. 향수 향기가 희미하게 느껴졌다.

"으, 응. 훈련과 아까 소동 때문에 땀을 좀 흘렸거든. 갈아입을 옷도 있어서——."

넬은 팔짱을 끼면서 고개를 돌렸다. 넬의 변명 타임은 한동안 계속될 것 같았다. 그녀는 빠른 어조로 말을 늘어놓았다.

(하지만 지금 가장 사랑에 빠진 건 이 녀석이겠지⋯⋯.)

(사부님이 항상 마음에 드는 사복을 가지고 다닌 것에 그런 이유가⋯⋯.)

(맞아. 이 향수는 가게에서 팔던 것 중에 가장 비싼 거야. 넬 씨는 사부님을 만날 때마다 이 향수를 뿌리네.)

우리는 확신을 했지만, 입도 뻥긋 하지 않았다.

* * *

"내일 디아나를 떠나는 거야? 갑작스럽네."

"마법학원에 가기만 할 거면 좀 여유를 부려도 되는데, 길드의 의뢰……가 아니라, 어떤 예감이 들어서 말이야."

"……뭐? 무슨 소리야?"

나는 넬과 치나츠에게 모험가 길드에서 있었던 일을 이야기해줬다. 의뢰로서 받은 것이 아니라, 우연히 처리하게 된 식으로 꾸미기로 한 것까지 전부.

"올트 공 말이구나. 나쁜 소문은 못 들었지만, 자식을 애지중지하는 걸로 유명하긴 해. 그 딸의 이름이 아마, 테레제 바텐일 거야."

"아는 사이야?"

"좋은 의미로도, 나쁜 의미로도 유명하거든. 한 번 만나본 적이 있는데, 꽤 재미있는 아이였어. 그 애를 돕는 거라면, 나도 찬성할게."

"반응이 좀 의외인걸. 천재를 자처하는 것을 보면, 엄청 거만한 귀족일 거라고 생각했는데 말이야."

"그러니까, 좋은 의미로도 나쁜 의미로도 재미있는 거야. 뭐, 데리스도 만나보면 내 말을 이해할 수 있을걸?"

"……뭐?"

영문을 모르겠지만, 테레제 본인에 대한 상세한 이야기는 나중에 듣기로 할까. 기베온 유적 안에서 마주치기라도 하면 귀찮으니까, 아마 숨어서 몰래 관찰하기만 하겠지만 말이다.

"아델하이트 마법학원에 갈 거면, 캐논을 데려가도 될까? 작년 졸업제 성적 우수자니까, 여러모로 쓸모가 있을 거야."

"캐논 말이야? 으음…… 나는 마차 같은 건 준비 안 했어. 하루의 훈련도 겸해서 걸어서 이동할 거야. 아마 상당한 거리를 뛰게 될 텐데, 캐논이 괜찮을까?"

"……오늘 새로 도입한 훈련을 하는 모습을 보니, 힘들 것 같네. 그냥 관두자."

"그럼 우리 여섯이서 가는 거군. 내일 아침 일찍 출발할 생각이야. 편안한 복장으로 마을의 동문 쪽에 집합해."

보관기능이 있는 가방이 있으니 짐이나 옷차림을 신경 쓸 필요가 없다. 달릴 때도 짐 걱정은 안 해도 되리라.

"알았어. ……여섯 명? 그 고블린을 포함해도 다섯 명 아냐?"

"사부님과 넬 씨, 치나츠와 나, 그리고 마지막으로 고브오 군── 사부님이 착각했네요. 총 다섯 명이에요~."

"응? 아, 그리고 보니 말 안 했구나. 이번에는 내가 사역하고 있는 몬스터도 데려갈 거야."

""몬스터?""

"고브?"

사역 몬스터라는 말에 하루와 치나츠, 고브오가 반응을 보였다.

"……데리스, 설마 그 애를 데려갈 생각이야?"

"그래. 그러면 학장이 순순히 고개를 끄덕일 테니까 말이야."

넬은 노골적으로 인상을 찌그렸다. 넬의 심정도 이해는 되지만, 나는 이미 결정을 한 사항이다.

"저기, 그 몬스터는 대체 어떤 존재인 거죠……?"

"저의 고브오 군 같은 좀비인가요?"

"아냐. 어둠 마법 계통 중에는 특정 몬스터를 불러내서 계약할 수 있는 마법이 있어. 소환마법의 아종 같은 거지. 옛날에 우리가 모험가였던 시절에 발견한 스크롤로 익힌 거야. 그러고 보니 시장이나 마도구점에서 본 적이 없네."

"그런 게 시중에 나돈다면 큰일이잖아……! 그리고 데리스, 그 애를 불러낼 거면 내 옆으로 와! 빨리 오란 말이야!"

"걱정 한 번 되게 많네. 괜찮단 말이야."

"잔, 말, 마!"

넬이 내 팔을 잡더니, 억지로 자기 옆에 나를 앉혔다. 엄청 경계하고 있는 것 같았다.

"네, 넬 씨가 저렇게 조심할 정도로 위험한 몬스터인가요?!"

"저기, 저희도 넬 씨 곁으로 가도 될까요?"

"그렇게 해! 최악의 경우에는 잡아먹힐지도 몰라!"

잡아먹지도 않고, 내가 그렇게 되게 두지도 않을 거라고. 하지만 내가 무슨 말을 한들, 넬은 들은 척도 하지 않을 것이다. 하아, 빨리 소환이나 해야지⋯⋯.

"준비됐어?"

"그래! 빨리 불러내!"

"두근두근!"

"괘, 괜찮을까⋯⋯."

"고, 고브⋯⋯."

소파에 앉은 나와 팔짱을 낀 넬이 검을 뽑아 들었다. 하루는 소파 뒤편에 숨어서 얼굴을 반만 내밀더니, 흥미진진한 표정으로 쳐다보고 있었다. 치나츠는 공포에 사로잡힌 건지 머뭇거리고 있었다. 왠지 고브오도 긴장한 것처럼 보였다.

하아, 넬이 겁을 주니까⋯⋯ 뭐, 됐다. 빨리 소환이나 하기로 했다.

"그럼 소환할게~. ――서몬 리리비아."

내가 영창을 하자, 단장실 바닥에 백묵으로 그린 듯한 새하얀 마법진이 생겨났다. 옅은 빛을 뿜고 있는 마법진에서 어둠이 방출되더니, 한낮인데도 방안에 스며드는 햇빛이 차단되면서 이 일대가 어둠의 세계로 변했다.

어딘가에서 나타난 박쥐가 천장에 매달리더니, 마치 주인님의 출현을 고대하고 있는 것만 같았다.

"마, 마치, 보스가 출현할 것 같은 분위기네요!"

"위험하니까 얼굴을 가리고 있어!"

"아, 예! 하루나, 빨리 몸을 웅크려!"

원래 이런 이펙트는 발생하지 않지만…… 여전히 화려한 연출을 좋아하는 것 같았다.

"……."

이윽고 어둠 속에서 누군가가 모습을 드러냈다. 마법진의 빛이 더욱 강해지면서, 그 존재의 모습이 선명하게 눈에 보였다. 몬스터라고 부르기는 했지만, 상대방의 겉모습은 거의 인간이나 다름없었으며, 차이점을 꼽자면 양을 연상케 하는 뿔과 박쥐의 날개, 악마 같은 꼬리가 달렸다는 점이다. 윤기 넘치는 은발은 어깨 약간 아래편까지 늘어뜨렸으며, 넬 수준은 아니지만 꽤 풍만한 몸매를 지녔다. 감고 있던 눈을 뜨자, 그녀의 보라색 눈동자가 웃음기를 머금으며 나를 향했다.

"리리, 나를 기억해?"

"……예, 기억해요. 기억하고 말고요. 지난번의 호출 이후로 기다리고 또 기다리길, 어언 46일하고 13시간 4분──. 드디어 저를 불러주셨군요, 주인님!"

순식간에 어둠이 걷히더니, 환한 미소를 머금으며 모습을 드러낸 이는 메이드복 차림의 악마였다.

"나타났구나, 이 악마……!"

"메이드?"

"하루나, 고개 숙여!"

하루가 상상했던 것과는 이미지가 너무 다른 건지, 극도로 경계하고 있는 넬과 치나츠와 달리 고개를 갸웃거렸다.

"……주인님, 가지고 노시는 여자가 늘어난 것 같은데, 제 착각인가요? 주인님을 위해 불철주야로 헌신해왔는데…… 리리는 너무 슬퍼요!"

"나는 얘들을 가지고 논 적이 없다고."

리리는 연기티를 팍팍 내면서 우는 시늉을 했다. 적어도 그런 관계인 사람은 넬 한 명뿐이다. 나는 이 녀석이 이상한 소리를 늘어놓기 전에 먼저 입을 열었다.

"이 녀석의 이름은 리리비아야. 내가 실수로 소환한 몬스터, 서큐버스지."

"저, 저기, 실수로 소환했다는 게 무슨 소리죠?!"

"말 그대로의 의미야. 너, 툭하면 데리스를 덮치려고 들잖아!"

"흐흥, 종복이 주인님의 시중을 드는 건 당연한 일이니까요."

"그 덕분에 소환한 후로 한동안 『호색가』라는 낙인이 나를 따라다녔지…….'"

"괜찮잖아요. 문란한 생활을 싫어하지는 않으시잖아요? 아니, 좋아하시는 게 틀림없어요!"

"데리스, 그냥 이 녀석은 죽여 버리자. 이 세상에서 지워버리는 거야."

넬과 리리비아 사이에서 일촉즉발의 분위기가 형성되는 가운데, 소파 뒤편에 숨어있던 하루와 치나츠는 어쩌면 좋을지 모르겠다는 반응을 보이고 있었다.

"이제 나와도 돼. 이 녀석은 우리의 이번 여행에 동행할 거니까 말이야."

"아, 예……."

"저기, 왜 메이드복을 입고 있는 거죠?"

"포니테일을 한 귀여운 소녀분, 잘 물어보셨어요!"

리리비아는 넬을 깔끔하게 무시하며 자신의 이야기를 시작했다. 서큐버스는 인간을 타락시켜서 정기를 빼앗는 생물이며, 그것을 삶의 보람으로 삼고 있다. 리리비아는 생각했다. 이 세상에서 그 일에 가장 적합한 존재는 무엇인가, 하고 말이다.

그리고 기나긴 고민과 시행착오, 거듭된 실패 끝에—— 그녀는 드디어 도달했다. 타락의 상징, 인간을 가장 타락시키는 궁극의 존재에……!

"그게 메이드래."

"예! 주인님의 정기를 적절하게 쥐어짜며 건강관리를 하고, 사생활적인 측면에서도 타락시킨다. 그것이 바로 타락 오브 타락! 메이드라는 존재죠!"

"하지만 이 녀석은 나한테 버금갈 정도로 생활력이 사멸했거든. 겉모습만 메이드 같은 녀석이야. 하루, 이 녀석이 아무

리 부탁해도 절대 집안일을 시키지 마. 너는 네 소임을 죽을 힘을 다해 하는 거야."

"예~."

"어? 이 애는 메이드인가요? 제 후배인가요? 리리는 정말 기뻐요! 날 리리 선배라고 부르렴!"

리리는 하루를 꼭 끌어안으면서 볼을 비볐다. 치나츠는 당황했다. 하루는 기분이 썩 나쁘지 않아 보였다.

"……데리스, 진짜로 저 애를 데려갈 거야?"

"좀 불안하긴 해……."

나쁜 녀석은 아니니까 아마 괜찮을 것이다. 괜찮겠지? 괜찮으면 좋겠네…….

* * *

아델하이트 왕성, 요셉의 객장들에게 주어진 공간의 한 방. 마법기사단 본부에서 쫓겨났던 오다 패거리는 그 후로 갈 곳이 없었기에 여기로 돌아가서 작전을 짜고 있었다.

"뭘 잘못한 거지? 내 행동에는 수상쩍은 구석이 전혀 없었는데……."

"무슨 소리를 하는 거야. 수상한 구석이 없는 건 고사하고 넘쳐흘렀다고. 목숨을 건진 것만으로도 기뻐해."

"으, 응. 나도 이제 기사단에는 가고 싶지 않아. 이제 완전

찍혔을 거야……."

"둘 다 왜 이렇게 소극적인 거야?! 이전 세계에서는 손에 넣지 못했던 용사의 힘을 우리는 얻었다고! 그걸 유효하게 활용하면서 좀 더 적극적으로—— 제2의 인생을 즐겨야 할 거 아냐!"

안경을 쓴 빼빼 마른 소년, 오다는 다른 두 친구를 향해 열변을 토했다. 지금까지 자신은 무슨 일에 있어서도 수동적이었다. 그래서 아무도 자신에게 흥미를 가지지 않는다. 호의를 가지지 않는다.

하지만 자부심이 없었던 그 시절과 달리, 지금은 영웅이라 불릴 정도의 힘을 지니고 있다. 그러니 이제 부끄러워할 필요가 없다. 앞으로는 능동적으로 남들과 접점을 만들어야 한다. 그것이 그의 지론이다.

"응. 그 의견에는 나도 찬성해. 타인과의 커뮤니케이션은 인생에서 꼭 필요한 거잖아."

"큭! 예전부터 행동적인 오타쿠였던 후치는 나와 다르게 꽤나 여유롭네……."

"타고난 성격이거든. 아, 내가 하고 싶은 말은 그런 게 아냐. 으음, 이건 내 예상인데……."

몸집이 작고 중성적인 소년, 후치는 자신의 턱에 손을 대며 생각에 잠기는 시늉을 했다. 이것은 후치의 버릇이다. 그가 좋아하는 미스터리 소설의 탐정이 이야기 중반에 꼭 이 포즈를 취하며 수수께끼를 푸는 것을 동경해서 따라 하다 보니 버릇이 됐다. 동경하는 탐정과 같은 포즈를 취한 후치는 좀처럼 입을 열지 않았다.

미스터리는 뒷부분부터 읽어서 스스로 스포일러를 당하는 타입인 오다는 후치가 이럴 때마다 빨리 본론을 이야기하라며 재촉을 하곤 했다.

"예, 예상?"

"뭐야, 질질 끌지 말고 빨리 말해봐! 가르쳐달라고."

"으음, 잠깐 생각 중이야."

"생각 따위! 너는 내가 잠자코 있으면 이야기를 질질 끌잖아. 그냥 빨리 이야기하라고!"

"하아, 어쩔 수 없네⋯⋯. 아까 말했다시피, 이건 어디까지나 내 예측에 불과하지만 말이야. 우리의 힘은 사실 그렇게 뛰어나지 않은 걸지도 몰라."

"뭐어?!"

"무슨 소리야?!"

후치는 오다와 마니가 이런 과장스러운 반응을 보일 거라고 예측했다는 듯 천천히 고개를 끄덕였다.

"자, 잠깐만 있어 봐! 하지만, 요셉 씨는 우리에게 특별한 힘이 있다고——."

"오다, 너는 말이야⋯⋯ 그런 타입의 게임이나 만화, 소설을 엄청 접했지? 그럼 소환한 이들이 소환된 이들을 속여서 이용하는 작품은 본 적이 없는 거야?"

"으……. 나, 나는 주인공이 대활약을 하는 작품을 좋아하거든……."

후치는 과장스럽게 한숨을 내쉬었다. 물론 이것은 연기다. 오다의 취향은 이 말을 듣기 전에 파악하고 있으며, 순진한 마니가 요셉을 철석같이 믿고 있다는 것도 알고 있다.

"아까 기사들을 관찰하고 안 건데 말이야, 정예 기사는 아마 우리 못지않게 강할 거야. 기사단장은 하늘과 땅, 코끼리와 개미만큼 실력이 차이 나는 것 같아. 오다, 그러니까 그녀는 포기해."

"마, 말도 안 돼……. 나는 레벨4 전사야! 역전의 용사라고, 요셉 씨가……!"

"그러니까 우리는 그 사람 손바닥 위에서 놀아나고 있을 뿐이야. 레벨4가 그 정도 수준이라면, 이 세계는 용사들이 우글거릴 거야. 뭐, 그러니까 레벨5라고 으스대는 토에 군이나, 우리 반에서 가장 강할 미즈호리 양도 세계적으로 본다면 최강은 아닐 거야. 기사단장 쪽이 훨씬 강하거든."

"뭐, 뭐어……?!"

"어디까지나 내 예상이 그렇다는 거야."

마지막으로 후치가 그렇게 덧붙여 말하자, 오다는 믿기지 않는다는 반응을 보였다. 입을 쩍 벌린 채, 얼이 나간 듯한 표정이었다.

"으, 으음, 후치 군은 다른 사람이 얼마나 강한지 알 수 있는 거야? 나는 보기만 해선 알 수 없는데…… 아, 그래도 기사단장은 진짜 무시무시했어……."

"마, 맞아, 후치! 신문석으로 확인한 것도 아닌데, 어떻게 그런 걸 아는 건데?! 그냥 입에서 나오는 대로 떠드는 거 아냐?!"

마니의 지적을 들은 오다가 후치의 추리가 엉터리라고 우기며 언성을 높였다. 하지만 탐정은 어느 시대에서나 반론을 당하는 존재다. 후치에게 있어서 그것은 포상이나 다름없었다.

"스테이터스를 확인하는 그 돌에는 고유 스킬이 표시되지 않았잖아. 나는 알 수 있어. 내 눈에 보인 사람이 대략적으로 얼마나 강한지를 말이지."

""……윽!""

후치는 고유 스킬을 지녔다. 오다와 마니는 누구의 스테이터스에도 고유 스킬이 표시되지 않았다는 것을 떠올렸고, 또한 후치에게 그런 힘이 있다는 사실에 놀랐다. 후치는 두 사람의 반응을 보며 만족했다.

"내가 지금까지 본 사람 중에서 손꼽히게 강해 보이는 사람 중 한 명이 바로 기사단장이야. 솔직히 말해 우리 반 학생들 전원이 한꺼번에 덤벼도 그녀에게는 이길 수 없을걸? 그 정도로 강하더라고."

"저, 전원이 말이야……?!"

"잠깐만 있어 봐. 손꼽히게 강해 보이는 사람 중 한 명이라는 말은, 기사단장 말고도 그만큼 강한 사람을 봤다는 거야……?"

"뭐어?"

"마니 손 군, 오늘은 예리하네. 오다보다 훨씬 우수해. 그 질문에 대한 답은 예스야. 아까 기사단장의 불꽃을 뛰어넘은 사람이 세 명 있었지? 꽤 비싸 보이는 옷을 입은 걸 보면 귀족일 거야."

"그, 그래. 숫자는 기억이 나지 않지만, 있었어……."

"그중에 있던 남자는 기사단장에게 버금갈 정도로 강했어. 후훗. 우리는 전 세계는 고사하고 이 나라 안에서도 최강이 아닌 거야."

"".…….""

오다 일행은 경악한 나머지 그대로 침묵에 잠겼다. 기사단장에 이어 귀족 같아 보이던 남자도 그들보다 강한 것이다. 그는 기사단 본부에 자유롭게 출입하며, 기사들은 그가 정식으로 기사단장을 찾아온 손님이라고 말했다. 십중팔구 두 사람은 아는 사이일 것이며, 가까운 사이일 것이다. 한 사람한테도 이길 수 없는데, 그런 실력자가 두 명이나 있는 것이다.

후치는 이것이 어디까지나 자신의 예상이라고 말했지만, 그가 이런 투로 한 말이 빗나간 적은 거의 없다. 오다와 마니는 그것을 알기에 이 사실이 충격적이었다.

"……그렇게, 강한 거야?"

"내 힘으로는 대략적인 실력만 알 수 있으니까, 확답은 못 하지만 말이야……. 아, 그리고 놀라운 사실이 하나 더 있어."

""그, 그게 뭔데……?""

놀랄 일이 더 있는 건가. 그렇게 생각하면서도, 귀를 막지는 못했다. 두 사람은 마른 침을 삼키면서 후치의 말에 귀를 기울였다.

"그 남자, 이렇게 말했어. 하루, 고브오, 뛰어넘자, 하고 말이야."

"동료의 이름인가? 뭐, 고브오는 좀 이상한 이름이네. 그런데 그게 어쨌다는 거야?"

"……아, 아앗?! 호, 혹시……?!"

"역시 마니 손 군이야. 반응도 좋고, 눈치도 빠른걸. 그래, 주목해야 할 건 고브오가 아니라 하루 쪽이야. 오다, 우리 반에서 첫날에 사라진 여자애가 있었지?"

"사라진 여자애? 사토 녀석들 말고, 여자애? 하루, 하루…… 하루나, 카츠라기—— 카츠라기 하루나?!"

오다의 목소리가 이 층에 울려 퍼졌다.

"……어이, 지금 하루나라고 했어?"

* * *

"내 말 들은 거냐? 방금 하루나라고 했는지 물었잖아."

"……미즈호리 양."

오다의 말을 듣고 말을 건 이는 미즈호리 토코였다. 평소와 마찬가지로 훈련을 마친 직후인 건지, 피부가 땀에 젖어 있었다.

솔직히 말해, 오다와 마니는 토코를 꺼려 했다. 불량학생 같은 외모와 드센 성격, 남자보다 강한 완력…… 모든 면에서 자신들보다 남자다운 그녀를 예전부터 거북하게 여겼다.

"응. 카츠라기 양에 대해 이야기를 하고 있었어. 그런데 왜?"

오다와 마니가 입을 다물고 있자, 후치가 대신 토코의 질문에 답했다.

"……너희도 하루나 녀석을 만난 거야?"

"너희도?"

토코와 후치는 서로가 겪었던 일을 설명했다. 케이크를 사러 갔다가 우연히 마주친 일, 기사단 본부에서 하루나로 추정되는 인물을 본 일── 이 두 경위를 합쳐보자, 알지 못했던 점들이 명확해졌다.

"그 귀족 같아 보이는 남자는 하루나의 스승이야. 오늘 하루나 본인이 그렇게 말했으니 틀림없어."

"스승…… 그래, 그러면 앞뒤가 맞아."

"앞뒤가 맞아? 그게 무슨 소리야?"

"아, 좀 이상했거든. 카츠라기 양은 소환된 첫날에 스테이터스가 너무 빈약해서 조롱거리가 됐잖아? 그런데 아까 본 그녀는—— 미즈호리 양에게 버금갈 정도로 강해졌더라고."

그 순간, 토코의 눈매가 날카로워졌다. 그 변화를 눈치챈 오다는 허둥지둥 후치의 입을 두 손으로 막았다.

"뭐, 뭐어?! 어, 어이, 인마, 미즈호리한테 그런 소리를, 아, 아니, 저기, 나는 그렇게 생각하지 않거든? 방금 그건 후치의 생각일 뿐, 절대 사실이 아닐 테니까 개의치 않아도 될 거라고! 후, 후치, 너도 빨리 사과해!"

오다는 평소와 다르게 속사포처럼 말을 쏟아냈다. 한편 후치는 말을 방해당해서 화가 난 건지 약간 삐친 듯했다.

"……계속 말해봐."

"뭐? 괘, 괜찮겠어?"

"그래. 하던 말이나 계속해."

오다는 머뭇거리면서 후치의 입에서 손을 뗐다.

"오다, 빨리 손을 치워. 하아, 정말! 으음, 무슨 이야기를 하다 말았더라? 카츠라기 양의 실력에 대해 이야기했었지? 뭐, 어차피 내 능력으로 감지한 느낌에 대한 이야기야. 실제로 어느 정도의 스테이터스이며, 어떤 힘을 지녔는지는 전혀 몰라. 내가 파악할 수 있는 건, 어디까지나 총합적인 힘뿐이거든."

"그걸로 충분해. 역시 하루나는 대단해. 나중에 시작했다,

출발 지점이 다르다. 경험이 부족하다 같은 건 그 녀석에게 사소한 일이야. 방심하고 있다 문득 돌아보면, 그 녀석은 어느새 내 등 뒤까지 다가와서 손만 뻗으면 닿을 거리에 있지. 후후, 후훗. 하지만 이번만큼은 나도 방심하거나 자만하지 않을 거야! 절대 지지 않을 거라고……!"

"……."

토코가 조용히 투지를 불태우자, 그 세 사람은 아무 말 없이 서로를 쳐다보았다. 그들도 토코가 하루나를 라이벌로 여긴다는 것을, 공수도로 수도 없이 졌다는 것을 알고 있다. 운동부 타입의 사고방식은 이해가 안 되지만, 자신의 특기분야로 지고 싶지 않다는 생각만큼은 조금 이해할 수 있었다.

"──아무튼, 같은 반 여자애가 무사하다는 것을 알아서 안심이야. 그때 그녀를 조롱하지 않았던 건 절친인 로쿠사이 양, 그리고 나와 마니 손 군뿐이니까 말이야. 이야~ 그때 다른 사람들 몫까지 걱정한 보람이 있네. 오다, 안 그래?"

"아, 아니…… 그때는 나도 좀 흥분해서 주위가 안 보였다고나 할까……. 뭐, 이것도 변명에 불과하겠지. 다음에 만나면 사과해야겠어."

"그것 말인데, 하루나 녀석은 그때 일을 딱히 신경 쓰는 것 같지 않았어. 그래도 오늘 만났을 때, 나는 고개를 숙이며 사과했더랬지."

"뭐?! 말도 안 돼. 미즈호리가…… 커억!"

오다의 명치에 토코의 주먹이 꽂혔다. 호흡곤란 상태가 된 오다는 그대로 바닥을 굴렀다.

"오, 오다 군, 괜찮아?"

"뭐야, 재미없네. 하루나는 오다를 원망하지 않는 건가……."

절친 사이인데도 불구하고, 마니와 후치는 각각 오다를 대하는 태도가 하늘과 땅만큼 차이 났다.

"무슨 소리를 하는 거야? 후치, 너도 어엿한 표적이야."

"뭐?"

"후치, 너만이 아니라 클래스메이트 전원이 표적이지. 하루나는 옛날부터 강한 상대에게 도전해야 직성이 풀리는 성격이거든. 우리는 이 세계에 와서 강력한 힘을 얻었지만, 그 녀석은 약해빠진 존재가 됐어. 하지만 그 녀석은 포기하지 않아. 나는 그 녀석이 포기하는 걸 본 적이 없어. 상상도 안 돼. 나도 너처럼 추리를 한 번 해볼까? 하루나한테는 우리 전원이 사냥감이야. 강한 사냥감일수록, 하루나한테는 끝내주는 요리나 다름없지. 여유 부리고 있다간, 약해빠진 녀석들부터 하나씩 잡아먹힐걸? 내가 예전에 당했듯이 말이야."

"……조언해줘서 고마워. 단순히 우수한 지도자가 있어서 강해진 게 아니라는 거네."

후치는 오다에게 겁을 좀 줄 생각이었지만, 오히려 토코가 자신에게 겁을 준 게 됐다. 그렇게 생각한 후치는 고개를 저었다.

"아, 맞다. 내가 성을 나간 후에 요셉한테서 연락이 왔다는데, 오늘부터 야외 연습을 한다는 것 같아. 파티를 짜서 몬스터를 상대하는 법을 배운대."

"아, 그건 우리도 처음 듣는 이야기야. 그래서 다른 애들이 없는 거구나."

후치가 주위를 둘러봤지만, 토코 이외에는 아무도 없었다.

"네다섯 명이 파티를 짜서, 지정된 던전에 개별적으로 향하는 것 같아."

"더, 던전……?"

마니는 커다란 몸을 부르르 떨며 겁에 질렸다. 아직 그들은 몬스터와 싸워본 적이 없다. 그러니 그들에게 있어 몬스터는 미지의 적이다.

"걱정하지 마. 듣자 하니, 초심자가 가는 장소라는 것 같아. 그리고 출발이 늦어진 우리가 자동적으로 같은 파티를 짜게된 거야. 행선지는 기베온 유적이야. 잘 부탁해."

"아, 그렇게 된 거구나. 잘 부탁해."

"자, 잘 부탁해, 미즈호리 양."

"그냥 토코라고 불러! 대신 나도 너희를 이름으로 부르겠어!"

토코가 환하게 웃자, 마니는 겉모습과 다르게 온화한 면이 있는 그녀에게 친근감을 가지게 됐다. 바닥에 쓰러져 있는 오다 이외의 이들은 무사히 서로를 동료로 받아들인 것 같았다.

"그런데 너희의 직업은 뭐였지? 이참에 파악해두고 싶어서 그러는데, 가르쳐주겠어?"

"그 정도야 얼마든지 알려주겠어. 내 직업은 닌자이며 레벨 4야. 몸놀림이 잽싸고 몸을 숨기는 게 특기라고 여겨. 그리고 쳐다보기만 해도 상대가 얼마나 강한지 알 수 있으니까, 만만한 상대인지 아닌지 판별할 수 있어."

"나, 나는 레벨4 마법사야. 흙 마법이 특기지. 서포트라면 맡겨줘."

"응. 잘 부탁해!"

"그리고 저기 죽어있는 오다는 레벨4 전사니까, 얼마든지 방패로 삼아도 돼. 여자애의 방패가 될 수 있다면, 오다도 바라는 바일 거야."

"하하, 남자다운걸. 이미 알고 있겠지만, 나는 레벨5 격투가야. 공격 쪽은 마음 푹 놔!"

"어, 어이, 나만 따돌리지 마……."

되살아난 오다도 토코와 인사를 마쳤다. 이리하여 4인조 신예 파티가 탄생했다.

이러니저러니 해도 토코 또한 여자다. 여자와 파티를 이룬 오다는 흥분을 감추지 못했다.

"하, 하지만, 카츠라기 양의 스승인 데리스 씨, 맞지? 그 사람이 뭐 하는 사람인지는 결국 밝혀지지 않았네."

"아~ 우리끼리만 하는 이야기지만 말이야, 그 사람은 하루나와 사귀는 것 같아."

"""어?"""

이 정보에는 오다와 마니뿐만 아니라, 후치도 놀란 것 같았다.

"얼마 전에 사라진 치나츠 녀석도 데리스란 사람이랑 동거하는 것 같더라고. 그 성실한 애와 같이 잤니 마니 하더라니깐. 정말 부럽…… 아, 아니, 놀랐다니깐!"

"……커억?!"

오다는 오늘 들어 두 번째 죽음을 맞이했다.

＊　＊　＊

넬과 치나츠에게 내일 출발할 거라는 것을 알린 우리는 집으로 돌아갔다. 평소와 마찬가지로 하루를 훈련시킨 후, 평소와 마찬가지로 하루와 밥을 먹었으며, 평소와 마찬가지로 하루와 잠을 잤다.

"안녕히 주무세요~."

"그래. 잘 자. 내일은 엄청 뛰어야 할 거다~."

"바라는 바예요! 아침 러닝도 거르지 않을 거예요!"

아아, 이것이야말로 일상이라는 느낌이 들었다. 평화주의자인 나는 이런 느긋한 생활이 직성에 맞았다. 자아, 일찍 지고 일찍 일어나서, 내일도 힘내야지~.

"주인님, 이게 대체 어떻게 된 거죠?!"

침대에 누워서 눈을 감으려던 순간, 리리가 불쑥 나타났다. 베갯머리 쪽에 선데다, 매우 가까웠다. 입고 있는 것도 메이드복이 아니라 좀 그렇고 그런 옷이었다. 리리에게도 용돈을 주기는 하는데, 전부 저런 데다 쓰는 건 아니겠지…….

"아까까지 조용했으면서, 갑자기 왜 그러는 거야?"

"하암~…… 무슨 일이에요……?"

반쯤 졸고 있던 하루도 정신을 차렸다. 일단 이 쓸모없는 메이드, 리리도 집에 데려왔다. 하루와 한바탕 하는 건 아닌가 싶어서 걱정했지만, 식사 때와 목욕 때도 아무 일이 없어서 방심했다. 하지만 왜 잠이 들려는 타이밍에 일을 벌이는 거냐고…….

"왜긴 왜예요! 왜 저의 유혹은 그렇게 딱 잘라 거절했으면서, 후배인 하루 양은 침대에 들이는 거죠?! 이건 차별이에요~!"

"오해하지 마, 리리. 차별이 아니라 구별이야. 하루와는 그렇고 그런 짓은 전혀 안 하는 데다, 이것도 수행에 직결되어 있어. 하지만 네가 나와 같이 자려는 건 그렇고 그런 짓을 하기 위해서잖아. 음란한 짓으로 시작해서 음란한 짓으로 끝내는 게, 바로 너란 녀석이야."

"너, 너무해요! 얼추 맞는 말이기는 하지만, 그렇게까지 심한 소리를 할 필요는 없잖아요! 이게 서큐버스의 본성이란 말이에요!"

그럼 네 목적은 완벽하게 음란한 짓인 거네. 참고로 서큐버스와 그런 짓을 한 남자는 여러 이유 때문에 쇠약해지며, 최악의 경우에는 죽고 만다. 즉, 이 녀석은 나한테 죽으라는 소리를 하는 거나 마찬가지인 것이다.

쓸모없는 메이드가 아니라 죽음을 안겨주는 암살자다. 특히 리리는 특별한 서큐버스이기 때문에, 그 위력 또한 절대적이다. 나는 아직 죽고 싶지 않다고.

"확실히 하루 양은 귀엽고, 요리도 잘하는 데다, 집안일도 완벽하며, 여동생으로 삼고 싶기까지 한, 그야말로 모든 면에서 저를 능가하는 메이드예요. 선배로서 면목이 없어요. 하지만, 하지만! 그렇고 그런 쪽으로는 지지 않을 자신이 있어요! 그런데──."

"스톱, 더는 아무 말도 하지 마."

큰일 날 뻔했다. 리리는 주위에 다른 사람이 없으면 아무렇지 않게 음담패설을 입에 담는 버릇이 있다. 하루의 정서 교육상 좋지 않은데다, 치나츠가 있었으면 얼굴을 새빨갛게 붉혔을 것이다. 넬이 있었다면 리리를 소멸시키려 했을 것이고.

"으윽, 넬에게 일러바칠 거야……!"

"넬한테는 이미 허락을 받았어."

"말도 안 돼?!"

"몇 번이나 말했지만, 이건 숙면 스킬을 효율적으로 레벨업시키기 위한 조치야. 다른 의미는 없어. 빨리 자. 제발 자라고. 꿈속은 너만의 세계잖아."

"그래요……. 따뜻한 체온이 느껴지니, 기분 좋게, 잘 수…… 쿠울…….."

"기분 좋게, 잘 수……?! 꿀꺽."

의미심장하게 마른 침을 삼키지 말라고. 으음, 이상한 방향으로 폭주하지만 않으면 이렇게까지 성가시게 굴지 않는데 말이다. 역시 서큐버스라는 종족은 밤에 가장 활성화가 되는 걸까?

"애초에 제 잠자리는 준비되어 있지 않잖아요! 이렇게 되면 주인님과 한 침대에서 잘 수밖에 없어요! 예, 그 방법밖에 없다고요!"

"거실에 있는 소파에서 자면 되잖아? 아니면 하루의 방 침대를 써도 돼."

"……서큐버스는 쓸쓸하면 죽어버리는 생물이거든요?"

"네 시신은 내가 수습해줄 테니까 안심해. 그럼 잘 자."

"어? 자, 잠깐만요? 진짜로 아무것도 안 하고 자는 건가요? 우와, 믿기지가 않네…….."

닥쳐. 무심코 건드리기라도 했다간, 공처가인 내 목숨은 날아간다고. 이렇게 하루와 같이 잘 수 있는 것 자체가 기적적인 일이란 말이야.

이 상황에서 리리를 이불 속에 들였다간, 그저 오해로 넘어 갈 수 없는 사태가 벌어질 것이다. 누가 그런 보이지 않는 지뢰를 밟을 것 같냐고.

"겁~쟁~이~."

이 세상을 뒤흔들 듯한 섬희 님의 발소리를 들으면, 누구나 겁쟁이가 될 수밖에 없는걸? 나는 아직 이 나라를 멸망시킬 생각이 없어.

참고로 서몬 계열의 몬스터 소환 후에는 계약 유지를 위한 마력을 정기적으로 소환한 몬스터에게 줘야 한다. 하지만 이 녀석은 자기가 알아서 마력을 모으기 때문에 그럴 필요도 없다. 방법은 간단하다. 서큐버스는 몽마(夢魔)이며, 인간의 꿈에 들어가는 능력을 지녔다. 꿈속에서는 다들 무방비해지기 때문에, 굳건한 정신의 소유자가 아닌 한, 서큐버스가 마음대로 할 수 있다. 마력도 마음껏 빼앗을 수 있는 것이다.

꿈을 조작해서 일종의 환영을 보여주는 것이기 때문에 현실에서는 아무 일도 일어나지 않으며, 이 방법으로는 죽을 확률도 거의 없다. 가해자인 서큐버스는 전혀 만족하지 못하지만, 꿈을 조작당한 당사자는 마치 현실에 가까운 체험을 한 듯한 느낌을 받는다. 그래서 꿈에서 깨어난 후에도 그 꿈이 환상이었는지 현실이었는지 분간하지 못한다고 한다.

"외~로~워~."

이 서큐버스 특유의 힘은 매우 유능하며, 적절하게 이용한

다면 꿈속이라 무방비한 자에게서 정보를 얻어내거나 남에게
말 못할 약점을 잡는 등의 무시무시한 짓이 가능하다. 내가
리리에게 맡기는 임무가 바로 그런 것이지만——.

"상~줘~요~."

그랬다간 내가 죽는다고. 리리가 좀처럼 잠을 자지 않자,
나는 마법을 날려서 강제적으로 재웠다. 거실 소파로 이동시
킨 후, 모포를 덮어주자…… 이걸로 끝!

"후헤헤…… 주인님, 드디어 저하고 잘 마음이……."

그리고 리프레시를 좀 여러 번 걸어서 진정시켰다. 리프레
시, 리프레시——. 하지만 좀 큰일인걸. 리리는 의외로 고집
이 세니까, 꿈으로 마력을 모으더라도 나 이외의 남자로 욕구
를 채우지 않는다. 이성이 있을 때는 괜찮지만, 머지않아 폭
주를 할지도 모른다. 오래간만에 만난 반동이라고 생각하고
싶지만, 그것은 희망적 관측이다.

하지만 나는 아직 죽고 싶지 않다. 만일 살아남더라도, 넬
이 나를 죽이려고 할 것이다. 흠, 사면초가군. 자칫 잘못하면
이 나라의 위기를 초래할 것이며, 또한 내 목숨 또한 위기에
처할 것이다.

"……일단 자자."

지금 생각해봤자 소용없다. 게다가 빨리 잠을 자고 싶었다.
괜찮아. 분명 내일의 내가 좋은 아이디어를 떠올릴 거야. 이
래 봬도 나는 소방수 데리스니까 말이야! 힘내라고, 내일의

소방수 데리스!

"흠냐~……."

침대에 돌아가 보니, 하루는 숙면을 취하고 있었다.

──수행 14일차, 종료.

카츠라기 하루나

16세 여자 인간
직업 : 마법사 LV4 (157/200)
HP : 1255/1255
MP : 420/420(+100)
근력 : 378
내구 : 250
민첩 : 278
마력 : 282(+60)
지력 : 65
손재주 : 253
행운 : 16

스킬 슬롯
◆격투술 LV85
◇어둠 마법 LV64
◇장술 LV88
◆숙면 LV38
◆회피 LV64
◆투척 LV90
◇마력감지 LV5
◆강견 LV8

로쿠사이 치나츠

16세 여자 인간
직업 : 승려 LV5 (221/400)
HP : 275/275
MP : 620/620
근력 : 146
내구 : 38
민첩 : 341
마력 : 378(+100)
지력 : 704(+100)
손재주 : 84
행운 : 230

스킬 슬롯
◇빛 마법 LV100
└─광휘 마법 LV7
◇연산 LV100
└─고속 사고 LV5
◆회피 LV64
◆위험감지 LV70
◆검술 LV49
◇고무 LV9

미즈호리 토코

16세　여자　인간
직업 : 격투가 LV5 (365/400)
HP : 1465/1465
MP : 10/10
근력 : 413(+100)
내구 : 334
민첩 : 887(+100)
마력 : 20
지력 : 20
손재주 : 241
행운 : 68

스킬 슬롯
◇격투술 LV100
└─── 격투왕 LV6
◇순발력 LV100
└─── 축지 LV2
◇도약 LV80
◆회피 LV61
◇근성 LV77
◆대식가 LV48

고브오

12세　수컷　고블린 히어로 좀비
직업 : 용사 LV6 (403/700)
HP : 390/390(+150)
MP : 355/355(+150)
근력 : 241(+150)
내구 : 117(+150)
민첩 : 137(+150)
마력 : 187(+150)
지력 : 236(+150)
손재주 : 216(+150)
행운 : 116(+150)

스킬 슬롯
◇검술 LV100
　　└─검왕 LV12
◇화염 마법 LV100
　　└─홍염 마법 LV6
◇지휘 LV84
◇고무 LV42
◇화술 LV30
◇교우 LV17
◇교시 LV12

리리비아 일리걸

?세　여자　서큐버스?

직업 : 한량 LV? (?/?)

HP : ?/?

MP : ?/?

근력 : ?

내구 : ?

민첩 : ?

마력 : ?

지력 : ?

손재주 : ?(+?)

행운 : ?(+?)

스킬 슬롯

◇?

검술의 명가인 로쿠사이 가문의 장녀인 로쿠사이 치나츠는 어릴 적부터 문무겸비의 길을 걸어왔다. 하지만 로쿠사이 가문은 엄격한 곳은 아니다. 부모님은 치나츠가 해야 할일을 마치면 자유 시간을 줬으며, 학원이나 도장 등으로 그녀가 숨쉴 시간도 없을 정도로 옭아매려 하지는 않았다. 그 덕분에 일주일에 한 번은 친구인 하루나와 놀 수 있었으며, 학교생활 또한 충실했다.

성실한 성격인 치나츠는 그 어떤 일에도 노력을 아끼지 않았다. 문무 양쪽으로 우수한 성적을 유지했고, 가족관계 또한 매우 양호했다. 치나츠는 곤경에 처하거나, 내버려 둘 수 없는 사람을 보면 꼭 도와주고 마는 성격이었기에, 친구들과 선생님들에게도 인기가 좋았다. 로쿠사이만 있으면 웬만한 문제는 해결된다는 소리를 들을 정도로 뛰어난 문제 처리 능력은 주위에 있는 어른들을 놀라게 했다.

엄청난 천재는 아니지만, 치나츠라는 존재는 주위 사람들을 편안하게, 그리고 행복하게 해줬다. 치나츠에게 그것은 삶의 보람이며, 무엇보다 자신에게 도움을 받고 미소 짓는 사람들을 보는 것이 기뻤다.

──물론, 이 세상에는 예외라는 것이 어딘가에 꼭 생기긴 하지만 말이다.

"자아, 짐은 가지고 왔지? 오늘부터 여기가 네 집이야. 편하게 지내렴!"

"예, 신세 지겠습니다."

"으음~ 아직 태도가 딱딱하네~. 뭐, 곧 긴장이 풀리겠지."

왕성에서 넬에게 반강제적으로 스카우트를 당한 치나츠는 그녀의 제자로서 한 지붕 아래에서 살게 됐다. 데리스와 하루나가 그렇게 지내고 있었기에, 그 점에는 딱히 의문을 느끼지 않았다.

오늘은 원정에서 돌아와 이사를 하는 기념비적인 날이다. 일전에 데리스, 하루나와 함께 이 집에서 묵은 적이 있지만, 아직 익숙해지지 않았다고나 할까──. 집 자체가 상상을 초월했다. 치나츠가 일본에서 16년 동안 살았던 집 또한 대지가 넓고 꽤 큰 축에 속한다고 여겼다. 하지만 넬이 치나츠를 데려온 이 집, 아니, 이 저택은 그야말로 상상을 초월했다.

며칠 동안 거점으로 삼았던 왕성 수준은 아니지만, 기사단 본부의 멋진 건물 못지않게 장엄한 이 저택은 광대할 뿐만 아니라 거대했다.

넬이 안으로 들어서자, 곳곳에서 하인들이 모습을 드러냈다. 그들은 문에서 정원, 그리고 저택으로 이어지는 길의 양옆에 줄지어 섰다. 마치 옛날이야기나 창작물 속의 한 장면 같은 광경이었으며, 치나츠는 좀처럼 그 길을 따라 나아갈 수가 없었다.

""""당주님, 어서 오십시오."""""

"응, 다녀왔어. 전에도 말했지만, 오늘부터 치나츠가 이곳에서 같이 살기로 했다. 그녀가 묵을 방을 준비한 후, 저택 안을 간단히 안내해줘."

"예. 그럼 제가 안내하겠습니다."

메이드 중 한 명이 앞으로 나서며 넬에게 그렇게 말했다. 그녀는 수많은 하인들을 이끄는 우두머리이며, 여러모로 모난 구석이 많은 넬마저도 신뢰하는 사람이다. 넬은 그녀라면 믿고 맡길 수 있다고 생각했다.

"부탁해. ……치나츠? 언제까지 문 앞에 서 있을 거니?"

"아, 죄송합니다! 으음, 이런 저택에서 산다는 게 영 실감이 나지 않아서……."

치나츠는 하인들의 시선을 한 몸에 받으면서 걸음을 옮겼다. 같은 쪽 손발을 같이 내미는 부끄러운 짓만은 어찌어찌 피했다.

"저기, 오늘부터 잘 부탁드려요."

치나츠는 우선 아까 나선 하인에게 말을 걸었다. 나이는 치나츠의 부모님과 비슷해 보였다. 아키하바라에서 볼 수 있는 메이드와는 달리, 안경을 쓴 그녀는 차분한 분위기를 지니고 있었다. 태도 또한 부드러웠으며, 무심코 어리광을 부리고 싶어지는, 그런 매력이 느껴졌다.

"저야말로 잘 부탁드립니다. 치나츠 님은 당주님의 가족이나 다름없으니, 긴장을 푸셔도 됩니다."

"최, 최선을 다해볼게요……. 어, 어머? 넬 사부님은 어디
가신 거죠?"

치나츠가 인사를 마치고 고개를 들어보니, 방금까지 이곳
에 있던 넬의 모습이 보이지 않았다.

"옷을 갈아입고 오겠다고 하셨습니다. 당주님은 보는 눈이
없으면 최단거리로 자신의 방으로 향하시죠."

"최단거리, 라고요?"

"벽을 타고 올라가서 창문으로 방에 침입하세요. 방은 저택
2층에 있지만, 당주님에게 그 정도 높이는 아무것도 아니죠."

"메이드장님, 사실 당주님은 벽을 타고 올라가지도 않으세
요. 항상 점프 한 번에 2층에 올라가시니까요."

"어머나, 우후후. 맞아. 그랬지."

"……."

치나츠는 넬이 돌격을 즐긴다는 말을 데리스에게 들었지
만, 자기 방으로도 돌격을 할 거라고는 생각하지 못한 건지
몇 초 동안 얼이 나가 있었다.

그 뒤를 이어 치나츠가 눈치챈 것은 하인들이 아까보다 친
근한 태도로 자신을 대해주고 있다는 점이다. 안내를 맡은 여
성도 방금까지보다 온화한 분위기를 자아내고 있었다.

"놀라셨나요? 손님이 오셨을 때와 당주님을 마중할 때는
격식을 차리지만, 이 저택 안의 분위기는 꽤 느슨한 편이랍니

다. 그러니 치나츠 님도 편하게 계셔도 돼요. 진짜랍니다."

"그래요. 느긋하게 지내세요!"

"그, 그런가요?"

하인들의 말투 또한 이웃집 언니나 아주머니들과 별반 다르지 않았다. 치나츠는 이런 분위기 속에서 지내는 게 더 편하기에, 오히려 고마웠다.

(생각했던 것보다 금방 이 집에서의 생활에 익숙해질지도 모르겠네.)

그런 기대를 품으며 다른 하인들과 인사를 나누고 있을 때, 그중에서 젊어 보이는 메이드가 이런 말을 했다.

"그러고 보니 치나츠 님은 당주님의 제자——이신 거죠?"

"예? 아, 예. 그렇다고 할 수 있어요. 기사단에서도 활동을 하고 있으니, 견습 기사 같은 거라고도 할 수 있겠네요."

"……그럼 당주님과 함께 훈련을 하기도 하나요?"

"예, 물론 그럴 거라고 생각해요."

그 순간, 하인들 사이에서 침묵이 흘렀다. 쓴웃음을 짓고 있는 이도 있었기에, 치나츠는 또 경계심을 품었다.

"왜, 왜 그러시죠?"

"으음, 아니, 저기 말이죠. 당주님은 기본적으로 좋은 분이시고, 꽤 여성스러운 면도 있는 귀여운 분이에요. 그런데 비상식적인 부분도 있거든요. 어쩌면 치나츠 님이 고생할지도 모르겠네요."

"예?"

"아, 딱히 불안을 조성하려는 건 아니에요! 저기, 그러니까 —— 끈기를 가지고, 삶을 포기하지 마세요."

"저희도 열심히 응원할 테니까, 힘내요! 파이팅!"

"……."

이제부터 자신은 대체 어떤 생활을 하게 되는 걸까? 치나츠는 더욱 불안에 휩싸였고, 그런 감정이 얼굴이 드러나고 만 것 같았다. 하인들은 치나츠의 심정을 이해한 건지, 그녀의 어깨를 두드렸다.

"치나츠 님, 힘내세요. 이 시련을 극복하면, 치나츠 님은 분명 크게 성장하실 거예요. 예, 엄청난 속도로 성장하시겠죠……!"

하인들이 넬의 제자가 되는 것을 시련이라고 말하자, 치나츠는 각오를 다질 수밖에 없었다.

(그, 그래! 메이드장님이 방금 말했다시피, 이것도 하루나와 나란히 서기 위해서 꼭 통과해야만 하는 시련이야! 파이팅하자, 나!)

기합은 충분히 주입했다. 하지만, 동요는 숨길 수가 없었다. 이후에 저택 안을 안내받으면서 들은 내용은 치나츠의 머릿속에 거의 남아있지 않았다.

"이곳이 치나츠 님의 방이랍니다. 침구류와 책상, 옷장 같은 가구류가 갖춰져 있죠. 혹시 필요하신 게 있다면 저에게 말씀해주시면 바로 준비하겠습니다."

"아뇨, 충분해요! 아니, 과분할 정도예요!"

치나츠가 이용할 방에는 언뜻 보기에도 고급스러운 가구가 줄지어 놓여 있었다. 1인용이라는 게 믿기지 않는 침대와 응접실에 있을 법한 소파와 테이블이 세트로 놓여 있었다. 방 자체도 꽤 넓으며, 두 명이 이용해도 될 것 같았다. 너무 넓고 고급스러워서, 일반 서민이었던 치나츠는 마음이 진정되지 않는 공간이었다.

(본부에서 가져온 짐보다, 이 방의 수납공간이 훨씬 커…….으으, 여기는 일개 고등학생이 살 방이 아냐…….)

일단 짐을 방구석에 둔 치나츠는 자신이 이 방에 익숙해질 수 있을지 불안을 느꼈다. 이 저택에 온 후로 불안만 계속 엄습했다.

"참, 당주님께서 치나츠 님에게 전하라는 말이 있습니다."

"넬 사부님이요?"

"치나츠 님, 방금 그 말을 듣자마자 표정이 굳히셨군요. 당주 님 앞에서는 조심하세요. 당주님은 어느 특정 인물 이외의 분들 앞에서는 매우 솔직하게 행동하시니까요."

"조, 조심할게요……."

메이드가 알려준 전언의 내용은 활동성이 좋은 옷으로 갈아입고 안뜰로 오라는 것이었다. 가능한 한 빨리 가보는 편이 좋을 거라는 조언을 들은 치나츠는 서둘러 안뜰로 향했다. 하지만 복도에서 뛰지는 않았으며, 최대한 빨리 걷기만 했다. 설령 자신의 목숨이 걸려 있을지라도, 학급 반장이었던 그녀는 복도에서 뛰지 못했다. 그래도 그녀는 민첩 스테이터스가 뛰어나기 때문에 금방 목적지에 도착할 수 있었지만.

"넬 사부님~!"

"어머, 예상보다 빨리 왔네. 좀 더 천천히 와도 되는데 말이야."

"서두르지 않았다간 벌을 받을 거라고 메이드장님이 조언을 해주셔서요……!"

"치나츠, 벌써 우리 메이드들에게 놀림을 당한 거야? 내가 이런 말을 하는 것도 좀 그렇지만, 이 저택의 하인들은 꽤 괴짜거든. 조심해."

"……."

치나츠는 누구를 믿으면 좋을지 감이 오지 않았다. 메이드가 넬의 이름을 언급한 순간에 위험감지 스킬이 반응을 보였지만, 아무래도 오작동이었던 것 같았다.

"후훗, 거짓말이야. 좀 괴짜이기는 해도 일은 잘하는데다, 거짓말을 안 해. 치나츠가 5분만 더 늦었다면 아마 벌을 줬을 거야."

"……."

정정해야겠다. 스킬은 정상적으로 기능했다.

"너는 내 제자이자, 기사의 부하이기도 하잖아. 마법기사단의 규율에 엄격하게 따라야 해. 단장의 명령에는 신속정확하게 따를 것! 평상시에도, 긴급 시에도 마찬가지야!"

"아, 예! 신속정확하게 행동하겠어요!"

"좋아!"

무의식적으로 복창 및 경례를 하는 치나츠를 보고 기분이 좋아진 듯한 넬은 미소를 지었다. 하지만 치나츠는 그 미소가 여전히 무서웠다.

"저기, 안뜰에서 뭘 하나요?"

"원정에서 방금 돌아오기는 했지만, 오늘도 오후에는 기사단 본부에서 일을 하기로 되어 있잖니? 시간은 유한하고, 나는 할 일이 많은 사람이야. 그러니 시간을 유효하게 활용하자♪"

"으음, 즉……."

"즉, 수련을 할 거야. 데리스의 제자인 하루나를 봤지? 치나츠, 이대로 있다간 그 애에게 추월당하는 것도 시간문제야. 그걸 누구보다 가장 잘 알고 있는 사람은 다름 아닌 너일걸?"

"……."

넬의 지적은 정확했다. 하루나는 엄청난 페이스로 레벨을 올리며 성장하고 있다. 그 이유는 절친인 치나츠가 가장 잘 알고 있다. 아직은 치나츠가 강하지만, 넬이 말한 것처럼 이대로 있다간 곧 추월당할 것이다.

엄청난 속도로 성장하고 있는 하루나와 앞으로도 나란히

서기 위해서는, 대체 어떻게 하면 좋을까? 넬이 도출한 답은 단순명쾌했다. 하루나와 똑같은 환경을 그녀에게 만들어주면 된다는 것이다. 즉, 죽을힘을 다해 집중하며, 죽을힘을 다해 행동하지 않으면 죽는, 그런 환경을.

"물론 진짜로 치나츠가 죽게 할 생각은 없어. 내 독단과 편견에 따라 조절을 해줄게. 그래도 목숨이 오락가락할 테고, 너무 힘들어서 후회하게 될 거야. 치나츠, 다시 물을게. 너는 나의 부하로서, 그리고 제자로서, 나를 따라오겠니?"

"……괜한 질문이에요. 저는 이제 하루나를 절대 버리지 않기로 결심했으니까요!"

치나츠의 결심은 굳었으며, 그녀의 표정 또한 진지했다. 아니, 살기마저 어려 있는 것 같았다.

넬은 마음속으로 웃음을 흘렸다. 치나츠가 이런 감정을 품기를 바랐다. 처음으로 치나츠를 왕성에서 봤을 때, 그녀에게서는 다가서기 힘든 분위기가 느껴졌다. 우등생의 탈을 쓰고 있지만, 치나츠는 굳은 심지와 강인한 정신을 소유했다. 그녀라면 약한 소리와 푸념을 늘어놓으면서도, 결과적으로는 절대 포기하지 않으며 자신을 따라올 거라는 확신이 있었다.

"의욕이 있는 것 같네! 그럼 인사 삼아서 가볍게 죽어보도록 해."

"예?"

미소를 짓고 있는 넬의 손에는 연옥(煉獄)의 빛이 어려 있었다. 치나츠는 그 후로 몇 번이나 지옥을 봤고, 남들의 눈길을 개의치 않으며 안뜰에서 대자로 뻗어버렸다. 주위에서 대기하고 있던 메이드들이 들것으로 치나츠를 옮겨갔다.

* * *

"으, 음…… 헉?! 여, 여기는 어디지?!"

치나츠가 눈을 떠보니, 처음 보는 천장이 보였다. 아무래도 이곳은 안뜰이 아니라 방안 같았다. 치나츠가 허둥지둥 상반신을 일으키며 주위를 둘러보니, 이곳은 자신의 방이었다. 치나츠가 누운 침대 옆에는 안경을 쓴 메이드장이 있었다. 치나츠를 향한 안경 너머의 눈동자에는 걱정의 빛이 어려 있었다.

"치나츠 님, 일어나셨군요. 몸은 좀 어떠신가요?"

"예? 아, 으음…… 딱히 아픈 곳은 없네요. 괜찮은 것 같아요."

"아아, 다행이에요. 빛 마법으로 회복을 시켜드렸지만, 그것만으로는 충분치 않아서 걱정했답니다. 쓰러지실 때의 일은 기억하고 계신가요?"

"제가 쓰러질 때……."

치나츠는 자신이 쓰러지기 직전에 있었던 일을 떠올리려 했다. 하지만 뇌리에 떠오른 것은, 불꽃, 불꽃, 불꽃── 사방을 둘러봐도, 주위 일대는 불꽃에 뒤덮여 있었다.

억지로 당시의 일을 떠올리려 하자, 이 방안은 딱히 덥지 않은데도 온몸에서 땀이 났다.

"저기, 혹시 제가 한 번 죽었던 건가요……?"

"글쎄요. 일고여덟 번은 죽을 뻔했다, 가 정확하지 않을까요."

"……그렇게나요?"

"예. 그 정도로 죽을 뻔했으면서도, 치나츠 님은 살아남으셨습니다. 단 한 번도 관두겠다는 말을 하지 않으셨죠. 이것은 정말 대단한 일이에요. 기사님들도 허겁지겁 도망치며 절대 받아낼 수 없었다고 여긴 맹위를, 치나츠 님은 전부 받아냈으니까요."

"제가 전부 받아냈나요?"

"전부 받아냈답니다, 치나츠 님. 당주님도 말씀하셨죠. 요즘 기사들은 한껏 늘어져 있지만, 치나츠는 꽤 근성이 있다고요. 기사단에서는 하도 도저히 못 하겠다며 반대해서 도입하지 못했던 훈련법을 드디어 써먹을 수 있게 됐다며 기뻐하시더군요."

넬이 이렇게 무서운 짓을 부하들에게 시키려고 했다는 말을 들은 치나츠는 쓴웃음을 지었다. 사방을 뒤덮은 화염 안에서 말 그대로 미친 듯이 도망 다니는 기사들의 모습이 눈앞에 선했다.

"비명을 지르는 캐논 씨의 얼굴이 눈앞에 선하네요……."

"어머, 아는 사이시군요. 예, 당주님께서 그분의 이름을 자주 언급하시더군요. 아마 당주님께서 그만큼 기대를 걸고 계신 거겠죠."

"아하하, 그럼 좋겠네요……."

아마 다를 거라고 생각하지만, 치나츠는 그저 시선만 피했다. 그것이 치나츠가 지금 할 수 있는 최대한의 배려였다.

"그런데 저는 얼마나 정신을 잃고 있었죠? 오후에 본부에 갈 예정이니, 늦지 않게 준비를 해야 하거든요."

"우후후, 안심하세요. 한 시간도 지나지 않았답니다."

"그렇군요. 다행——."

"——하지만 당주님께서 목욕탕으로 오라는 명령을 10분 전에 하달하셨죠."

치나츠는 그 말을 듣자마자 전광석화처럼 행동했다! 침대에서 뛰쳐나오더니, 복도를 서둘러 걸었다.

그녀는 머릿속으로 아까 안내를 받으며 들었던 이 저택의 정보를 떠올렸다. 아직 멍한 머릿속을 억지로 정상화시켰다. 그리고 자신의 방에서 목욕탕까지의 최단 루트를 모색했다.

(메이드장님은 겉보기엔 상냥해 보이지만, 나를 가지고 노는 걸 즐기는 게 틀림없어……!)

치나츠는 방심은 금물이라는 말을 마음속에 새겼다. 이윽고 목욕탕 입구가 보였다.

"늦어서 죄송합니다!"

치나츠는 안으로 뛰어들어가더니, 넙죽 엎드린 채로 그대로 바닥을 미끄러지며 이동했다. 이것이 그녀가 성심성의를 다한, 최상급의 사죄방식이었다.

"……치나츠? 너, 이렇게 재미있는 짓도 할 줄 아는구나."

"예?"

치나츠가 고개를 들자, 속옷 차림인 넬의 모습이 눈에 들어왔다. 한순간 『크다』라는 말이 머릿속을 스쳤지만, 이곳은 욕실로 이어지는 탈의실이다. 그러니 넬이 이곳에서 속옷 차림이어도 딱히 이상할 일은 아니다.

"어, 어라? 어라?!"

하지만 긴급 상황에 맞춰 작동 중이던 치나츠의 머리는 넬의 모습을 다시 보자마자 당혹감으로 가득 찼다.

"후후. 보아하니 내 메이드들에게 놀림을 당했나 보네. 내가 여기서 너를 불렀다는 둥, 서둘러서 안 가면 혼날 거다, 같은 말을 들은 거지?"

"으으……."

넬이 마치 직접 보기라도 한 것처럼 그렇게 말하자, 치나츠는 입을 꾹 다물면서 고개를 숙였다. 그런 치나츠가 귀엽게 느껴진 건지, 넬은 방긋 웃으면서 그녀를 안아줬다.

"후후, 치나츠는 정말 재미있는 반응을 보여주네~. 자아, 이러면 어떤 반응을 보여줄 거야? 응? 응~?"

"사, 사부님, 가슴이……."

자신의 풍만한 가슴을 치나츠의 몸에 밀착시킨 넬은 제자의 반응을 즐겼다. 마음에 둔 상대에게 이런 행동을 할 수 있다면, 옛날 옛적에 맺어지지 않았을까?

그런 말은 뻥긋도 하면 안 된다. 무노 이외의 기사들은 자초지종을 파악하고 있지만, 그 일을 언급하는 것 자체가 금기! 같은 암묵의 금지사항으로 지정되어 있기 때문이다.

"얼굴이 새빨개졌네! 치나츠, 그렇게 부끄러워하지 않아도 되거든?"

"수, 숨을 못 쉬겠어요⋯⋯!"

"아, 미안해⋯⋯."

"푸하앗!"

겨우 가슴에서 벗어난 치나츠는 그제야 숨을 쉴 수 있었다. 방금 그 감촉을 느끼며 행복에 휩싸였지만, 그 행복에 더 빠져 있다간 목숨을 잃고 말았으리라. 치나츠는 숨을 헐떡이며 호흡을 가다듬은 후, 다시 넬을 쳐다보았다.

"흐트러진 모습을 보여서 죄송해요. 그런데, 실제로는 저를 부르시지 않은 건가요⋯⋯?"

"뭐, 부르기는 했어. 땀으로 범벅이 되었으니 정신을 들면 바로 목욕을 해~ 같은 의미로 말이야. 아무리 나라도 정신을 잃은 제자에게 무리한 주문은 안 해. 앞으로는 기억해두렴."

"으, 으음, 알았어요!"

"응! 그럼 같이 들어가자!"

"예엣?!"

넬은 안도한 치나츠의 어깨를 움켜쥐어서 다시 그녀를 긴장시켰다. 마치 넬은 치나츠의 반응을 즐기고 있는 것처럼 행동했지만, 그녀는 그냥 평소처럼 행동하고 있을 뿐이었다.

"드, 들어가자고요? 목욕탕에 말인가요?"

"당연하잖아. 스승과 제자로서 이제부터 오랫동안 함께 할 테니까, 그 정도는 괜찮지 않겠어? 자아, 빨리 벗어!"

"어엇?! 버, 벗기지 마세요! 지, 직접 벗을게요!"

이대로 있다간 넬이 자신의 옷을 벗길 것이다. 그 위험을 감지한 치나츠는 결국 넬과 함께 목욕을 하기로 했다.

입고 있던 교복을 벗어서 단정하게 개어 옷바구니에 넣었다. 옆에서는 이미 목욕 준비를 마친 넬이 쳐다보고 있었다.

"저기, 너무 쳐다보지 마세요……."

"어머, 치나츠는 꽤 귀여운 속옷을 입었네. 하루나보다 훨씬 요염해 보여! 역시 내 제자야!"

"그게 무슨 소리인가요?!"

넬이 쳐다보고 있으니, 옷을 벗는 것도 부끄러웠다. 설령 상대가 여성일지라도, 아름다운 언니가 이렇게 뚫어져라 보고 있으니 마음이 진정되지 않았다.

그렇게 탈의를 마친 후, 드디어 욕실 안으로 들어갔다. 치나츠는 아까 이곳으로 안내를 받았지만, 안으로 들어온 것은 이번이 처음이다.

욕실에 들어선 순간, 치나츠는 숨을 삼켰다.

"……이 욕실은 왕성의 욕실보다 넓지 않나요?"

"그만큼 신경을 썼거든. 나는 목욕을 정말 좋아해."

이 저택의 욕실은 정말 넓었다. 광대했다. 천장을 올려다봐야 할 정도였다. 목욕의 본고장인 일본에서 살아왔던 치나츠조차도 얼이 나갈 정도의 규모였다. 저택뿐만 아니라 욕실도 별세계였다.

"넬 사부님, 이 목욕탕에 얼마나 많은 돈을 들였나요……?"

"알고 싶니?"

"아, 아뇨. 금액을 듣는 것도 황송할 것 같은 느낌이 들어요……."

"그래? 그럼 일단 몸부터 씻자!"

치나츠는 넬과 함께 우선 머리카락과 몸을 씻기로 했다. 넬이 치나츠를 씻겨주겠다고 힘차게 말했다. 치나츠는 자신의 피부가 다 벗겨져 나가는 것은 아닐까 걱정했다. 하지만 그 걱정은 기우로 끝났다. 넬은 적당히 힘을 주며 치나츠를 씻겨주었다. 넬에 대한 치나츠의 정신적 신뢰도가 상승했다.

"사부님은 피부도 참 아름다우시네요."

"갑자기 무슨 소리를 하는 거야?"

그 후, 넬의 등을 씻겨주던 치나츠가 문득 그런 말을 했다. 치나츠가 보기에 넬의 피부는 깨끗할 뿐만 아니라 정말 새하얗고 아름다웠다. 기미나 흉터 같은 건 하나도 없으며, 10대라고 해도 손색이 없을 정도로 아름다웠다. 감촉도 좋으며, 탄력 또한 끝내줬다.

"으음, 사부님은 이번 같은 몬스터 토벌 원정을 꽤 자주 가시죠? 게다가 상당히 흉악한 몬스터를 상대하신다고 들었어요."

"그야 나는 기사단장이거든. 가장 위험한 임무를 맡게 되는 게 당연하지 않겠어?"

"가장 위험한 임무를 수행하는데도, 사부님의 피부에 흉터가 전혀 없는 게 좀 신경 쓰여서요. 사부님은 저와 마찬가지로 빛 마법을 쓰시나요?"

"아냐, 쓸 수 없어. 애초에 흉터가 남을 정도의 부상은 상당한 대미지를 입어야만 하잖아? 공격을 당하기 전에 섬멸해버리면 부상을 당할 일 자체가 없잖니?"

"그, 그건 그렇지만……."

실제로 그게 가능하다면 누구도 고생 같은 건 하지 않을 것이다. 치나츠는 그렇게 생각했지만, 말하지는 못했다.

"하지만 전혀 부상을 입지 않는 건 아냐. 요즘은 평화로워서 그런 일이 없었지만, 옛날에는 자주 다쳤어. 뭐, 그 자리에서 바로 치료했기 때문에 흉터가 남지 않았지만 말이야."

"흐음~ 사부님도 예전에는 그러셨군요. 약간 친근감이 느껴졌어요."

"약간이 아니라 왕창 느껴도 돼."

"후훗, 생각해 볼게요. 자아, 끝났어요."

치나츠는 넬의 몸에 물을 뿌렸다.

(그 자리에서 바로 치료를 했다는 건 자연적으로 치유가 되는 스킬을 지녔거나, 아니면 데리스 씨가 치료해줬다는 걸까? 으음…… 넬 사부님이 부상을 입은 모습이 상상조차 안 되네…….)

치나츠는 넬의 아름다운 피부에 또 물을 끼얹었다.

"좋아, 이제 다 씻었네. 그럼 이제 물에 들어가자! 치나츠, 따라와!"

"예? 아, 예!"

치나츠는 갑자기 뛰기 시작한 넬의 뒤를 따랐다. 대체 무슨 일인지 생각할 새도 없이, 지금은 일단 스승의 뒤를 따를 수밖에 없었다.

"이얍!"

날았다. 넬이 날았다. 치나츠도 반사적으로 날았다. 날고 말았다.

──첨──벙!

사방으로 물이 튀더니, 넬과 치나츠는 그대로 물 안으로 돌격했다. 그것은 예의 바른 행동과 거리가 멀었으며, 그야말로 어린애 같은 짓이었다. 적어도 남들 앞에서는 의젓하게 행동하는 넬의 모습만 봐서는 상상도 할 수 없는 행동이었다.

"하아~ 역시 목욕탕에서 물에 돌격하는 게 가장 좋네. 상쾌해!"

"……녤 사부님. 혹시 목욕하실 때마다 이런 식으로 물에 들어가시나요?"

"보는 사람이 없을 때만 말이야. 때로는 이러는 것도 좋지 않아? 어른도 때로는 아이로 돌아갈 필요가 있거든."

"저는 아직 잘 모르겠는데, 그런 건가요?"

"그래. 지금은 안 하지만, 데리스도 모험가 시절에는 이랬다니깐."

"푸풉……!"

퉁명한 표정을 짓고 있는 데리스가 욕실에 뛰어드는 모습을 상상한 치나츠는 저도 모르게 웃음을 터뜨렸다. 무심코 상상을 하고 말 정도로, 그 광경은 우스꽝스러웠다.

"그게 정말인가요?"

"응. 젊은 시절에 이런저런 일이 벌어진 끝에 결과적으로 조난을 당한 적이 있거든? 당시의 파티 인원 셋이서 엄청 헤매다, 물가를 발견하자마자 바로 돌격했어. 지금 생각해 보면 내가 이런 짓을 시작한 것도, 당시의 데리스를 흉내 내서── 아냐. 아무것도 아냐. 아무튼, 치나츠는 좀 더 매사를 즐기도록 해. 성실한 것도 좋지만, 남들이 보지 않는 곳에서 다소 바보처럼 구는 것도 괜찮아."

"바보처럼…… 그렇게 될 수 있도록 노력해볼게요."

"방금 그 대답을 들으니, 그 여정이 얼마나 험난할지 상상

이 되네."

"아하하……."

그 후, 치나츠는 넬과 가벼운 잡담을 나눴고, 기사가 어떤 일을 하는지 들었으며, 물에 둥둥 떠 있는 것만 봐도 토코보다 확실히 커다란 것 같다 같은 생각을 했다.

치나츠는 목욕을 오래 하는 편이 아니지만, 넬과의 대화가 즐거워서 시간이 가는 줄 몰랐다. 그러다 보니, 시곗바늘이 슬슬 정오를 가리키려 하고 있었다.

"어머, 시간이 이렇게 됐네. 치나츠, 목욕을 마치면 기사단 본부로 갈 거니까 준비해둬. 본부에 가면, 너만 할 수 있는 일을 맡길 생각이야."

"저만 할 수 있는 일인가요? 단순한 사무업무나 훈련이 아닌 건가요?"

"일반적인 기사의 업무를 수행하는 것도 나쁘지 않아. 하지만 그것만으로는 치나츠의 장점을 최대한 활용할 수 없을 것 같거든. 이래 봬도 원정을 마치고 돌아오는 길에, 너한테 맞는 수련방법을 계속 생각했어. 치나츠의 능력을 향상시킬 뿐만 아니라, 기사단의 업무 면에서도 도움이 되는 방법을 말이지♪"

"그, 그런가요……?"

감지 스킬이 위험을 알리지 않는 것을 보면, 목숨이 위험해지는 임무는 아닌 것 같았다. 예전 같으면 치나츠는 의심을 품었겠지만, 넬과 같이 목욕을 하면서 그녀와 가까워진 것 같았다.

(뭐, 괜찮을 거야.)

그렇게 생각하며 그냥 흘려넘길 수 있을 만큼, 치나츠는 대범해진 듯했다.

"자아, 그럼 나가자. 메이드들이 탈의실에 갈아입을 옷을 준비해뒀을 테니까, 그걸 입어."

"정말 여러모로 감사해요."

"그만큼 더 열심히 해서 강해진다면, 아무도 불평을 하지 않을 거야. 자아, 가자!"

넬은 물소리를 내면서 몸을 일으켰다. 하지만 목욕수건을 걸치지 않았기에, 그녀의 은밀한 곳까지 전부 다 보였다.

"사부님! 아무리 제자 앞이라도 좀 가려주세요!"

누가 훔쳐보고 있는 건 아니지만, 치나츠는 재빨리 넬의 몸을 가렸다.

* * *

──마법기사단 본부. 아델하이트가 자랑하는 최강의 여걸, 기사단장 넬 레뮤르가 통괄하는 군조직의 중추다. 아델하이트 마법학원 출신자도 많으며, 그야말로 국내에서 손꼽히는 강자들이 모이는 엘리트 집단이라 할 수 있다. 본부 안에

는 훈련소가 있고, 기사들은 매일같이 그곳에서 실력을 갈고
닦았다.

……하지만 치나츠가 넬과 함께 향한 곳은 훈련소가 아니
라, 병영이었다.

"네, 넬 사부님. 제가 할일이라는 게 이건가요……?"

"그래. 나는 데리스와 다르게 거짓말은 안 하거든."

"……."

이걸 대체 어떻게 해석하면 좋을까. 치나츠가 그런 생각을
하며 쳐다본 것은 『치나츠 양의 고민 상담소』라고 적힌 간판
이었다. 치나츠의 머릿속에는 이런저런 생각이 오갔다. 하지
만 그 전에 이 말만은 꼭 하고 싶었다.

"넬 사부님, 하다못해 『양』은 빼주세요."

"후후, 치나츠가 그런 소리를 할 줄 알고 저 간판의 뒷면에
는 양이 없는 버전으로 만들어뒀어!"

"야, 양면인가요?!"

그런 영문 모를 공방이 이어진 후, 두 사람은 상담소로 지
정된 방에 들어갔다. 방안은 매우 심플했으며, 책상 하나를
사이에 두고 의자 두 개가 놓여 있기만 했다. 꼭 필요한 것만
준비되어 있는 응접실 같은 공간이었다.

"치나츠는 이 방에서 내 부하들의 상담 상대가 되어주는 거
야! 질문은 있어?"

"와아, 간판에 적힌 내용과 똑같은 설명이네요. 어떤 딴죽

부터 날리면 좋을지 지금 고민 중이에요."

"그럼 치나츠가 고민하는 동안, 나는 선전을 하고 올게."

"서, 선전이라고요?! 스, 스톱, 사부님, 스톱이에요! 질문을 할 테니까 가지 마세요!"

치나츠는 복도로 나선 넬의 팔을 잡고 매달렸지만, 그녀는 그대로 끌려갔다. 차원이 다른 이 무지막지한 파워는 멈출 기색조차 보이지 않았다.

"사~부~님~! 가지 마세요~!"

"장난이야."

몇 미터 정도 나아간 넬은 멈춰 섰다. 그리고 다시 방으로 돌아갔다.

"그런데, 질문이 뭐야?"

"방금 목욕을 했는데 식은땀을 줄줄 흘렸어요……. 으음, 이 상담소의 목적은 뭔가요?"

"그게 말이야~ 내 부하들은 꽤 고민을 가지고 있어. 일에 대한 불만일지도 모르고, 사적인 문제일지도 몰라. 그런 그들의 고민을 이 상담소를 통해 해소해준다. 그게 치나츠의 임무야. 자아, 고민을 들어주거나 격려를 해주는 게, 치나츠에게 어떤 메리트로 작용할까?"

"……『고무』스킬의 레벨이 수월하게 오를까요?"

"응. 그것도 메리트 중 하나야. 그뿐만 아니라 마법기사단에 온 지 얼마 안 되는 치나츠의 됨됨이를 내 부하들에게 알려줄 수 있고, 너와 부하들이 교류를 할 수도 있을 거야. 뭐, 간단히 말해 신뢰관계를 구축하라는 거야. 이곳을 활용해서 네 주가를 팍팍 올려. 머지않아 기사단 안에서 직책을 맡게 될 수도 있으니까, 서두르도록 해."

"……."

"어? 치나츠, 왜 그러니? 얼이 나간 것 같네."

"아, 사부님도 저를 여러모로 생각해주고 있다는 걸 알고 좀 놀라서요. 아……."

"그, 그래? 후후, 당연하잖니. 이래 봬도 나는 치나츠의 스승인걸!"

넬은 발그레해진 볼을 감추려는 듯 고개를 돌렸다. 치나츠에게 칭찬을 받은 게 기쁜 건지, 좀처럼 시선을 맞추지 않았다.

스승이 이런 반응을 보여도 되는지 좀 의문이기는 하지만, 치나츠는 넬의 그런 모습이 귀엽게 느껴졌다.

사실 치나츠는 방금 자기가 한 말 때문에 혼날지도 모른다고 생각하며 무심결에 두 손으로 입을 막았다. 하지만 그 걱정은 기우였다. 넬이 보여준 뜻밖의 반응은 제자의 허를 찔렀다.

"그, 그래서 방금 선전을 하겠다고 하신 거군요. 하지만…… 저 같은 어린 여자애에게 상담을 받으려는 분이 있을까요?"

"그건 걱정하지 마. 한창때의 여자애가 고민을 들어준다는 것만으로도 대부분의 부하들은 흥미를 가질 거야. 그리고 치나츠는 이렇게 귀여우니까, 사람들이 너무 많이 몰려와서 난리가 날지도 몰라."

"그것도 문제일 것 같은데요……."

──똑똑.

두 사람이 상담실에서 이야기를 나누고 있을 때, 갑자기 문쪽에서 노크 소리가 들렸다. 선전도 안 했는데 손님이 온 것일까? 그런 생각이 머릿속을 스쳤지만, 아무래도 그렇지는 않은 것 같았다.

"넬 단장님, 여기 계십니까?"

이 중후한 목소리는 치나츠도 귀에 익었다. 원정 때 같이 갔던 베테랑 기사, 다가노프의 목소리다.

"다가노프야? 여기 있어. 들어와."

"실례하겠습니다. 아, 치나츠 님도 함께 계셨군요. 제 용건은 급한 게 아니니, 나중에 다시 찾아올까요?"

"으음, 글쎄……. 아, 그래. 용건은 지금 들을 테니까, 다가노프는 치나츠의 기념비적인 첫 상담자가 되어줘!"

"사부님, 설명이 부족한 것 같은데요……."

"알았습니다. 그럼 제 용건은──."

다가노프는 별다른 의문을 표시하지 않으며 기사단의 업무 내용에 대해 넬에게 담담히 보고했다. 치나츠는 그 모습을 보며 아연실색했다.

(알아들었어?! 게다가 넬 사부님에게 엄청 익숙한 것 같아!)

자신과 캐논은 절대 저러지 못할 것이다. 치나츠는 경험의 차이를 똑똑히 느꼈다. 이것이 바로 연륜이라는 것일까.

"알았어, 알았다고~. 그럼 농땡이 피우는 녀석들의 엉덩이를 걷어차 주고 와야겠네. 겸사겸사 선전도 해둘 테니까, 치나츠는 상담소를 개업해. 다가노프도 제대로 고민을 털어놔. 안 그러면 내가 자리를 비우는 의미도 없고, 나중에 올 상담자들도 오해할 거야!"

"알고 있습니다."

"좋아! 그럼 다녀올게!"

넬은 가볍게 손을 들어 보인 후, 상담실을 나섰다. 복도에서 그녀의 발소리가 울려 퍼지더니, 점점 멀어져갔다. 진짜로 간 것 같았다.

"그럼 저는 치나츠 님에게 고민을 상담받으면 되는 건가요?"

"아, 예. 그래요. 그런데 아까 그 말만으로 용케 이해를 하셨군요."

"문에 걸린 간판을 봤으니까요. 노크를 하기 전에 대략적인 상황은 파악했습니다. 치나츠 님, 고생이 많으시겠지만, 이것도 넬 단장님의 사랑이라 여기며 노력해 주십시오."

"아하하, 걱정하지 마세요. 충분히 이해하고 있으니까요. 으음, 갑작스럽게 이런 자리를 마련해 죄송하지만 시작해볼까요. 다가노프 대장님은 고민이 있으신가요? 사소한 거라도 상관없으니, 해소될 수 있도록 도와드리고 싶어요⋯⋯."

"으음, 그런가요. 캐논의 얼간이 체질을 개선하고, 무노가 이해력을 가지게 만들려면 어쩌면 좋을지── 부끄러운 일이지만, 이 나이가 되었는데도 아직 고민이 많습니다. 그래도 굳이 하나만 꼽자면, 바로 그 건이겠군요."

"그게 뭔가요?"

"실은⋯⋯ 치나츠 님에게 이 이야기를 드리는 게 좀, 으음⋯⋯ 하긴, 단장님도 제대로 고민을 털어놓으라고 하셨으니, 솔직하게 말씀을 드리겠습니다."

다가노프는 어험 하고 기침을 하며 숨을 골랐다. 그 범상치 않은 분위기를 접한 치나츠는 첫 상담이라 그런지 좀 긴장했다.

"실은 말이죠, 장기간에 걸친 원정을 마치신 단장님께서 성으로 돌아오신 후로, 일부 사람들에게 열렬한 시선을 받고 계신 것 같아서⋯⋯."

"⋯⋯."

치나츠는 잠시 동안 머릿속이 굳어버렸다. 다가노프의 말을 듣고 짚이는 구석이 있었기 때문이다.

"저기⋯⋯ 그건, 설마⋯⋯."

"예. 치나츠 님과 동향 출신인 분들입니다. 그들이 무리를 지어 덮치더라도 단장님께서 지는 일은 벌어지지 않겠죠. 하지만 단장님의 분노가 언제 폭발할지 몰라, 이 늙은이는 견디기 힘들다고나 할까요."

"으음, 제 지인들이 폐를 끼쳐 정말 죄송해요……."

"아, 아뇨! 치나츠 님이 고개를 숙일 일이 아닙니다!"

"그, 그래도…… 아, 아무튼, 그런 문제군요. 으음, 첫 상담부터 난관이네요……."

다가노프는 고민을 치나츠와 공유했고, 그 후로 마법기사단으로서 이 사태에 대한 대책을 본격적으로 검토했다. 하지만 이 고민이 곧 현실화된다는 것을, 당시의 두 사람은 알지 못했다.

"단장님께서 빨리 결혼을 하시는 건 어떨까요?"

"하지만 제가 그걸 권할 수도 없는지라……. 데리스 씨가 적극적으로 나서주면 좋을 텐데 말이죠……."

후기

『흑철의 마법사2 두 명의 발키리』를 구입해 주셔서 정말 감사합니다. 무사히 2권이 출간되어서 평소보다 더 텐션이 요상해진 마요이 도후입니다. WEB 소설판에 이어 이 책을 읽어주신 독자 여러분, 항상 구독해주셔서 감사합니다.

어느새 올해도 10월이 되었습니다. 믿기지가 않는군요. 벌써 10월입니다, 10월. 개인적으로는 얼마 전에 새해가 된 것 같은데, 시간의 흐름이란 정말 잔혹하군요. 작중에서도 아직 2주밖에 흐르지 않았는데……!

하지만 올해는 『흑철의 마법사』를 출판했고, 무엇보다 이번 권에서는 치나츠가 여러 가지 의미로 대활약을 했기 때문에 저로서는 매우 만족했습니다. 1권에서는 그녀가 얼굴만 살짝 비쳤으니까요. 언제 어디서나 고생만 하는 타입이지만, 하루나와 함께라면 아마 괜찮을 겁니다. 참고로 이 책의 서브타이틀은 『걱정 많은 제자의 고생담』으로 할까 고민했습니다만, 어디까지나 주역은 데리스와 하루나이기 때문에, 좀 멋진 느낌으로 정리했습니다. 그런 시크릿 타이틀도 있구나~ 정도로 생각해주시면 감사하겠습니다.

이제부터 무슨 이야기를 할지 고민했습니다만, 어느새 분량이 바닥났군요. 아아, 아쉽습니다~. 리리에 대한 거라든가, 토코에 대한 거라든가, 아직 할 이야기가 많은데 말이죠~. 하지만 분량이 없으니 어쩔 수 없군요! 그럼 깔끔하게 마무리하도록 하죠! 그만 마무리하고 한잔하러 가겠습니다!

　마지막으로『흑철의 마법사』제작 과정에서, 고생이 끊이지 않는 치나츠와 겉모습만은 초일류 메이드인 리리, 표정이 시시각각 변하는 토코를 매력적으로 그려주신 일러스트레이터 뉴무 님, 그리고 교정자님, 그리고 독자 여러분에게 진심으로 감사드립니다.

　그럼 다음 권을 통해 또 뵐 수 있기를 빌며, 앞으로도『흑철의 마법사』를 잘 부탁드립니다.

　　　　　　　　　　　　　　　　　　마요이 도후

◇ 당신은 언제나 옳습니다. 그대의 삶을 응원합니다. — **라의눈 출판그룹**

흑철의 마법사
2. 두 명의 발키리

초판 1쇄   2019년 5월 15일

지은이 마요이 도후   일러스트 뉴무   옮긴이 이승원
펴낸이 설응도   기획 조동현   편집주간 안은주
영업책임 민경업   디자인책임 조은교

펴낸곳   라의눈

출판등록   2014년 1월 13일(제2014-000011호)
주소   서울시 강남구 테헤란로78길 14-12(대치동) 동영빌딩 4층
전화   02-466-1283   팩스   02-466-1301

문의(e-mail)
편집 editor@eyeofra.co.kr   마케팅 marketing@eyeofra.co.kr
경영지원 management@eyeofra.co.kr

ISBN   979-11-89881-08-5 (04830)
         979-11-89881-02-3 (04830) (set)